PICKWICK

VALERIO VARESI

È SOLO L'INIZIO, COMMISSARIO SONERI

Sperling & Kupfer

www.pickwicklibri.com
www.sperling.it

È solo l'inizio, commissario Soneri
di Valerio Varesi

ISBN 978-88-6836-112-9

I edizione Pickwick gennaio 2014

Anno 2014-2015-2016 - Edizione 2 3 4 5 6 7 8 9 10 11

Ai miei lettori,
il patrimonio più prezioso.
E agli amici che non ci sono più:
Felice, Raffaele e Ubaldo.

1

Lo spettacolo della pioggia è un affare per depressi. Il commissario Soneri l'aveva letto da qualche parte anche se non ricordava dove e ne aveva tratto la rassicurante conclusione che lui, depresso, non lo era per niente. Incazzato, magari, ma depresso sicuramente no. Tutta quell'acqua che scendeva ubriaca nel vento bizzoso, le strade ridotte a torrenti, le facciate dei palazzi infradiciate e incupite, le auto impotenti negli ingorghi, con gli autisti che sfogavano la rabbia in una sgangherata sinfonia di clacson, lo avevano talmente innervosito da suggerirgli qualche precauzione. La prima era di evitare le riunioni dal questore. La seconda, meno specifica, era di girare al largo da tutti. Infine, doveva trovarsi qualche distrazione.

La radio della sala operativa intercettava l'isteria di una Parma che aveva smarrito la sua compiaciuta svagatezza e ora sembrava pervasa da una malsana effervescenza. Il mercato della Ghiaia allagato, i negozi che galleggiavano in mezzo metro d'acqua, l'asfalto sfondato da cui usciva terriccio color del pus, le cantine dei palazzi ridotte a risaie dove si aggiravano gli inquilini impegnati in un'improbabile bonifica, i pompieri a tutto gas e sirene urlanti che si facevano largo a stento nel traffico. E poi i due torrenti, la Parma e la Baganza, che rasentavano l'occhio dei ponti con la loro corrente torbida, tentando di sfogare l'impeto nel Po, il quale, pochi chilometri più a valle, già alto sugli argini, rifiutava la loro acqua come l'alta marea dell'Adriatico rifiutava la sua. Sembrava a tutti di abitare in un buco destinato a essere irrimediabilmente sommerso.

Con quel presentimento, Soneri guardò dalla finestra l'opale del cielo sotto cui correvano nel vento nubi più scure, come chiome scarmigliate pendenti poco sopra i tetti.

«Che tempo, eh?» sentì dire dietro di sé.

Si girò e si trovò di fronte Juvara.

«Già», rispose cercando di contenere il fastidio per quell'irruzione. Si rendeva conto di essere insopportabile, ma non poteva farci niente se in quei momenti trovava banale e ovvia ogni parola. Il giorno in cui le persone parleranno solo quando avranno qualcosa da dire, sul mondo calerà un grande silenzio, pensava.

«C'è un morto vicino alla stazione», riprese l'ispettore. «Pare un suicidio, ma forse sarebbe meglio dare un'occhiata...» e lasciò in sospeso la frase, timoroso della reazione del commissario.

Soneri non replicò. Di scatto, sotto lo sguardo stupito e sollevato di Juvara, prese cappotto e ombrello avviandosi. «Vicino alla stazione dove?» chiese.

«Ha presente l'ex albergo *Milano*? Dalla parte del ponte Bottego?» spiegò l'ispettore.

«È in ristrutturazione.»

«Infatti», annuì Juvara. «S'è impiccato lì dentro. È entrato dopo aver tagliato la rete. O forse era già stata tagliata dai tossici che vanno lì a farsi.»

Soneri fece solo un cenno e sparì nel corridoio. Si sentiva rinfrancato, malgrado lo aspettasse uno spettacolo di morte. Ma l'indagine gli avrebbe permesso di sfuggire alla banalità del quotidiano. Il tragico non è mai banale e contiene sempre un nucleo di verità, rifletteva. Almeno quello era l'aspetto positivo del suo mestiere: non si allontanava dal contatto, spesso orribile, con la vita. Attraversò il centro nella luce grigia della burrasca, accompagnato dallo scroscio incessante delle gronde, e arrivò fino ad affacciarsi sulla sponda del ponte Bottego. La Parma era proprio *voladora*, come la definivano i vecchi quando l'acqua si alzava dall'alveo e accelerava tra le case dell'Oltretorrente sfiorandone i muri spessi. Anche adesso volava pochi metri sotto la spalletta, dando l'impressione di travolgere tutto. Oltrepassò il ponte e s'inoltrò nel fango del cantiere, là dove si scorgeva il fondale scuro di un seminterrato. Appena dentro, con quell'immagine di movimento tumultuoso ancora negli occhi, Soneri scorse il cadavere immobile dell'impiccato.

«È già rigido», lo informò uno dei due agenti che reggeva una grossa torcia, mentre il commissario cercava di assorbire la brutalità del passaggio dall'impeto vitale della corrente all'oscena compostezza del cadavere che penzolava da una trave come un prosciutto.

«Da quante ore?» domandò accennando al suicida.

«Il medico legale dice almeno dodici», rispose il poliziotto.

Si era appeso con la cinghia e doveva essere morto per asfissia, visto che il salto era stato brevissimo e non gli aveva certo spezzato il collo. Si capiva anche dai pantaloni ancora bagnati d'orina.

«Strozzandosi mollano tutto», confermò l'agente.

«Vuoi che in un momento così uno pensi all'etichetta?» commentò amaro Soneri mentre arrivava il dottor Coriani, il magistrato di turno.

Il commissario lo salutò, osservando poi le operazioni di rito. Quando tornò a guardare il cadavere scoprì con disagio che esercitava su di lui un fascino imbarazzante. A volte gli capitava di fronte ai morti, con il loro carico d'ignoto, ma mai con quell'intensità. Forse era per via dell'aspetto insolito. Non aveva mai visto un suicida così ben vestito. Giacca, pantaloni, scarpe... Tutto di marca. E poi quella morte sembrava figlia di un'accurata regia da set cinematografico. Mancava quella trascuratezza che si accompagna sempre alla disperazione e rende credibile l'ammazzarsi. Il suicida aveva invece accanto una valigia Vuitton su cui era stato diligentemente ripiegato il cappotto e, di fronte, inclinata in modo che potesse vederla negli ultimi istanti prima di morire, un'immagine della Madonna dipinta su legno che era stata illuminata da una candela ora ridotta a un grumo di cera.

«L'avete identificato?» domandò all'agente.

«Non ha documenti», rispose l'altro. «Tasche pulite. Abbiamo trovato solo la chiave di una macchina, una Renault.»

«E dentro la valigia?» insisté il commissario.

«A prima vista niente di rilevante, ma se ne stanno occupando i colleghi della Scientifica.»

«È sicuro che si è suicidato?»

«Quasi certamente», replicò il poliziotto. «Non ci sono segni di violenza né di colluttazione e le uniche impronte fresche rilevate dalla Scientifica sulla polvere qui intorno appartengono al morto.»

«Sono già stati qui?» si sorprese il commissario.

«Se ne sono andati mezz'ora fa», precisò l'agente.

Poco dopo Soneri affrontò di nuovo il fango del cantiere e il fragore della pioggia sulle lamiere dell'impalcatura. In quel frastuono chiamò Nanetti alla Scientifica: «Da quando in qua non mi avverti quando intervieni?» esordì.

«Sta' tranquillo, commissario», replicò l'altro cantilenando, «rinfodera il tuo acume: questo è davvero un suicidio. Mi ci gioco le palle.»

«Non giocartele, non si sa mai», l'ammonì Soneri.

«Vado a colpo sicuro, con tutti quelli che ho visto...»

«Bisogna sempre coltivare il dubbio, collega. E poi qui c'è qualcosa di posticcio…»

«Sulla cinghia che ha adoperato per impiccarsi ci sono solo le sue impronte», ribatté Nanetti.

«A volte non vuol dire», insisté il commissario ancora dubbioso.

«La recinzione è stata tagliata di fresco dopo che il cantiere era stato chiuso e bonificato dai tossici un mese fa. Su una pila di mattoni abbiamo trovato un tronchese, con l'etichetta del prezzo ancora appiccicata e il nome del ferramenta che l'ha venduto. Gli agenti lo hanno già interrogato e la sua descrizione del cliente coincide col morto. Hai bisogno di altre conferme?» terminò Nanetti.

«Uno ostinato…» commentò Soneri. «Che non intendeva lasciare traccia, senza documenti né soldi né niente…» rifletté a voce alta. «Come ha pagato il ferramenta? Non ha nemmeno una moneta di resto…»

Il collega sospirò: «Cosa ne so!» sbottò poi infastidito. «Magari voleva sparire. In giro ci sono suicidi terribilmente lucidi.»

Per qualche istante il commissario valutò le parole del collega: poteva anche essere, era già capitato. Chiuse la telefonata bruscamente: la questione non lo riguardava più, così, camminando verso l'ufficio, si sentiva libero di disporre del suo tempo a piacimento, proprio come la pioggia sbandava nell'aria irrequieta in un furioso disordine.

Quando varcò l'ingresso della questura in borgo della Posta, notò un carro attrezzi che scaricava nel cortile. Pensò al solito sequestro d'auto, ma poi, appeso al gancio della gru, vide qualcosa di molto familiare: una Vespa 125 Primavera. Perdipiù di quell'azzurro pallido «acqua marina» così tipico dello scooter da apparire quasi una livrea ufficiale. Fu come ritrovare un vecchio amico dopo decenni, riconoscendone i gesti e i lineamenti: il cambio a quattro marce sulla manopola, il pedale del freno posteriore dentro la scocca, la grata a sportello da cui s'intravedeva la ventola di raffreddamento che i più ganzi toglievano per esibire il motore come si esibivano i muscoli. E poi le avventure con quella moto per chi allora aveva vent'anni e tanta smania di varcare le colonne d'Ercole dell'adolescenza migrando lontano dal nido.

Cercò di scacciare i ricordi, ma l'idea di se stesso ragazzo si saldò malignamente con l'immagine del suicida, in un'unica, dolorosa sensazione di dissolvenza.

«Dove l'avete trovata?» chiese ai due agenti delle volanti che scortavano il carro.

«Nel campo nomadi di San Pancrazio», rispose il capopattuglia. «Ieri sera ne abbiamo beccati due che rubavano da un concessionario sulla via Emilia e oggi siamo andati a dare un'occhiata. Questi sembrano specialisti del ramo auto», concluse il poliziotto sarcastico.

«Chissà di chi è...» mormorò Soneri guardando la Vespa che aveva la sella tagliata ed era coperta da uno spesso strato di polvere.

«Si legge ancora il numero di telaio...» osservò l'agente. «Ci sarà una vecchia denuncia...»

«Molto vecchia», annuì il commissario con la voce incrinata. «Fatemi sapere», ordinò poi mentre i due poliziotti lo fissavano incuriositi domandandosi perché s'interessasse di uno scooter ormai buono per i raduni di moto d'epoca.

Quando Soneri rientrò in ufficio e Juvara gli chiese com'era andata, esitò a rispondere. Non sapeva cosa dire: il suicidio non lo riguardava e la Vespa nemmeno. In definitiva non aveva combinato niente, ma era tornato carico di suggestioni.

«Ci sarà da identificare 'sto morto», rispose. «Non mi sembra semplice.»

«Infatti, dottore», si affrettò a dire Juvara. «Ho mandato in giro la foto scattata dalla Scientifica, però non ho ancora avuto risposte. Ho consultato l'elenco degli scomparsi nell'archivio elettronico, ma la sua faccia non c'è.»

«Appena i giornali daranno la notizia salterà fuori qualcuno che lo conosceva», considerò Soneri. «E poi c'è quella chiave... Quella della Renault. Ce l'avrà un codice, no?»

Il morto continuava a incuriosirlo ma, parallelamente, gli faceva crescere l'irritazione per non potersene occupare. In quell'istante squillò il telefonino.

«Abbiamo guardato dentro la valigia», esordì Nanetti, «ma non c'è niente nemmeno lì.»

«Vuota?»

«Vuoi che ti faccia l'inventario?» replicò il collega. «Un paio di mutande di Coveri, un maglione marca Navigare, una cravatta di Marinella, un paio di pantaloni di Armani, una camicia Polo Ralph Lauren... Vado avanti?»

«Sembrerebbe uno con la grana», borbottò il commissario. «Pensando di farla finita, ti sarebbe venuto in mente di vestirti così bene?»

«Se è per quello, conosco gente che si mette in ghingheri anche per andare a comprare un etto di prosciutto», disse Nanetti.

Soneri sentì liquefarsi qualcosa nello stomaco. Nominare il prosciutto gli aveva risvegliato un bisogno urgente di appartenenza. «Ti va di pranzare al *Milord*?» chiese all'amico cambiando improvvisamente discorso.

«Queste sono le proposte a cui non si può dire di no», accettò Nanetti.

Si diedero appuntamento davanti al ristorante, ma prima di uscire il commissario provò a chiamare Angela. Lasciò squillare il telefono a lungo, però lei non rispondeva. Allora si avviò sotto quel flagello d'acqua che copriva la città con un velo lucente e sembrava non voler cessare.

Nanetti lo aspettava al tavolo addentando un grissino. «Qui è impossibile resistere», si giustificò.

Quando arrivò Alceste con la lista non lo lasciarono nemmeno cominciare. «Con questo tempo gli anolini in brodo sono d'obbligo», dichiarò Soneri, mentre il collega annuiva come se fosse la cosa più evidente del mondo. «E poi una Bonarda», aggiunse.

Anche qui Nanetti non ebbe da eccepire.

«Hai visto cosa scaricavano in cortile?» gli domandò poi il commissario.

«Cosa?»

«Ti ricordi la Vespa 125 Primavera?»

«E chi se la dimentica? La mia, truccata, faceva i centotrenta.»

«Le volanti ne hanno sequestrata una agli zingari: chissà di chi era.»

«Uno della nostra età: quella è roba vecchia.»

«Come noi», sorrise Soneri.

«Parla per te», lo rimbeccò Nanetti. «Gli uomini non invecchiano come le moto. E poi io mica ho mai grippato.»

«Che estati che ho passato con quell'affare sotto il culo! Quanti giri al mare, giù a Lerici, Tellaro, le Cinque Terre...» ricordò il commissario socchiudendo leggermente gli occhi.

«Eh, sì...» mormorò il collega. «Ma non tutti i ricordi sono belli. La memoria aggiusta sempre. Io con quella mi sono rovinato la vita.»

«Perché rovinato?»

«Non vedi 'sta gamba? Come credi che me la sia conciata così? Pensavi che fossi mezzo storpio dalla nascita?» spiegò Nanetti indicando genericamente sotto il tavolo.

«Sei caduto in Vespa?»

«Mi hanno fatto cadere. Uno che usciva da un cancello... Io passavo... Non è facile trovarsi così a ventidue anni», concluse amaro.

Gustarono gli anolini sui quali avevano sparso uno spesso

strato di grana. Il brodo caldo era un conforto. Per secondo ordinarono una punta al forno.

«L'unica continuità con quei tempi è quello che mangiamo», commentò Soneri. «Il resto è sparito. Forse per questo mi piace tanto stare a tavola. Il palato è l'unica sensazione che non è mutata in tanti anni», concluse.

«E il sesso», ridacchiò Nanetti.

«Quello cambia se cambi donna», obbiettò il commissario. «E se tieni sempre la stessa, c'è meno da scoprire.»

«Sarà perché ne faccio talmente poco che mi sembra di avere ancora così tanto da imparare!» commentò ironico il collega. «Colpa di quella Vespa. Se non fossi sciancato... Messo così mi schivano come una pozzanghera.»

Soneri non disse niente. Aveva una gran voglia di accendersi il sigaro, ma si accontentava di quel torpore appagato che subentra dopo un pranzo e un paio di bicchieri di vino. Sentiva la pioggia cadere e, in lontananza, lo sciabordio delle auto sull'asfalto bagnato come uno scroscio a ondate ritmiche. Dovevano essere già le tre, perché la luce si era lievemente incupita contro le vetrate del ristorante. A un tratto l'atmosfera estatica indotta dal cibo s'incrinò: il telefonino squillò e il commissario dovette ripensare al presente.

«Dottore, c'è stato un accoltellamento», lo informò Juvara. «In via Palestro, dalle parti di viale Solferino.»

«Morto?»

«Non so», rispose l'altro, «è arrivata una telefonata... Una donna, ma parecchio confusa. Con questa pioggia nemmeno i cellulari funzionano bene. È caduta la linea...»

«Va be', vado a vedere», tagliò corto Soneri, che salutò Nanetti, pagò e uscì. Passarono pochi minuti e si rifece vivo l'ispettore con voce trafelata: «Dottore, è un omicidio», lo avvertì. «C'è un uomo in terra al civico 4. Pare gli abbiano dato un mucchio di coltellate.»

Accelerò calpestando pozzanghere e lo strato scivoloso di

foglie marce sui marciapiedi. Quando arrivò in via Palestro vide una sorta di baldacchino costruito con dei teli dai volontari del pronto soccorso per riparare il cadavere dalla pioggia battente. Malgrado questo, il sangue scorreva via in rivoli seguendo la pendenza del viottolo di pietra che dall'entrata della casa conduceva al cancello attraversando un piccolo giardino. In quel tragitto s'annacquava fino a scolorirsi, tingendo appena di rosa il grosso ristagno d'acqua dello scolo.

L'uomo era riverso supino in una posa scomposta, con le braccia rivolte in dentro come ali che stentassero a dispiegarsi. Portava una tuta da ginnastica che la pioggia aveva infradiciato facendola aderire al corpo di una magrezza sofferente. Aveva folte basette ed era calvo, meno che sulla nuca coperta da lunghi capelli bianchi. Nonostante la pioggia, portava un paio di ciabatte di panno con la suola rigida di gomma. Ne aveva ancora infilata una mentre l'altra era finita qualche metro più in là, verso il cancello, e il commissario pensò che forse, nella colluttazione, la vittima avesse cercato di rientrare in casa per sfuggire all'assassino. Solo rialzando lo sguardo verso la palazzina a due piani dove l'uomo abitava, si accorse dell'ombrello. Giaceva nel prato col manico all'insù e la punta che sembrava trafiggere la terra molle. Adesso gli appariva tutto chiaro: doveva essere andato incontro a qualcuno che gli aveva suonato. Probabilmente lo aveva aspettato sotto la piccola veranda, ma forse l'altro l'aveva chiamato e lui, preso l'ombrello, gli si era avvicinato vestito così, da casa. Quando, poco dopo, Juvara lo chiamò per chiedergli cosa fare, ricostruì la vicenda in questo modo.

«Quindi, dice che si conoscevano?» gli domandò l'ispettore.

«E chi lo sa? Probabile», rispose Soneri.

«È già un punto di partenza, un'ipotesi investigativa...»

«Qui l'unica cosa certa è che questa volta non è un suicidio», tagliò corto il commissario.

2

«Allora, andiamo per ordine», ricapitolò Soneri. «Lei stava facendo la doccia quando ha sentito suonare...»

Franca Pezzani balbettava confusa, raggomitolata sul divano del salotto. Attraverso la vetrata della porta si vedeva il giardino, dove Nanetti e la sua squadra lavoravano sotto l'acqua. Era una donna alta e magra con un viso solenne i cui lineamenti, a tratti, vibravano di paura.

«Sì, ero sotto la doccia... Con lo scroscio ho sentito solo il campanello e Guglielmo che al citofono ha chiesto chi era...»

«E poi?»

«Niente», mormorò sull'orlo delle lacrime. «Mi è sembrato di udire i suoi passi in corridoio, quindi la porta-finestra che si apriva... Tutto qui.»

«Quanto tempo è passato prima che si accorgesse...» chiese ancora Soneri.

«Non so... Quello che occorre per una doccia e per vestirsi... Dieci minuti, un quarto d'ora, forse. Pensavo che 'Elmo', mi scusi, Guglielmo...»

Il soprannome fece scattare nella mente del commissario un ricordo forte quanto un riflesso condizionato, come poche ore prima la vista della Vespa Primavera. Guglielmo Boselli detto «Elmo», uno dei leader del Movimento studentesco e del Sessantotto parmigiano. Un capobranco, un trascinatore con i suoi discorsi infiammati nelle assemblee, alla testa di cortei e durante gli scontri con la polizia o i fascisti che allora venivano considerati più o meno la stessa cosa.

A differenza della Vespa, il commissario non l'aveva riconosciuto lì in terra, fradicio d'acqua e pieno di ferite. Ma le coltellate c'entravano poco: era il tempo ad aver prodotto i guasti peggiori.

«Suo marito è stato un personaggio politico negli anni del Movimento...» affermò timidamente Soneri, quasi timoroso di risvegliare i ricordi.

«Non siamo sposati», precisò l'altra impuntandosi su quel dettaglio, «anche se stiamo insieme da otto anni, lui non ha mai voluto saperne. Comunque sì, lo era, ma io non ne so niente: il '68, per me, è solo l'anno in cui sono nata.»

«Non faceva più politica?»

«No, da un pezzo. Non si riconosceva nei partiti di oggi.»

Il commissario scrollò il capo: «Capisco...»

In quel momento si scoprì confuso, tra la curiosità di ripercorrere l'epoca in cui Elmo arringava gli studenti e il presente di morte. Si sforzò di proseguire: «Racconti cos'è successo dopo».

«Ho continuato a lavarmi pensando che avesse suonato qualcuno per lasciare della pubblicità: ne arrivano a tutte le ore», riprese Franca. «Me la sono presa comoda. Oggi è sabato, fra un po' saremmo andati a fare la spesa all'Ipercoop...»

Soneri pensò con delusione a Boselli com'era, alla sua vitalità, al suo urlare alla lotta e non avrebbe immaginato che potesse ridursi a far spesa al sabato col carrello e tutto quanto. Avrebbe voluto smettere di curiosare nel passato: dava sempre solo dolore.

«Quando sono uscita dal bagno non l'ho visto, ma non mi sono preoccupata più di tanto. Sono andata in camera a vestirmi e solo dopo averlo cercato in tutta la casa ho guardato fuori, in giardino...»

Il commissario ascoltava la donna, sempre in preda a quella sovrapposizione di sentimenti tra presente e passato che si traduceva in onde di disturbo come una radio dal segnale precario.

«A parte il cadavere, ha visto qualcuno fuggire? Una macchina partire? Movimenti di altre persone in strada?»

Franca scosse la testa: «Per prima cosa ho notato l'ombrello rovesciato», rispose con voce rotta. «Le sembrerà strano, ma da com'era messo ho capito tutto... Sa che noi donne abbiamo intuito...»

«E poi?» la incalzò il commissario.

«Sono uscita correndo lungo il viottolo e l'ho trovato steso. Respirava ancora. Poi ha tirato una specie di sospiro sofferente, gli è uscito uno sbuffo dalla bocca e non s'è più mosso», terminò Franca mentre grosse lacrime le scorrevano sulle guance.

«Aveva ricevuto minacce negli ultimi tempi?» riprese Soneri appena si fu calmata.

«Non mi risulta», rispose la donna. «Aveva dato un taglio netto a tutto. Era deluso, amareggiato, e non andava neanche a votare.»

«E nel lavoro?»

«Era in pensione... Continuava a commerciare un po' di abiti, il mestiere che aveva fatto negli ultimi anni. Che nemici poteva avere?»

«Elmo» che commerciava vestiti di moda sembrava un paradosso o una pena comminata col contrappasso. Avere a che fare con la futilità del prêt-à-porter e delle griffe, lui che girava con l'eskimo e metteva il nastro isolante sulle marche delle giacche a vento.

«Si era ormai ritirato da ogni ribalta», ribadì Franca con un che di trionfo, come se fosse una conquista tutta sua.

Soneri trattenne un sorriso: era quella la fine vera.

«Il giardino ha una telecamera? C'è un videocitofono o qualcosa del genere?» s'informò guardando anche gli agenti che assistevano al colloquio.

«C'è una telecamera, ma inquadra solo la veranda e poco più», rispose uno dei poliziotti.

«Sequestrate il filmato», ordinò. Quindi, rivolto alla donna: «Ha chiamato lei la questura?»

«Sì», confermò Franca, «prima il 118 e poi voi. Era pieno di tagli e sanguinava.»

Soneri non aveva altre domande. Una specie di malinconia lo spingeva lontano da quella casa dove la morte sembrava più netta, più assoluta. Si alzò pensoso, urtando inavvertitamente le ginocchia della donna che si ritrasse sprofondando nel divano. Gli agenti della Scientifica proseguivano il lavoro in giardino mentre la pioggia battente sottraeva loro le tracce minuto dopo minuto, portandosi via Elmo, quel che era stato e un'epoca intera.

Quando il commissario passò di fianco a Nanetti nel viottolo, il collega disse qualcosa ai suoi e lo seguì. «Brutta fine, eh?» constatò.

«Peggio di così...» sussurrò Soneri. «Certi dovrebbero morire a trent'anni per non far sembrare tutto inutile», aggiunse.

«Ma dai!» esclamò Nanetti. «Credi che non se la sia goduta? Tu ci rinunceresti a trent'anni di vita?»

«Sono nato in un'altra stagione e poi mica avevo le sue certezze», rispose il commissario. «Ho sempre avuto troppi dubbi. La cosa buona del dubbio è che hai sempre davanti tante strade e non finisci mai in un culo di sacco.»

«Non fare il furbo», lo ammonì il collega. «Ti ho visto turbato di fronte a Boselli.»

«Ho visto cosa succede a prendere la vita troppo sul serio.»

«Vorresti stare sempre un passo indietro?» gli chiese Nanetti mentre s'incamminavano verso l'ufficio. «Assistere pavidamente dietro le persiane?» ironizzò.

«Macché», alzò le spalle Soneri. «Mi tocca guardare la battaglia in disparte», sorrise. «Talvolta commiserando. Non è quello che facciamo tutti i giorni sommando morti e feriti nei mattinali?»

Il collega scosse la testa senza più replicare. Quando arrivarono alla Scientifica, preparò la macchina per esaminare il filmato della telecamera. Con loro c'era un tecnico che non aprì bocca.

«Allora, vediamola questa rissa», cantilenò Nanetti. E fece scorrere le immagini fermando l'inquadratura alle 13.47. «Fin qui non è successo niente, tranne le persiane blindate della porta-finestra che si sono aperte alle 8.38», precisò.

L'inquadratura fissa era in bianco e nero senza sonoro. Si vedeva tutta la veranda e un pezzo di giardino dove cominciava il viottolo. In fondo, chiudeva la vista la siepe che faceva da confine. Alle 13.47, compare Elmo in ciabatte sulla porta. Non porta il cappotto, segno che non ha intenzione di uscire per molto. Mentre si gira per prendere l'ombrello nell'angolo della veranda, mostra il viso. Soneri lo osserva attentamente e chiede il fermo-immagine. La faccia, in parte deformata dall'obiettivo, è irriconoscibile. Le guance sono scavate, la fronte prominente ha già la forma del teschio e gli occhiali dalle grandi lenti sembrano spegnere la residua vivacità degli occhi. I capelli bianchi scarmigliati, lunghi e radi dietro la nuca, rafforzano l'impressione di un uomo invecchiato precocemente. Soneri fa cenno al tecnico di continuare con un gesto infastidito mentre Nanetti gli lancia un'occhiata d'intesa.

Boselli ha movimenti lenti da anziano. Prende l'ombrello con calma e si avvia piano. Sembra del tutto tranquillo quando esce dal campo visivo della telecamera.

«A me non pare che temesse qualcosa», disse Nanetti.

«Non è certo l'atteggiamento di uno allarmato», confermò il commissario.

«Significa che non si aspettava ventitré coltellate.»

«Forse conosceva la persona che ha suonato. Non avrebbe aperto, altrimenti.»

«Non è detto...»

«Aveva una telecamera sulla veranda e le persiane blindate», gli fece notare Soneri. «Di sicuro era un tipo prudente.»

«Anche il videocitofono, se è per quello», aggiunse Nanetti. «Ma purtroppo non registra le immagini.»

«Vedi? S'è fidato di chi ha suonato», concluse il commissario.

«Ti faccio vedere quando esce la sua donna», cambiò discorso il collega, ordinando al tecnico di mandare avanti velocemente le immagini.

Il video si animò di indecifrabili guizzi attraversando il tempo in cui Boselli si prendeva le coltellate. Quando riapparve la veranda, erano le 14.12.

«È passato più di un quarto d'ora prima che lei si accorgesse di quello che era successo», proseguì Nanetti.

«Quell'altro ha fatto in tempo a sparire...» confermò il commissario.

«Detta così sembra un delitto progettato. Ma come ha fatto l'assassino a scegliere il momento per agire?» chiese il collega.

«Infatti», concordò Soneri. «Non poteva sapere chi c'era in casa e nemmeno l'ora in cui la Pezzani avrebbe fatto la doccia.»

«E allora?»

«Non resta che pensare a un delitto d'impulso.»

«Con tanto odio», aggiunse il collega.

«L'odio c'è sempre se dai una coltellata a un altro. Ma se gliene ficchi ventitré vuol dire che è un odio vecchio. Qualcosa che s'è accumulato nel tempo», rifletté il commissario.

Mentre parlava, percepì la fatica di cominciare un'altra inchiesta attraversando per l'ennesima volta il mistero di una morte. Eppure tutto quello era il mestiere. Non capiva come mai gli fosse precipitata addosso una sorta di recalcitrante inerzia.

Tutto però gli fu chiaro più tardi, nel momento in cui chiamò a rapporto Juvara e Musumeci per organizzare l'indagine.

«Questo non era un leader del Movimento?» domandò il primo.

Il commissario annuì.

«Facile che ci siano dietro vecchie rogne politiche», azzardò.

E Musumeci soggiunse: «Ho idea che bisognerà scavare molto indietro nel passato per capire».

A Soneri bastò quella frase a far riemergere la ritrosia che aveva istintivamente provato di fronte a Elmo morto. Nasceva dal fastidio nel rovistare in anni trascorsi, ancora troppo sensibili, intimi e dolorosi solo a sfiorarli, come un ascesso. «Ormai era lontano dalla politica», spiegò in una sorta di istintiva difesa.

«Le vecchie beghe si trascinano nel tempo», insisté Musumeci. «Chiederò a qualche collega anziano della Digos.»

«Non trascuriamo le altre strade», intervenne deciso il commissario. «Donne, amori, affari...» chiarì. «Ultimamente commerciava in abiti. Magari ha lasciato dei debiti. I soldi, ecco un'altra pista da seguire. Dove ci sono i soldi c'è sempre del marcio.»

Juvara annuì e prese appunti. Musumeci si era già mosso di suo.

«Ho sentito gli inquilini della casa e i vicini», spiegò, «ho chiesto se prima delle 13.40 avevano visto qualcuno aggirarsi in via Palestro.»

«Qualcosa di utile?» domandò Soneri in tono scettico.

«No», rispose l'ispettore. «Sono tutte case lussuose con giardini e molti alberi e non è facile accorgersi di quel che succede in strada.»

«E se anche capitasse...» brontolò il commissario.

Musumeci lo guardò tra lo sbalordito e l'interrogativo.

«Quello è un quartiere di ricchi», riprese. «E in questa città pochi si fanno gli affari propri quanto loro.»

L'ispettore non replicò. Nessuno in questura conosceva Parma meglio di Soneri. Una conoscenza antropologica. Gli bastava scorgere una faccia dietro il parabrezza di qualche macchina vistosa per riconoscere i connotati degli arricchiti con il muso ancora sporco di terra e le tracce della fame scacciata da appena due generazioni. Gente allevata in quell'indifferente, cinico, egoismo che è la via maestra per far soldi.

«Non sapremo mai niente dai benestanti del quartiere», tagliò corto dopo qualche istante, pensando a Franca e al suo bel viso. Anche lei doveva essere ricca, ma da più tempo. La terra aveva fatto in tempo a staccarsi dalla pelle. Quella donna lo incuriosiva e gli offriva un altro modo di affrontare l'indagine, prendendola da una strada secondaria che lambiva Elmo e la sua vita.

Intanto, Juvara e Musumeci sembravano aspettare un congedo, mentre il pomeriggio sfioriva rapidamente.

«Andiamo avanti così», concluse allora Soneri alzandosi. Aveva in testa una grande confusione e solo l'istinto poteva tirarlo fuori. «Novità sull'impiccato?» cambiò discorso.

«Nessuna», rispose Juvara. «Sembra che il procuratore si sia deciso a far pubblicare la notizia sui giornali per vedere se qualcuno che lo conosceva si fa vivo. Vorrebbe mettere anche la foto, ma le redazioni si sono rifiutate: è la faccia gonfia di un morto.»

«Meno male», commentò il commissario. «Lui che si lamenta sempre dei 'mostri sbattuti in prima pagina'!»

Quando cominciava una nuova indagine, si sentiva ogni volta come una vite che non trova il passo e oscilla a ventaglio cercando di ingranare. Chiese a Nanetti se erano già disponibili i risultati dei rilievi, quindi si rivolse al capo delle volanti per ordinare che sorvegliassero via Palestro. Ma poi sentì il bisogno di andare di persona e uscì. La pioggia battente si era trasformata in un'acqua fine che scendeva timidamente sull'asfalto. Camminando guardava l'enorme groviglio di auto ferme, una solida, ostinata, incrostazione luccicante. Si sentiva piacevolmente libero. A un tratto squillò il cellulare e la voce di Angela gli sembrò arrochita.

«L'umidità ti ha preso alla gola?»

«Ho parlato per due ore», rispose lei stanca. «Avevo udienza e oggi toccava alla difesa.»

«Hanno ammazzato Elmo, te lo ricordi?»

«Altroché! E come?»

«S'è preso ventitré coltellate.»

«Non sapevo che fine avesse fatto negli ultimi tempi.»

«Adesso lo sai.»

«Quand'è successo?»

«Nel primo pomeriggio.»

«Dove?»

«In via Palestro. Abitava lì con la compagna: si chiama Franca Pezzani.»

«La conosco. Anche lei faceva il classico, ma io al Romagnosi, lei al Maria Luigia, capisci la differenza?»

«Sono tutt'e due scuole per la Parma che conta», tagliò corto Soneri.

«Il Maria Luigia, certo», confermò Angela. «Al Romagnosi ci vanno anche gli altri.»

«Ne ho visti pochi», mugugnò il commissario. «Che tipo è 'sta Pezzani?»

«Una che non ha bisogno di lavorare», spiegò lei. «È figlia unica di una famiglia di ex imprenditori con blasone nobiliare. Ma adesso hanno venduto l'azienda e investito in decine di appartamenti: fanno gli immobiliaristi.»

«Si chiama rendita di posizione», scandì Soneri.

«Bravo! Ma non sono squali. È gente colta. Il padre fa

l'avvocato e possiede una galleria d'arte. Ha amicizie tra i pittori e non vota a destra.»

«Non è una garanzia, ma un buon indizio», commentò il commissario. «Elmo ha sempre avuto un certo fiuto per le tavole già apparecchiate», aggiunse.

«Se è per quello anche a casa sua non mancava niente», lo contraddisse Angela.

«Aveva un padre autoritario che lo considerava un degenerato...» obiettò lui. «Un vero fascista.»

«Sono passati tanti anni...»

«Sì», sospirò Soneri con voce dolente, «troppi. Sai che non l'avevo riconosciuto?»

«Perché non ci troviamo a casa tua?» cambiò discorso Angela per impedirgli di sprofondare nella nostalgia. «Ci prepariamo la cena e lasciamo Elmo fuori dall'uscio.»

Il commissario ebbe un sorriso di ironica tristezza: «Sai bene che non è possibile: la sua storia riguarda anche noi. Riguarda tutti perché siamo fatti di niente».

«Appunto. Allora sbrighiamoci a cogliere ogni occasione», tagliò corto Angela. «Siccome il tempo è breve, non mi va di passarlo a piagnucolare.»

Soneri la sentì riagganciare e rimase per un po' immobile con il cellulare in mano. Pensava agli anni del Movimento e alla gran cagnara dei cortei, alle manifestazioni e ai raduni, agli amori e alle botte. Fu a quel punto che gli tornò in mente la vecchia Vespa scaricata dal carro attrezzi nel pomeriggio e allora compose il numero di Pasquariello, il capo delle volanti. «Hai novità per quella Vespa che i tuoi hanno sequestrato nel campo nomadi di San Pancrazio?»

La richiesta non stupì il collega: «Immaginavo che me l'avresti chiesto visto quel che è successo... Sennò non ti interesserebbero cosette come questa». E prima che Soneri, a sua volta stupito, replicasse, l'altro proseguì: «La targa è stata sostituita, ma dal numero di telaio siamo risaliti comunque al proprietario, che forse non pensava nemmeno più a questo ferrovecchio», precisò. «E adesso non ci pensa più di sicuro», concluse.

«Intendi dire...»

«Proprio così», confermò il capo delle volanti. «La Vespa è intestata a Guglielmo Boselli. Abbiamo anche scovato una vecchia denuncia di furto presentata dal padre trentaquattro anni fa. Non si capisce perché lui se la moto era del figlio...»

«Allora non correva buon sangue tra gli studenti e la polizia», chiarì Soneri.

«Che strana combinazione, eh?» riprese Pasquariello. «Ritroviamo la Vespa il giorno che il proprietario viene assassinato.»

Il commissario annuì e chiuse senza salutare: non era proprio possibile tenere Elmo fuori dalla porta.

3

L'uomo giusto era Borriani. «Il vecchio Borriani», come lo ricordavano in questura rammentando gli anni in cui la Digos si chiamava ancora «Ufficio politico». Soneri non era entusiasta di incontrare il collega ormai in pensione e di risentire le sue tirate contro la sinistra, il disordine sociale e l'anarchia imperante, anche se in fondo si trattava sempre del più naturale, cialtronesco, autoritarismo italiano ampiamente interpretato.

«Ti toccherà mettere il naso negli affari della tua famiglia», lo punzecchiò subito Borriani.

«Certo che voi, nella vostra, non ci avete indagato molto», ribatté acido Soneri. «E poi dovresti sapere che io sono orfano.»

«Eh, orfano tu... Ma dai!»

«Hai passato la vita a catalogare tutti e fai fatica a pensare che uno non abbia etichette», ironizzò Soneri.

«Tu ce l'hai: sei un mezzo comunista. Lo saresti del tutto se non fosse crollato il muro di Berlino», sibilò il collega.

«E tu che sei rimasto fascista malgrado Mussolini abbia sbattuto il culo per terra?»

«Be', Mussolini qualcosa di buono l'ha fatto. Voi, invece...»

«E ci mancherebbe che in vent'anni non avesse fatto qualco-

«I nemici più grossi li aveva dall'altra parte», borbottò Borriani.

«Tra i fascisti? Intendi loro, no?»

«Ti piace pronunciare quella parola, eh?» cantilenò astioso il collega. «Per anni me la sono sentita buttare addosso come un insulto per chiudermi la bocca.»

Il commissario fece finta di niente: «Con chi era in contrasto?»

«Con quelli del Fronte della gioventù. Con Scaglioni e Bini, i capi di allora.»

«Abitano ancora in città?»

«Credo di sì. Sono invecchiati anche loro...» commentò malinconico Borriani. «Ho nostalgia di quei tempi e non solo per l'età: c'era più vitalità rispetto a oggi.»

«Dovresti essere contento che stia tornando la destra...»

L'altro alzò le spalle: «Che cosa me ne faccio ora?»

Di nuovo Soneri percepì l'agguato della malinconia e per scacciare quella minaccia si alzò di scatto quasi dovesse schivare uno schizzo d'acqua.

Salutò in fretta Borriani e si diresse in via Palestro, attraversando una città fradicia invasa dall'odore delle foglie morte.

Il cancello del giardino era aperto e là dov'era stato ucciso Boselli ardevano alcuni ceri protetti dalla pioggia da un'improvvisata tettoia di ombrelli. Intorno mazzi di fiori. Il commissario avanzò e nella luce ondeggiante delle fiammelle cominciò a decifrare i volti invecchiati dei reduci di quella primavera sfiorita. Barbe bianche, schiene incurvate e pance impiegatizie risaltavano nel riverbero ambrato che giocava alle ombre su quelle figure immobili lambite da spettri danzanti.

Nel buio, in disparte, Soneri sentì una mano sfiorarlo. Un contatto familiare che riconobbe e che gli impedì di precipitare nella tristezza. «Angela, cosa fai qui?» sussurrò.

«Ero sicura che saresti passato...»

Uno di quelli che vegliavano attorno ai ceri si girò lentamente per fissarli con sguardo severo, come in chiesa. Quindi arrivò una vecchia con un mazzo di fiori e, appena fu più vicina, si accorsero che era una suora. Aveva un corpo minuto che spariva dentro la tonaca e un'espressione afflitta. Appena deposti i fiori sul prato, prese un minuscolo rosario e iniziò a pregare sottovoce. Il commissario si scostò da Angela e percorse il viottolo superando il capannello. Quando si voltò li aveva quasi di fronte disposti a semicerchio sotto gli ombrelli. Si mise a fissarli, cercando di distinguere i tratti di quei volti arrossati dai lumi. Quello più grosso al centro doveva essere Gabriele Castellazzi, detto «Lalo». Poi c'era un piccoletto piuttosto gracile, pelato ma con un po' di capelli superstiti sulla nuca raccolti in un codino. Soneri cercò di metterlo a fuoco nella luce precaria e lo riconobbe dagli occhi ancora vivaci e mobili: Paolo Gotti, il «Gabo» per gli amici. Tra loro una donna piuttosto sciupata che non seppe riconoscere così come un tizio alto, vestito come un bancario, che stava un po' in disparte e sembrava inabissarsi lentamente nella terra molle.

A un certo punto Lalo e Gabo si guardarono con un cenno d'intesa e fissarono Soneri infastiditi. Affiorava nelle loro occhiate l'antica diffidenza verso la polizia e il commissario pensò che fosse l'unico residuo di quell'epoca di scontri. Poi i due si avviarono verso il cancello. Soneri li seguì e appena furono sul marciapiede li fermò, presentandosi. Loro lo scrutarono in silenzio per qualche istante, poi Castellazzi disse con tono spiccio: «Cosa vuole sapere?»

«Tutto quello che potrebbe essere utile per capire», replicò con semplicità il commissario. «Voi vi spiegate il perché?»

«Non ci spieghiamo niente», rispose Gotti.

«Conti in sospeso? Fascisti? Rivalità?» ripeté meccanicamente Soneri, rimasticando le solite ipotesi.

I due risero tra i denti: «Adesso? I conti che c'erano da fare sono già stati fatti», intervenne Castellazzi. «È tutto in prescrizione, commissario. Anche noi.»

«Non direi, a giudicare da quello che è successo...»

«Se c'era ancora qualcosa da regolare non riguarda il passato», riprese Gotti. «E poi, l'ultimo pezzo di strada Elmo l'ha fatto da solo. Non ci frequentavamo più come una volta: eravamo troppo prigionieri dei nostri ricordi. Non ha visto in quanti siamo stasera?»

«Molti non avranno saputo», ipotizzò Soneri.

«Parma è una città piccola... E anche se lo avessero saputo...» mormorò Castellazzi. «Dove sono finite le folle che lo applaudivano?»

Il commissario abbozzò un cenno come per dire che non poteva farci niente.

«Sì, è inutile», concluse Castellazzi con un altro gesto d'intesa.

«Sapevate com'era messo ultimamente?» insisté Soneri.

«Sì e no», rispose Gotti. «Sembrava tranquillo. Stava assieme a quella donna che l'aveva pacificato», proseguì alludendo alla Pezzani con una punta di disprezzo. «Era allegro, ma non dell'allegria di un tempo.»

«Anche l'allegria, con gli anni...» commentò il commissario.

«Sembrava fatto», borbottò Gotti, come se stesse rimuginando ad alta voce. «Sarà perché con una molto più giovane... Insomma, è diverso. Ai tempi Elmo aveva l'allegria di un fuoco che crepita, adesso quella di uno che ha appena tirato una canna.»

«E ne deve aver tirate...» insinuò il commissario.

«Qualcuna in India...»

«Se n'era andato in India?»

«Come molti allora», rammentò Castellazzi. «Tanti di noi hanno preso la sbornia per l'Oriente. Lui c'è stato tre anni, ma cos'abbia fatto non lo sa nessuno.»

«Quando è partito?»

«Nei primi anni Settanta, deluso dalla piega che aveva preso la politica. Fin da allora s'era capito che era stato tutto inutile», spiegò l'uomo. «Così abbiamo cominciato a rompere le righe e ognuno ha cercato di salvare i suoi sogni come ha potuto.»

Rimasero in silenzio per un po', ascoltando il rumore lieve della pioggia sui loro ombrelli. Tanti piccoli passi leggeri come la corsa di un topo.

«Di recente, le volte che lo incontravamo», ricominciò sottovoce Gotti, «aveva la stessa espressione di quando era tornato dall'India. Qualcosa che assomigliava al rincoglionimento.»

«La morte peggiore», sintetizzò amaramente Castellazzi. «Buon per lui che si era trovato una consolazione. Vista l'età, forse quella definitiva. È uno a cui piaceva molto cambiare. Uno inquieto. Per questo ci è sembrato strano che si fosse messo tranquillo. Ma capisco che a un certo punto devi tirare una riga prima che la tiri il tempo per te.»

Soneri scrutò i due uomini nella semioscurità del marciapiede e sotto la pioggia di quella fine d'autunno uggiosa in perfetta sintonia con i loro discorsi, fu preso dall'angoscia. Cercò di sfuggire con altre domande, rientrando nel ruolo come se si trattasse di una recita e il mondo, quello vero, fosse da tutt'altra parte.

«Dopo, quando è tornato, ha ripreso a fare politica?»

«Tutti noi abbiamo continuato», rispose Gotti. «Quando ce l'hai nel sangue... Ma abbiamo cercato confusamente una parte, chi nel Pci, chi in Lotta continua, chi nei partiti comunisti filocinesi, chi in altri gruppi come Potere operaio. Ci siamo dispersi.»

«Qualcuno ha rasentato la lotta armata», aggiunse Castellazzi. «Qualcun altro c'è finito dentro.»

«E lui?» incalzò Soneri.

«Avevamo un grande bisogno di speranza e credevamo in chi te la faceva intravedere», confessò Gotti senza rispondere. «Uno dei nostri s'è fatto frate e forse oggi la speranza ce l'ha ancora. Tutti la vorrebbero, perché non è mai mancata come adesso.»

«Uno s'è fatto frate?» si stupì Soneri.

«Torri», lo informò Castellazzi. «Un bestemmiatore duro, un mangiapreti... Bisogna arrivare all'odio per liberarsi di tutto e affrontare la vita badando all'essenziale. È così che Torri ha capito qual era la sua strada.»

«C'era anche una suora poco fa», fece notare Soneri.

«Quella non c'entra: non ha visto che è vecchia?» replicò Castellazzi. «È una del Sacro Cuore che ultimamente lo seguiva ed era molto in confidenza con lui. Forse era diventato credente o lei voleva convertirlo, chissà... Di questo», si schermì l'uomo, «non abbiamo mai parlato e non m'interessava granché.»

«O forse si era messo a vivere come tanti di voi che hanno mollato col passato», buttò lì Soneri.

«La maggioranza», constatò Gotti sarcastico. «Ma noi parliamo di quelli che ci hanno creduto, non degli opportunisti. Chi manca qui, cosa crede che sia?»

«Se è così siete rimasti davvero pochi...»

«Questo è un Paese di voltagabbana e di vigliacchi. Sono stati con noi finché c'era da grattare qualcosa. Poi si sono sistemati seguendo come bracchi l'odore dei soldi», ringhiò Castellazzi. «Si guardi intorno: quanti ce n'è nelle università a prendersi prebende, nei giornali e al soldo dei padroni? La maggioranza. E quelli che hanno sgomitato dentro i partiti di sinistra e adesso fanno i professorini? 'Fanculo!» terminò con un gesto di disprezzo.

Era arrabbiato e al commissario in fondo piacque, perché era molto meglio della nostalgia. Gli restava solo il sospetto che i due si lamentassero della sorte che li aveva tenuti lontano dal banchetto.

«Eravamo rimasti al ritorno di Boselli dall'India», riprese Soneri provando a ricondurre la discussione sull'indagine.

«Dopo un po' era di nuovo inquieto», disse Gotti. «Sembrava tornato quello di prima: il vecchio Elmo, insomma.

Ma si era anche incattivito, gli era raddoppiata la rabbia che aveva dentro. Poi ha incontrato la moglie...»

«È stato sposato?»

«Sì e anche in quel caso con una ricca. Elmo piaceva alle ragazze di buona famiglia. Non vedevano l'ora di scoparsi uno trasgressivo per uscire dall'asfissia borghese, dall'ipocrisia dei riti. Ci andavano matte per uno così.»

«Chi era?»

«Una Carattini», rispose Gotti. «Quelli che fanno conserve di pomodoro.»

«Eh, già, si è sempre piazzato bene...» commentò Soneri. «E quand'è finita con quella?»

«Non so di preciso», replicò l'altro. «Sarà una decina d'anni. Hanno un figlio che sta per diventare avvocato e che di Elmo non ha niente.»

«Non gli assomiglia?»

«L'ha forgiato la madre: stesso carattere. E la stessa ipocrisia», spiegò Castellazzi.

«Come faceva Boselli? Dico, a stare con questa», domandò Soneri.

«Lei non conosceva Elmo», sorrise Gotti. «Era un artista nel riuscire a fare la bella vita col minimo sforzo. Aveva fascino, ecco tutto. E poi ognuno ha le sue contraddizioni. Almeno lui è rimasto intellettualmente coerente, al contrario di tanti che si sono venduti.»

Il commissario rifletté su quella considerazione poi chiese: «Dopo l'India cos'ha fatto? Ha lavorato da qualche parte?»

«Tanti lavori», riprese Castellazzi. «Ma, come le ho detto, un tipo irrequieto che cambiava spesso. Il suo pallino era fare il giornalista e per un po' aveva aperto piccole riviste trovando soldi in giro, ma senza fortuna. Poi era finito in banca, quando ormai non era più tempo di coerenza ideologica, però era stato lui a scappare dopo qualche anno, schifato dall'ambiente. Un nostro compagno l'aveva invitato a entrare in una cooperativa agricola appena fuori città e lui ci si era imbarcato entusiasta. Però il lavoro gli risultava troppo duro ed Elmo non c'era abituato. Così aveva finito per commerciare abiti. Quello era un mestiere che doveva avere nel sangue: sapeva convincere con la chiacchiera facile e poi quel continuo viaggiare era qualcosa che gli ricordava i miti della gioventù: sa, Kerouac... Diceva che aveva l'animo dello zingaro.»

Soneri provava un'istintiva diffidenza verso quelli che giravano troppo. Pensava che fosse una fuga da qualcosa. O forse una grave incapacità di guardarsi dentro. Uno può scegliere di far muovere le cose fuori di sé anziché muoverle dentro la mente. E poi, per lui, la parte migliore del viaggio era il piacere di tornare.

«Tanto non si sfugge», commentò con tono scettico riprendendo a fissare i due che aveva di fronte, ma in perfetta continuità con i suoi pensieri.

«Non si sfugge, no», mormorò Castellazzi. «Però Elmo... Chi avrebbe mai detto che sarebbe finito così?»

Un colpo d'aria scosse gli alberi e una serie di gocce pesanti tamburellò sugli ombrelli. Sembrò l'annuncio del congedo.

«Se ho bisogno di voi dove vi trovo?» chiese il commissario.

«Dal *Pàcio*, in piazzale Picelli», rispose Gotti. «È un bar piccolo dove si rifugiano i pochi superstiti dell'Oltretorrente. Una riserva indiana», ghignò sarcastico.

Soneri li salutò con un cenno allontanandosi ubriaco di parole e di suggestioni. Scorse Angela nella luce del lampione dov'era rimasta ad attenderlo e puntò su di lei con sollievo. «Un'indagine di merda!» imprecò.

Lei gli passò un braccio dietro la schiena: «Non ce n'è di meglio», sussurrò. «È il contatto con la morte che fa male.»

«Lascia stare...» borbottò Soneri scuotendo ostinatamente la testa. «Le morti non sono tutte uguali. Un delinquente sparato non è come una vecchia sgozzata o una donna strangolata dal marito. Boselli era comunque un simbolo...»

«Allora il problema non è tanto la morte degli altri, ma la parte di noi che muore con loro», concluse Angela. «Oggi ti sei reso conto che se n'è andato quel riverbero di te che si rifletteva in Elmo. È questo a farti male.»

Soneri sentì che Angela aveva ragione. Allora l'abbracciò stretta, come se volesse trattenere all'infinito il riverbero che emanava da lei. E più sentiva vano quel gesto, più cresceva la voglia di amarla.

«Andiamo a concludere la serata in uno dei posti che erano nostri», le propose con commovente orgoglio.

«Ma ne sono rimasti?» sorrise Angela.

«Qualcuno ci sarà e noi lo troveremo.»

4

«Dottore, e mo' 'sta Vespa dove la ficchiamo?» domandò il sovrintendente Cardone appena Soneri mise piede in questura.

Se n'era dimenticato e la domanda riaprì di colpo la porta a spiacevoli divagazioni. «Mettetela nel garage delle volanti», ordinò sbrigativo.

Subito dopo si sforzò di pensare all'inchiesta, ma anche quella lo costringeva a tornare indietro nel tempo, mentre lui avrebbe voluto fuggire avanti. Quando entrò in ufficio cercò quindi di distrarsi chiedendo dell'impiccato: «Abbiamo notizie?»

Juvara allargò le braccia: «Non si è fatto vivo nessuno, per ora».

Il tentativo di restare aggrappato alla quotidianità naufragò appena sfogliò i giornali. La prima pagina era per Elmo, corredata da una sua foto recente accanto a quelle del luogo del delitto. All'interno, invece, c'erano immagini in bianco e nero di lui giovane durante un'assemblea studentesca e alla testa di un corteo con l'eskimo, i capelli lunghi e un viso da ragazzo. Prima che il magone gli strizzasse la gola, Soneri richiuse il giornale. «Dov'è la notizia del suicida?»

«A pagina sette», informò Juvara scrutandolo preoccupato. «Ci hanno bastonato?» chiese poi alludendo agli articoli.

«No, no...» replicò vago Soneri. «Mi chiedevo com'è possibile che uno sparisca così...»

Le due morti gli parevano in qualche modo collegate. L'impiccato aveva cercato il nulla nel dissolvimento dell'identità e nell'assenza di significato. Boselli c'era finito dentro poco per volta: non era molto diverso.

«Con un po' di pazienza...» osservò l'ispettore. «Prima o poi qualcuno ci dirà qualcosa», concluse.

Aveva smesso di piovere, ma il cielo restava plumbeo.

«Bisogna perquisire il giardino di via Palestro», riprese il commissario. «Ieri sera non hanno trovato niente, ma stamattina bisogna riprovarci. Dov'è Musumeci?»

«È già là», lo rassicurò Juvara. «S'è portato mezza dozzina di agenti per setacciare di nuovo il prato, le siepi e i marciapiedi nei paraggi. Abbiamo fatto interrompere anche la pulizia nelle strade e la raccolta della spazzatura nel quartiere.»

«Ottimo», approvò Soneri proprio mentre il suo cellulare squillava.

«So qualcosa che può interessarti», esordì Angela.

«Me lo vuoi raccontare con di fianco l'avvocato o come fonte confidenziale?»

«Riassumo tutt'e due i ruoli. Ma vuoi sapere o no?»

«Dipende dal prezzo.»

«Poi facciamo i conti», sussurrò lei con una punta di malizia. «Comunque si tratta di questo: il figlio di Boselli, Francesco, già bazzica nello studio di un collega: l'avvocato Bonacini.»

«Si mette avanti col lavoro», constatò il commissario con ironia.

«Bonacini è massone, mi capisci?»

«Come no! La madre vorrà spianargli la carriera.»

«Se vuoi entrare in certi ambienti...»

«Il vecchio male italiano: la mafia diffusa.»

«Ti sei mai chiesto come fanno strada certi tuoi colleghi?»

«Nella pubblica amministrazione», precisò il commissario, «oltre che affiliato ai clan politici, devi essere anche obbediente e un po' ottuso. Al primo accenno di intelligenza sei fregato.»

«E tu, allora? Ti stai dando del cretino da solo?»

«Nel mio caso, proprio perché ottusi, non si sono resi conto di chi si prendevano in casa», rise Soneri.

«T'interessa parlare con il ragazzo?» domandò Angela.

«Certo, prepara il terreno.»

Appena riattaccò, Juvara riapparve con un'espressione seria: «Dottore, hanno trovato il coltello».

«Dov'era?»

«In uno dei cassonetti lì intorno. Musumeci se li è fatti quasi tutti.»

Soneri si alzò di scatto: «Hai avvertito la Scientifica?»

Ma senza attendere la risposta compose il numero di Nanetti. «Ci faremo accompagnare da una volante», lo informò. «Aspetta in cortile.»

«Chissà perché mai lo ha buttato in un cassonetto», borbottò il collega sul sedile posteriore della «pantera» lanciata verso via Palestro con tanto di sirena. L'agente alla guida era passato tra la folla a spasso nella zona pedonale di via Farini creando scompiglio. Alla barriera dei viali, di fronte alla fermata delle corriere, Soneri gli aveva ordinato di rallentare e spegnere la sirena.

«Parma è piccola e si arriva in poco tempo dappertutto anche senza sbraitare», lo ammonì.

«Se non avessimo bloccato la raccolta, a quest'ora sai dove sarebbe quel coltello?» riprese di nuovo rivolto a Nanetti.

«Che ingenuo! Se lo teneva in tasca e lo buttava in un cassonetto vicino alla stazione non l'avremmo più trovato», replicò l'altro.

«Perché dici vicino alla stazione?»

Nanetti sporse il mento, incerto: «Me lo sono immaginato così…»

Il commissario tacque mentre l'auto si fermava. Scesero in silenzio accolti da Musumeci.

«Allora? Com'è 'sta lama?» s'informò Soneri.

«Un comune coltello a scatto», rispose l'ispettore. «Una sberla da quindici centimetri.»

«Quasi una baionetta», commentò Nanetti. «Dov'è?»

Musumeci sollevò una busta di nylon trasparente. Il coltello era ripiegato e aveva un manico scuro che pareva d'osso.

L'altro afferrò l'involucro e lo infilò dentro la valigetta degli attrezzi.

«Avete trovato altro?» chiese il commissario.

«Questo», rispose Musumeci mostrando una seconda busta con dentro un rettangolino di carta sporco e zuppo.

«Che roba è?» borbottò guardando meglio.

«Sembrerebbe un biglietto dell'autobus, ma l'acqua lo ha scolorito», lo informò l'ispettore. «Qualcuno c'ha anche camminato su, forse nella colluttazione.»

«Ci sono segni di colluttazione?»

«Be', pare che Boselli abbia cercato di difendersi a giudicare dalle impronte nel fango», riprese Musumeci. «Ma già le prime coltellate devono essere state mortali, perché tutto si è svolto in pochi metri quadrati.»

«Vedremo quel che ci dirà il medico legale», stabilì Soneri. «Cerca di capire cos'è questo coriandolo», aggiunse porgendo a Nanetti anche l'altra busta.

Nel momento in cui si girarono per tornare verso la macchina si accorsero che davanti al cancello si era raccolta una quindicina di persone. Alcuni scattavano foto col telefonino, altri guardavano incuriositi gli agenti muoversi dentro il giardino.

«Il potere dei media», commentò Nanetti alludendo alla notizia della morte apparsa sui giornali e su tutte le televisioni locali. «Se non ci sei dentro o non ti senti un po' partecipe è come essere morto.»

In quell'istante il commissario vide spuntare un paio di cronisti col taccuino in mano e virò lungo la cancellata nella direzione opposta.

«Vado a cercare l'ex moglie», si congedò frettolosamente lasciando il collega impalato sul marciapiede.

In realtà scappava. Non fosse stato per le continue citazioni come investigatore, lui avrebbe scelto la morte mediatica. L'ombra era il suo habitat preferito alla maniera di un animale notturno. Aveva lo stesso comportamento di caccia: camminare molto, perlustrare il territorio. E in quella città piccola, prima o poi ci si imbatteva sempre in qualcosa di utile. Infatti, giunto in piazzale Volta a ridosso di viale Solferino e a due passi dall'ex fortezza della Cittadella, si trovò di fronte alla scuola media delle suore del Sacro Cuore da cui arrivavano le grida dei ragazzi in ricreazione. Una religiosa dall'aria severa lo bloccò: «È un genitore?»

«No, un commissario di polizia», replicò seccamente.

La suora si fece attenta e si rattrappì dentro l'abito largo. «Cos'è successo?»

«Ho bisogno di parlare con una vostra sorella anziana che conosceva Guglielmo Boselli.»

«Poveretto!» esclamò l'altra sottovoce. «Vado a chiamare suor Donata.»

Dopo pochi minuti quest'ultima comparve nel corridoio con addosso un grembiule macchiato di sugo, muovendosi veloce col busto immobile e i piedi invisibili sotto l'ampia sottana come avesse le rotelle. Da vicino appariva ancora più dimessa. Aveva le mani rugose di chi fa lavori di fatica e un atteggiamento umile, quasi sottomesso. Condusse il commissario in una stanzetta al riparo dalle urla degli alunni.

«Da quanto tempo conosceva Boselli?» cominciò Soneri.

«Saranno due anni», rispose suor Donata. «Ero in giro

per le offerte alla Santa Lucia dei bambini e ci siamo messi a chiacchierare. Mi spiegò che voleva fare qualcosa per i giovani, quelli più poveri, e mi colpì molto come lo disse. Sembrava che si portasse dentro un vecchio dolore.»

«E come andò a finire?»

«Ci accordammo per un corso d'inglese che avrebbe tenuto qui: da allora abbiamo fatto tante cose.»

Il commissario cercò di immaginarsi Elmo nei panni del volontario circondato da una nidiata di ragazzi: «Ha capito di che dolore si trattava?»

«Sinceramente no», rispose la suora. «Era una persona molto sensibile e parlava spesso di sbagli commessi, di colpe. Perlopiù si riferiva alla sua attività politica. Si avvicinava a me e a quello che rappresento con molto pudore e intuivo che ci sarebbe voluto del tempo per entrare proprio in confidenza. A volte mi sorrideva e diceva: 'Hai di fronte un grande mangiapreti'. Allora replicavo: 'Ma io sono una suora!'»

«Appunto», intervenne Soneri, «secondo lei perché ha deciso di frequentarla?»

«Perché si era avvicinato a Dio. Era pronto a convertirsi, ma non ha avuto il tempo. Di fatto lo era già e credo che il Padreterno lo accoglierà per questo.»

«Aveva trovato la fede?»

«Ne sono certa. Forse stava maturando il grande salto, ma nelle sue azioni era già un credente. Aveva stabilito di dedicarsi agli altri. Non è decisivo tutto ciò?» concluse la suora con un sorriso dolcemente allusivo.

«Anche prima si dedicava agli altri», obiettò il commissario. «Con l'impegno politico.»

Suor Donata lo fissò dubbiosa: «Non c'è amore nell'impegno politico, ma calcolo. Il darsi della fede è un atto gratuito».

«C'è chi è morto per gli ideali», replicò Soneri con puntiglio. Si stava scaldando di fronte alla soave cocciutaggine della suora.

«Quegli ideali si erano dissolti», insisté lei con pacatezza. «Non ci credeva più e per quello sentiva un vuoto insopportabile.»

Il commissario si arrese e si limitò ad annuire.

«Lui c'era arrivato», aggiunse la suora. «La ragione l'aveva portato fin sulla soglia. Fino a convincerlo che l'unica soluzione era Dio, ma non riusciva a fare il salto. Come un uccello che non si decide a spiccare il volo dal nido. Però era questione di tempo.»

«Mi dica di lui», cambiò discorso il commissario. «Devo capire se c'era qualcosa...»

«Non comprendo tanto odio», mormorò suor Donata scuotendo la testa. «Adesso sembrava pacificato, concentrato su se stesso...»

«Con l'ex moglie che rapporti aveva?»

«Ottimi. Erano ancora sposati perché né lui né lei avevano mai chiesto il divorzio.»

«E col figlio?»

«Cercava di dedicargli molte attenzioni, anche se non era granché presente. Però, e forse le sembrerà strano, era un padre esemplare.»

«Cosa le ha raccontato della sua vita?»

«Se mi chiede dei fatti, quelli credo che li conosca bene anche lei: fino a un certo punto è stato un uomo pubblico. Noi parlavamo d'altro. Non tanto del passato politico, quanto di come l'aveva vissuto e di come lo riconsiderava adesso.»

«E come lo vedeva?»

«Non rinnegava niente, ma era deluso», rispose suor Donata. «Diceva che non gli era rimasto nulla, però quello era il risultato della vita. Di qualsiasi vita che si risolva tutta in questo mondo. Era lì che lo aspettavo. Quando uno arriva a quel punto, significa che è pronto, perché di fronte ha solo una via d'uscita e lui sapeva bene qual era.»

«Aveva dei rimorsi? Si sentiva in colpa verso qualcuno?»

incalzò Soneri. «Capisco che a lei interessasse più l'anima, ma io, col mestiere che faccio... Vorrei capire perché è accaduto che...»

«Oh!» lo interruppe la religiosa. «Era un uomo pieno di contraddizioni, ma forse non me le raccontava tutte. Solo qualcuna. Intuivo che c'era dell'altro, ma capivo che ci voleva tempo. Lui era di quelli che non bisogna forzare, sennò si chiudono. Né ho mai voluto giudicarlo: io ascolto gli altri e basta, non spetta a me condannare o assolvere.»

«Di che contraddizioni parlava?»

«Gli pesava il suo comportamento con le donne, per esempio. Era uno che non resisteva e prima o poi tradiva tutte. Solo adesso, con l'età...»

«E poi?»

«Pensava di aver tradito anche i suoi ideali, di non essere stato abbastanza coerente. Altri ci erano riusciti, lui no. Troppi compromessi, diceva.»

«Parlava di qualcuno in particolare?»

«Purtroppo di gente morta. Gente che aveva preferito uscire di scena piuttosto che assistere alla fine di tutto. Però si era convinto che loro avessero sofferto meno perché non avevano contribuito al disastro di oggi. Ti fai di eroina o butti giù un tubetto di sonniferi ed è finita.»

Al commissario venne in mente l'impiccato. Poi rifletté sull'età e si rese conto che il suicida senza nome forse, nel Sessantotto, non era nemmeno nato. Ma le delusioni non hanno anagrafe.

«Sembrava che ammirasse solo i morti», riprese suor Donata. «Io gli dicevo che questa era la sua malattia e gli ricordavo che aveva un figlio. Allora si riprendeva. Però per poco. Il giorno dopo ritornava a darsi del vigliacco. 'Ho tradito', mi raccontava eccitato, 'nella mia vita non ho fatto altro che tradire.' Un'ossessione.»

«Non faceva nomi? Circostanze?» cercò di approfondire Soneri.

«Forse me ne ha anche fatti, ma chi se li ricorda?» si scusò suor Donata. «La colpa maggiore che dava alla sua generazione era di essere stata la più egoista. Mi ha ripetuto più volte che loro erano stati i primi a non pensare agli altri. Raccontava di suo nonno e di suo padre, che avevano lavorato senza mai alzare la testa, senza uno svago. E tutto per permettere ai figli una vita dove si potesse tirare il fiato. Lui e quelli della sua età, invece, su quell'agio c'avevano sguazzato e campato a sbafo, pensando solo a realizzare se stessi. 'È come se avessimo perso tutto al gioco', mi ripeteva.»

Più la suora parlava, più l'immagine di Elmo scoloriva e mutava. Gli tornò in mente il fotogramma della telecamera con il viso deformato dall'obiettivo e dal tempo. Gli pareva di indagare su due persone diverse, quella di ieri e quella di oggi.

«Si sforzi di ricordare dei nomi», la pregò Soneri.

«Dio mio... Sa, la memoria... Mi viene in mente quello di un parlamentare: Torreggiani. Poi nominava spesso l'assessore Lanzetti.»

Il commissario conosceva entrambi. Torreggiani era un abile randagio tra le formazioni dell'ultrasinistra, virtuoso delle campagne elettorali, ma ormai una patetica maschera. Lanzetti, invece, era un rampante passato alla destra dopo aver diretto giornali d'area.

«Le ha mai parlato dell'India, di un suo viaggio fatto là nei primi anni Settanta?» chiese.

L'altra lo fissò stupita: «No, mai. Non sapevo che fosse andato in India. Però, adesso che mi ci fa pensare... Teneva anche dei corsi di manualità e spesso insegnava a costruire oggetti in legno che avevano molto di orientale».

«Ci sapeva fare coi ragazzi?»

«Tanto. Lo adoravano. Lui, però, appariva a disagio quando gli manifestavano affetto. Si tirava indietro, a costo di apparire freddo.»

«Perché secondo lei?»

«Non lo so. Me lo sono chiesta tante volte, ma non sono mai riuscita a darmi una risposta. Boselli era una persona piena di pudore e con una timidezza che non ti saresti mai aspettato da un uomo abituato alle piazze. Però un conto è parlare del mondo e un conto è ragionare su se stessi. Avevo l'impressione che a questo non fosse abituato. Forse la scoperta della sua interiorità e il doverla comunicare lo spaventava. Oppure lo impauriva quello che emergeva dal profondo.»

Suor Donata continuò a fissare nel vuoto con un'espressione incredula anche dopo, nel silenzio che seguì alle sue parole.

Il commissario interruppe quella sorta di riflessione alzandosi.

«Se le viene in mente qualche nome, qualche fatto...» insisté. «Sono alla ricerca di un appiglio per capire.»

La suora alzò gli occhi e lo scrutò con intensità: «Non finiamo mai di conoscere gli altri e, nonostante gli sforzi, ci rimane ignota anche una parte di noi stessi».

«Il tempo ci cambia e quel che abbiamo fatto nel passato spesso non ci sembra più nostro, ma di un altro che abbiamo sotterrato un po' alla volta, giorno dopo giorno», commentò Soneri.

«Questa è la condizione in cui stiamo nel mondo», annuì suor Donata. «Ma sappiamo che è transitoria. Boselli lo aveva capito, perciò si era avvicinato a Dio.»

Il commissario assentì con gravità. Quella discussione rischiava di angosciarlo, ma ancora una volta lo salvò il cellulare: uno squillo liberatorio come il gong per un pugile alle corde.

«Prima di tutto vorrei dirti che sei un bastardo», ringhiò Nanetti.

«Mi dispiace, ma tu te la cavi molto meglio di me coi

giornalisti: hai quella dialettica che mi è sempre mancata», replicò Soneri.

«Dialettica 'sti maroni!» riprese il collega stizzito. «Li ho avuti addosso per un quarto d'ora con le loro domande. E ogni fiato che tiri lo annotano sul taccuino.»

«Devi fare come i poliziotti americani: 'Niente da dichiarare' e passi oltre.»

«'Fanculo», borbottò Nanetti. «Comunque, il biglietto trovato nel giardino è dell'Azienda trasporti di La Spezia.»

«Questa è già una notizia», considerò il commissario. «La prima dopo che abbiamo girato a vuoto per una giornata. Si ricava altro?»

«No, ho provato a capire il giorno e l'ora in cui è stato usato, ma la timbratura s'è scolorita definitivamente.»

«Può voler dire che l'assassino viene da La Spezia...» rifletté ad alta voce Soneri.

«Non necessariamente», lo corresse scettico Nanetti. «Potrebbe essere solo passato di là e ha preso un autobus.»

«Potrebbe essere tutto», ammise il commissario.

5

Quando tornò in ufficio trovò sulla scrivania i risultati dell'autopsia di Boselli. Aprì la cartella e sollevò lo sguardo su Juvara: era così irrequieto che non si diede il tempo di leggere. «Sai già tutto?»

L'ispettore lo fissò a sua volta: «Be', sì. Ma non c'è molto da spiegare...»

«È morto subito?» chiese Soneri con urgenza e qualcosa che assomigliava alla premura.

«Quando si tratta di ferite da taglio la vittima non muore mai subito, ma nel caso di Boselli credo sia stata questione di poco: la prima coltellata ha leso il cuore.»

«Non ha provato a difendersi?»

«Il fatto è che non se n'è accorto.»

«Com'è possibile?»

«Il colpo è stato sferrato da dietro.»

Soneri restò un attimo a pensare. «Fuggiva?»

«Forse. Però è difficile colpire con forza e precisione uno che scappa. E quello è stato un colpo molto violento.»

«Può avergliela inferto dopo averlo buttato per terra?» domandò il commissario.

«Dall'angolazione parrebbe di no», spiegò l'ispettore. «Ma è difficile ricostruire quello che può essere successo. Anche la distanza delle orme tra loro non è regolare e fa pensare a un passo scomposto. D'altra parte la vittima... a quell'età e con un paio di ciabatte ai piedi...»

«Magari Boselli stava rientrando e l'altro l'ha aggredito», concluse Soneri.

«Ci può stare. Anche se risulta strano», riprese Juvara. «A meno che i due non si siano parlati e abbiano litigato. A quel punto Boselli, rincasando, gli avrà girato le spalle...»

«Chissà...» sussurrò pensieroso il commissario. «Di sicuro non dev'essere stato un congedo amichevole. È l'unica coltellata alla schiena?»

«No. Ce n'è un'altra sotto la spalla e anche qui l'angolazione con cui è stata inferta farebbe pensare che Boselli si stesse voltando.»

«Per il resto è stato colpito davanti?»

«Sì, ventuno volte e tutti fendenti dall'alto in basso, quando la vittima era già per terra a distanza di qualche metro dalla prima aggressione.»

«Mortali anche quelli?»

«Una decina hanno colpito organi vitali: il cuore, i polmoni e grossi vasi sanguigni. Già la prima coltellata ha provocato un arresto cardiaco, mentre le altre hanno determinato un dissanguamento velocissimo.»

Soneri chinò leggermente la testa e restò in silenzio. Un senso di assurdo l'aveva pervaso così forte da rendergli indifferente qualsiasi cosa. Poi però si sforzò di tornare nei panni del commissario. Consegnò la cartella coi risultati a Juvara e domandò: «Chi usa più il coltello oggi?»

Era un interrogativo che poneva soprattutto a se stesso di fronte a quell'arma che sapeva di antico rituale. L'ispettore, invece, prese la questione molto sul serio: «Statisticamente», lo informò, «lo usano gli extracomunitari e gli ultras del calcio. Ho fatto un'indagine negli archivi e su internet», concluse.

«E tu credi a queste cose?»

«I numeri danno dei suggerimenti», replicò l'ispettore. «Possiamo considerarli alla stessa stregua degli indizi.»

Il telefonino di Soneri squillò e li interruppe. «Se vuoi sentire cos'ha da dire il figlio, lo trovi nel pomeriggio dall'avvocato Bonacini», lo imbeccò Angela. «Poi mi informerai. O pensi di non avere tempo?»

«Ti renderò ampia confessione», ridacchiò il commissario. E appena chiuse la telefonata ordinò a Juvara: «Rintraccia la moglie e convocala qui da noi».

Quindi si alzò per uscire, attraversò il cortile sbirciando la Vespa in un angolo dell'autorimessa e sbucò in via Repubblica. Fece pochi metri e si sentì chiamare. Nanetti lo stava rincorrendo e gli era al pelo.

«Avrei potuto fregarti il portafoglio che non te ne saresti accorto», disse trattenendolo per un braccio. «Però quando sei così catatonico è buon segno.»

«Vieni a mangiare?» gli propose il commissario.

«Dove?»

«Al bar. Solo un panino.»

«Passo», rispose deluso il collega. «Ho novità sul coltello», cambiò discorso. «Solo una conferma: sulla lama ci sono tracce del sangue di Boselli, ma nessuna impronta utile.»

Soneri fece un cenno d'approvazione. «Ce lo immaginavamo e adesso ne abbiamo la certezza», borbottò sbrigativo.

Poi salutò e si avviò al bar. Si sentiva irrequieto e quella frugalità ai bordi del bancone, tra le gomitate dei clienti, lo innervosiva ancora di più. La banale allegria del locale gli pareva grottesca, una pantomima che guardava da spettatore. Ed Elmo, ricomparso dopo tanti anni nelle sembianze di cadavere dissanguato, acuiva quel senso di inutilità di tutto ormai purtroppo familiare.

Mangiò in fretta il panino e si diresse verso lo studio dell'avvocato Bonacini.

Il figlio di Elmo divideva una stanza in gran disordine con

altri due praticanti. Era alto, magro e vestito impeccabilmente, come se portasse già la divisa del legale di successo. Aveva anche imparato quella cortesia un po' melliflua del professionista ricco che dava tanto sui nervi a Soneri.

«Francesco Boselli», si presentò.

«Non credevo di trovarla qui», entrò subito in argomento il commissario. «Con quel che è successo a suo padre...»

Il ragazzo aggrottò lievemente la fronte: «Per allontanare i pensieri è meglio buttarsi a lavorare».

«Terapeutico», confermò Soneri pensando a come si era sentito poco prima al bar. «Avevate un rapporto stretto, immagino.»

«In termini affettivi, stretto, sì», replicò vago Boselli. «Però mio padre è stato spesso assente quando io avevo più bisogno di lui. E adesso che è morto tutto questo mi pesa molto», concluse con una punta di rimprovero.

«Intende dire da piccolo?»

«Ho passato troppe domeniche solo con mia madre», continuò. «Sa quanto ci speravo? Poi lui spariva... Nessuno può restituirti la gioia che ti è stata tolta.»

«È il lavoro che ci strappa la parte migliore della vita», considerò Soneri.

«Macché lavoro! La politica!» ribatté con stizza Francesco.

«Non è la stessa cosa?»

«La politica non è un lavoro. E a mio padre non è servita nemmeno a trovarsene uno. Ha perso anni e anni in battaglie... Per cosa? Zero. E poi», aggiunse, «stava dalla parte sbagliata.»

Il commissario trasalì. «Perché dalla parte sbagliata?»

«Era un comunista, non lo sa? Le pare che ci si possa battere per idee del genere? Anche se erano altri tempi...»

«Si batteva per grandi ideali, la libertà, la giustizia, l'emancipazione degli ultimi...»

Boselli fece un gesto di noncuranza: «Erano solo utopie.

È tremendo pensare di aver perso tanti anni per 'sta roba. E poi non ha visto a cos'ha portato il comunismo?»

«Discutevate di politica?»

«Litigavamo», lo corresse il ragazzo. «Non è mai riuscito a convincermi. Forse perché davo a quelle sue idee la colpa di avermelo portato via, ho cominciato a detestarle fin da piccolo.»

«Sua madre la pensa diversamente?»

«Allora mi diceva che andavano rispettati tutti, ma io lo so che era per appianare i contrasti con mio padre. E poi mia madre lo ha sempre ammirato anche se lui l'ha lasciata.»

«Un'altra fuga. Immagino ne abbia sofferto parecchio.»

«Non è cambiato granché», lo smentì il ragazzo. «Andava e veniva come prima. Anzi, devo dire che dopo ho iniziato a sentirlo più vicino. Era come se provasse un senso di colpa nei miei confronti. Ma anche con mia madre non ci sono stati tanti cambiamenti.»

«Si erano divisi, no?»

«Certo, ma a me apparivano più sereni», confidò Francesco. «Forse perché era caduta quella maschera d'ipocrisia coniugale che li rendeva spesso ridicoli.»

«Ridicoli?»

«Mio padre piaceva parecchio alle donne e dopo un po' si stancava di stare sempre con la stessa. Così, anche con mia madre...»

«Però non si erano mai persi di vista», gli fece notare il commissario.

«Hanno sempre mantenuto un rapporto d'amicizia e credo si volessero bene», confermò Francesco. «Mia madre sapeva fin dall'inizio quello che le sarebbe toccato con un uomo così e in un certo senso lo dava per scontato.»

Soneri fissò il ragazzo per qualche istante cercando sul suo viso i lineamenti di Elmo da giovane. Si concentrò sugli occhi scoprendoli liquidi e vaghi, sull'orlo del pianto.

«Era un padre così simpatico, estroso, imprevedibile! Tutti i compagni di scuola mi invidiavano, ma non sapevano delle assenze e di quanto soffrivo», si lamentò Francesco.

«Mi diceva che litigavate», insinuò il commissario.

«Mio padre parlava, parlava...» confessò il ragazzo. «A volte mi portava con sé alle riunioni e ai dibattiti, forse sperando che mi appassionassi a quel mondo, ma in realtà mi sembrava tempo perso. Tutti a discutere per ore e poi a votare guardandosi in cagnesco senza mai mettersi d'accordo. Forse ho cominciato lì a pensare che era necessario avere ordine, decisioni certe, disciplina. Infatti quelli come mio padre non hanno combinato niente.»

«Sua madre invece era differente?»

«Mia madre viene da una famiglia ricca e quando si ha qualcosa bisogna occuparsene, difenderla, essere concreti. Ed era per questa dote di mia madre che si poteva vivere bene, nonostante mio padre girasse più per dibattiti che per lavoro. Ma era negato per le cose pratiche. Tutti i suoi compagni si sono piazzati, mentre lui è rimasto a predicare nel deserto. Il comunismo o è parolaio o è carcerario.»

«Non dia giudizi sommari», lo ammonì Soneri. «Se fosse stato un operaio negli anni Sessanta forse lo avrebbe votato anche lei.»

«Mai», replicò sdegnato il ragazzo. «Gente che si fa solo delle seghe mentali su un mondo che non esiste.»

«Da costruire», suggerì il commissario.

«Be', hanno perso. Sono stati solo capaci di distruggere anche loro stessi. Non li vede? Hanno cambiato pelle rinnegando tutto quello in cui avevano creduto e i pochi rimasti coerenti si aggirano come randagi ad abbaiare alla luna. Sa che nemmeno mio padre ci credeva più? Li aveva mollati anche lui.» Francesco si era talmente accalorato da perdere il suo irritante aplomb. Adesso appariva più sfrontato e per questo più simpatico. «Sa cosa mi aveva detto di recente? 'Salvati almeno tu, cogli tutte le occasioni perché non ripasseranno.' Ecco cos'è la vita: cogliere le occasioni, farsi largo per non restare indietro. Se non impari che è una lotta resti schiacciato. E in questa gara sei solo.»

«Anche suo padre lottava», gli fece notare Soneri. «Non solo per sé, pure per gli altri.»

«Mio padre era un caso a parte, un artista della vita che se la sarebbe cavata in qualsiasi posto. Col suo talento poteva arrivare lontano, ma ha preferito sacrificarlo a un'utopia. Si è accorto troppo tardi che il tempo era scaduto. Gente molto meno dotata ha fatto strada perché ha mollato presto i sogni.»

«Un giovane deve credere in qualcosa», scosse la testa il commissario. «Mi farebbe paura una generazione senza ideali.»

«Lei ha la stessa malattia di mio padre», commentò il ragazzo. «Sarà mica comunista anche lei? Non mi piacciono i poliziotti di sinistra.»

«Non sono comunista, ma cosa pensa? Che i poliziotti debbano essere fascisti com'erano in molti ai tempi di suo padre?»

«Dico che se uno fa quel mestiere deve avere in testa l'ordine e stare da quella parte con decisione. I poliziotti di sinistra sono ambigui. Sono quelli che discutono sempre tutto. Che vogliono il dialogo… Non mi fido per niente. E poi perché uno di sinistra dovrebbe fare quel mestiere? Non c'ha la testa.»

«E perché dovrebbe essere di destra?»

«Pongono meno problemi e svolgono con determinazione il loro compito. Il mondo è fatto anche di gregari e di obbedienti formiche. Pure di una gerarchia dove qualcuno comanda e altri eseguono», replicò Boselli.

«E il suo ideale sarebbe questo?» insinuò Soneri.

«In cosa vuole che possano credere quelli della mia età? Nella nostra famiglia, in Dio per chi ne è convinto, in un ordine che rimetta a posto le cose e in noi stessi. Ci è stato lasciato altro?» domandò con indignato sarcasmo.

«È questo che rimprovera a suo padre?»

Il ragazzo sussultò leggermente, ma rimase zitto.

«È vero che stava convertendosi? Almeno in quello potevate essere d'accordo...»

«Sì, stava spesso con quella suora... Però non mi hanno mai convinto i ripensamenti tardivi... L'ho detto anche a lui: mi sembra comodo vivere tutta la vita senza negarsi i piaceri per poi pentirsi quando non sono più alla nostra portata. In giro c'è troppa gente convertita dal calo degli ormoni. E poi per i preti è come un trofeo tirare dalla loro parte uno dell'altra sponda. Dev'essere stato così anche per la suora.»

Nelle parole del figlio di Elmo Soneri leggeva finalmente un ammirevole desiderio di purezza. Solo un ragazzo poteva provarlo così chiaramente perché non ancora corroso dai compromessi dell'età. E invidiò un po' quella rabbia così genuina.

«A lei manca la capacità di sognare», riprese il commissario. «Togliere la speranza è come togliere l'aria.»

Il viso del ragazzo sembrava scolpito nell'espressione ringhiosa di poco prima, anche se dava l'impressione di riflettere. «Mio padre e gran parte dei suoi coetanei non hanno saputo dare», sbottò alla fine. «Si sono sempre sentiti al centro del mondo. Hanno bruciato tutto e a noi tocca di ricominciare. Ma almeno che ci lascino il diritto di prendere a calci le loro cianfrusaglie.»

Il commissario stette per un po' in silenzio. «Suo padre aveva conti in sospeso?» sviò ripartendo dall'indagine.

«Non saprei. Non credo. Negli ultimi tempi viveva molto appartato.»

«Nemici?»

«Ne avrà avuti di sicuro visto che era uno che si esponeva. Ma credo tutta roba vecchia.»

Soneri si alzò rassegnato.

Francesco lo imitò con un gesto stanco.

«Non mi spiego quel che è successo», disse dopo qualche istante. «Mio padre era così cambiato che stentavo persino a riconoscerlo. Credo che sentisse la vecchiaia, ma sembrava che gli portasse serenità. Come se la sua fosse stata una lunghissima adolescenza e solo adesso fosse giunto alla maturità vera.»

«Nemmeno noi ci stiamo capendo niente», borbottò il commissario. «Suo padre è stato un uomo pubblico per tanto tempo e quello che ha fatto lo si conosce. Se ne dovrebbe dedurre che il movente è da cercare in questi ultimi anni, proprio in quella vita appartata di cui ha parlato lei.»

«Ovviamente io non so tutto», replicò il ragazzo possibilista.

Soneri annuì e indietreggiò verso la porta. Salutò con un cenno della mano e uscì.

Poco dopo, camminando, rifletteva sulla conclusione a cui era giunta la chiacchierata con il figlio di Elmo: forse occorreva davvero indagare sugli anni recenti di Boselli lasciando perdere la vecchia politica. A quella avrebbe pensato Francesco prendendola a calci come promesso.

Percorse tutto borgo del Parmigianino e sfociò in via Melloni. Proseguì passando di fronte all'ex circolo di lettura e si trovò sotto alla Pilotta. A quel punto prese il cellulare e chiamò Juvara: «Hai convocato l'ex moglie?»

«Potrà essere qui solo alle diciotto, prima lavora», rispose l'ispettore.

Soneri mugugnò: «Allora passo dalla Pezzani», lo avvertì. «Tu prova a informarti su cosa faceva Boselli in questi ultimi anni, chi frequentava, dove andava, come passava le giornate...»

«Dottore, i giornalisti non mollano: sono fuori in attesa di notizie.»

«Che se la sbrighi Capuozzo: è lui il portavoce.»

«C'è un'altra cosa», riuscì a dire l'ispettore prima che il commissario chiudesse.

«Dimmi», fece impaziente.
«Si tratta dell'impiccato», cominciò Juvara, «finalmente qualcuno ha risposto.»
«Meno male!» esclamò Soneri fermandosi a due passi dal monumento al partigiano. «E chi l'ha riconosciuto?»
«Non è ancora certo», lo avvisò l'ispettore, «però i colleghi di La Spezia pare l'abbiano individuato.»
«Pregiudicato?»
«No, risulterebbe in una delle riprese girate allo stadio.»
«Quale stadio?»
«Quello spezzino», spiegò Juvara. «Ma bisogna lavorarci ancora perché le immagini non sono di buona qualità e la confusione sugli spalti è tanta. Sa com'è: sono pochi fotogrammi. Però c'è una faccia che gli assomiglia.»
«Anche il biglietto trovato nel giardino di Boselli veniva da La Spezia», constatò il commissario.
«Eh, già», borbottò l'ispettore. «Una coincidenza? Nelle riprese c'è però un'altra cosa interessante, anche se non so quanto c'entri...»
«Cosa?»
«Quel tizio faceva parte di un gruppo di ultras di estrema destra che si fa chiamare la Spingarda.»
Gli vennero in mente le frasi del figlio di Boselli: anche quelle gli parevano in odore di fascismo.
«Tieni sotto battuta i colleghi di La Spezia», gli suggerì Soneri. «Magari chiedi al magistrato che faccia una telefonata a qualche suo collega ligure, che non guasta. Tu hai un buon ascendente su di lui», ironizzò infine.
«Commissario...» lo trattenne ancora Juvara senza replicare alla battuta. «Che cosa ne facciamo di quella Vespa?»
«Perché? È fra i piedi di qualcuno?»
«Mi ha detto Pasquariello che il magistrato gli ha chiesto conto. Dice che dovrebbe essere riconsegnata al proprietario o agli eredi diretti.»

«Il proprietario è morto, l'ha capito?» sbottò spazientito Soneri.

«Ha un figlio», obiettò l'ispettore. «Anche secondo Pasquariello andrebbe a lui.»

«Senti», tagliò corto Soneri, «io non mi intendo di eredità, ma figurati cosa gliene potrà fregare di un vecchio arnese come quello!»

«Be', gli oggetti possono avere valori diversi», continuò Juvara. «Si può essere affezionati anche a un oggetto insignificante se ci ricorda qualcosa.»

In quel momento il commissario si sentì come centrato da un colpo in un luogo imprecisato del petto. Un colpo che non dava dolore, ma ti mandava ugualmente al tappeto. Gli parve tutto chiaro: non c'erano motivi per tenere la Vespa in questura, ciò nonostante lui puntava i piedi. Non si rassegnava a separarsi da quella moto, il che poteva apparire un capriccio assurdo per un uomo di legge. Ma proprio quel senso di assurdo trascinava con sé il vero significato della sua età, il momento in cui si dà l'addio ai sogni non avverati, alle speranze tradite e persino ai simboli della giovinezza.

6

Si diresse in via Palestro anche se il pensiero di quel pianterreno col giardino e il viottolo lungo il quale aveva visto steso Elmo lo angosciava.

Sotto il breve portico di via Farini ricevette la chiamata di Angela: «Dimmi...» le rispose con tono assente.

«Ma che voce hai?»

«Sono appena andato al tappeto e l'arbitro mi ha contato.»

«Ti ho sempre detto che non sei adatto per le risse», ribatté lei ironica. «Eviti anche i corpo a corpo», continuò allusiva. «Chi ti ha messo ko?»

«Una Vespa.»

«Non prendermi in giro, commissario, le vespe girano al tempo dell'uva», lo incalzò minacciosa.

«Eppure è così. La Vespa di Boselli», spiegò Soneri. «Anche in te dovrebbe risvegliare qualcosa...»

«Oddio», si lamentò lei. «Ricominci con la nostalgia? Piuttosto, raccontami cosa ti ha detto il piccolo avvocato.»

«Sì, parliamo d'altro», tagliò corto il commissario irritato. «Mi sembra un bel fascistello, ma dopotutto non è colpa sua.»

«Infatti. Se conoscessi sua madre non ti stupiresti.»

«La incontrerò fra un po': l'ho convocata in questura.»

«Sospetti?»

«No, finora non ci capisco niente. Mi stai dicendo che viene da una famiglia di destra?»

«Viene da una famiglia molto ricca», precisò Angela. «Dovresti sapere che i ricchi, anche i più illuminati, alla fine badano a conservare quel che hanno. E se devono scegliere...»

«Fai discorsi da comunista», osservò Soneri, a sua volta ironico. «Comunque, mi è sembrato un povero ragazzo già intrappolato nella cravatta d'ordinanza e mi ha fatto un po' pena.»

«Quando hai poche certezze ti attacchi a ciò che trovi già in casa: la famiglia, la carriera, gli studi. I buoni valori borghesi di una volta», considerò Angela sarcastica. «D'altra parte, non dev'essere stato facile avere per padre un uomo come Boselli.»

«Non c'era mai, infatti. Al figlio pesava quell'assenza e gli è rimasto dentro un vuoto ancora più doloroso per il fatto che l'ammirava.»

«Eh, 'sti uomini ammirati e sfuggenti!» sospirò Angela. «I figli non se li scelgono, ma le donne che lo fanno hanno la vocazione al martirio.»

«Adesso vado a sentirne un'altra che ha fatto il voto», annunciò il commissario con ironia.

Questa volta fu lei a non cogliere: «E chi è?»

«Quella con cui stava adesso: Franca Pezzani.»

«Stasera ceniamo assieme e mi racconti.»

Soneri percorse via Farini fino alla barriera dei viali. Non pioveva più, ma nell'aria greve tutto sgocciolava. La città sudava freddo lungo i muri fradici e aveva l'odore sgradevole dell'umidità stagnante. Saliva dai tombini come da una torpida intimità. In viale Solferino, invece, percepì l'effluvio dei giardini morti d'inverno. Tanti piccoli boschi recintati da ringhiere appuntite coi loro alberi in galera tra le case.

Ripercorse il viottolo e approdò sulla veranda che ben

conosceva. Franca Pezzani lo accolse avvolta in una vestaglia scura che forse era appartenuta a Elmo. Vi spariva dentro, seppellita nel lutto. Soneri si accorse che in casa non era stato toccato niente. C'era lo stesso ordine del giorno prima e sul pavimento rimanevano le tracce di fango che i poliziotti avevano lasciato nell'andirivieni in giardino.

«Avrei voglia solo di dormire, morire per un po' e sentirmelo ancora accanto», mormorò la donna. «Da sveglia continuo a rivedere quella scena e a starci male.»

«Non può trasferirsi da qualche parte almeno per una settimana?» chiese il commissario.

«Non so staccarmi dalla presenza di Elmo. Solo qui posso illudermi che ci sia ancora: ho le sue cose, i suoi abiti sanno di lui... E poi vorrei capire. Come si può morire così? Per uno che suona il campanello e ti riempie di coltellate.»

«Sono qui per scoprirlo», replicò il commissario.

«Ho riflettuto tanto», riprese la donna, «ma non sono riuscita a trovare niente che potesse giustificare tanta ferocia.»

«Cerchi di ripercorrere gli ultimi anni, pensi alle persone che ha incontrato, al lavoro, agli affari. Aveva sentore di altre relazioni? Visti i precedenti...»

Franca scosse la testa. «No, di questo sono sicura. Era un uomo ancora affascinante, ma il tempo passa per tutti. L'ha visto, no? Ma non pensa che la politica c'entri?» domandò subito dopo.

«In politica le vendette si praticano subito. Il metabolismo è rapido e lui da parecchio ne era fuori», commentò scettico Soneri. «È più facile che tutto nasca nel privato. E lei è la persona che gli è stata più vicino ultimamente.»

«Ci ho pensato, cosa crede?» replicò la donna. «Ho passato in rassegna le persone che frequentava, ma escludo che qualcuno potesse compiere un gesto simile.»

«Ne è sicura?»

«Sicurissima. Elmo, ormai, evitava i conflitti. Per non litigare, a volte, smetteva di bazzicare in certi ambienti. Diceva che era stanco di battaglie.»

«E i suoi ex compagni? Castellazzi? Gotti?»

«Si vedevano ogni tanto», minimizzò Franca. «Parlavano di politica, ma sempre con distacco. Erano tutti delusi e il più critico verso la sinistra era proprio Elmo. Ammirava la suorina che frequentava e diceva che valeva più la sua vita di dedizione silenziosa agli altri che tutte le parole vuote degli ex compagni riciclati nei partiti. A volte diventava così fegatoso da far pensare che fosse invidioso di chi si era sistemato. Ma quando sento parlare i politici che sfilano in televisione non posso dargli torto.»

«Spazzatura», convenne Soneri. «Però questo c'entra poco con le coltellate», aggiunse per riportare la conversazione sul binario dell'indagine.

«So bene di esserle poco utile», riprese Franca in tono dispiaciuto, «ma davvero non me ne faccio una ragione. Lui era molto cambiato e io ero la prima donna con cui si sentiva finalmente a posto. Forse per via dell'età o forse per quello che abbiamo appena detto, si era pacificato. Aveva deciso di dedicare del tempo agli altri, di riprendere il rapporto col figlio e di progettare la sua vita privata come non aveva mai fatto. Si era persino comprato dei manuali per curare il giardino.»

Il commissario si sforzò di immaginare Boselli che falciava il prato, ma gli sembrò di accostare il vino al latte.

«E il suo lavoro? Il commercio d'abbigliamento, dico.»

«Lo faceva con molto distacco, non aveva la necessità di lavorare», rispose Franca.

«Era in pensione?»

«Sì, ma la sua vita professionale è stata molto complessa. Ha cambiato tanti posti. Prendeva qualcosa, ma non molto. Per questo continuava a girare per tirare a casa un po' di quattrini.»

«Mi ha detto che non aveva bisogno di lavorare...»

«C'ero io», replicò con un certo imbarazzo la donna. «Ma lui era un tipo orgoglioso. Non voleva dipendere... Mi ha capito?»

«Da una donna?» domandò Soneri.

Franca lo fissò in silenzio con un'espressione che equivaleva a un assenso.

«Questa casa è vostra?» s'informò il commissario.

«È mia», precisò Franca. «È un regalo di mio padre. Ho alle spalle una famiglia solida.»

Soneri restò in silenzio per un po'. Boselli gli appariva davvero un artista della vita, come aveva detto il figlio. Con tante donne ricche a soccorrerlo.

«Non era certo la prima volta che si faceva mantenere...» infierì il commissario.

«Lo so, ma anche con quello voleva smettere», confessò Franca. «Per tanto tempo, vivere contando su una compagna ha fatto parte del suo progetto di vita», proseguì.

«In che senso?»

«Ne aveva tante e sceglieva quella che poteva risolvergli il problema di come campare. Il suo obiettivo era dedicarsi alla politica a tempo pieno e non puoi farlo se devi guadagnarti da mangiare. Si medita meglio nell'ozio», terminò la Pezzani con una punta di sarcasmo.

«Ultimamente era lei la soluzione?» chiese Soneri.

«Le ho detto che adesso era diverso: non aveva smanie e non gli interessava più la politica», ribatté la donna lievemente piccata.

«Ha sempre avuto compagne ricche?»

«Che io sappia, sì. Mi ha confessato che a volte considerava il farsi mantenere una specie di esproprio in nome di quelle che lui riteneva delle necessità superiori.»

«Non si è mai vergognato di predicare il comunismo campando a casa dei ricchi?» domandò il commissario.

«Finché è stato giovane non gliene fregava niente, poi ha

cominciato a pesargli», rispose Franca. «Negli ultimi tempi questo cruccio si era così accentuato che, a volte, dava l'impressione di uno che stesse in una camera in affitto. Cercava di pagare la sua parte, ma spesso non aveva i soldi e allora si incazzava. Questa è una casa grande e dispendiosa. Io gli dicevo che non importava e lui rispondeva accusandosi di non sapere fare nemmeno i lavoretti che tutti gli uomini sanno sbrigare. Si vergognava di quanto fosse incapace.»

«Può essere che il commercio d'abiti fosse la copertura di altro? Forse aveva qualche conto in sospeso che lei non conosce?»

La donna scosse la testa risolutamente. «Lo escludo», mormorò. «Elmo non era inquieto riguardo il presente. Semmai, come le ho detto, era il passato a turbarlo. Ma solo quando faceva i conti con se stesso.»

Il commissario si sentì scarico e scoraggiato. Continuava vanamente a cercare una pista, eppure davanti aveva un'impalpabile ma ostinata barriera trasparente. A un certo punto quella situazione gli pesò talmente che si alzò di scatto dal divano e si avvicinò alla vetrata che dava sul giardino. Rimase lì in piedi a guardare fuori, dando le spalle a Franca. Il pomeriggio si spegneva più rapidamente tra gli alberi. Allora volle cercare la luce oltre quelle fronde, così salutò e corse fuori verso la strada dove arrivava ancora il chiarore del giorno.

Durò poco. Il tempo di camminare fino in questura passando accanto ai colori dell'orto botanico sullo stradone Martiri della libertà, imboccando poi via XXII luglio laddove la città si restringe e le vie smettono di scimmiottare i boulevard per tornare trincee. Anche la luce si restrinse e nell'oscurità tutto prese a brulicare in quel funerale del giorno che è il corteo del ritorno a casa. Camminò fino all'angolo con borgo della Posta ed entrò in questura, dove Cinzia Carattini, l'ex moglie di Elmo, lo aspettava impaziente.

Appena si affacciò all'uscio, Juvara gli lanciò un'occhiata

d'avvertimento accennando alla donna e solo a quel punto si accorse di essere molto in ritardo. Si scusò e le si sedette di fronte. Lei aveva lo sguardo fermo e l'aria battagliera.

«Se lo aspettava?» esordì a sorpresa il commissario.

Cinzia Carattini ebbe un sussulto e lo fissò stupefatta: «Come potevo? Un tempo forse. Credo che parecchi avversari politici avessero intenzione di fargli fare questa fine, ma adesso… Sarebbe ridicolo anche quello», concluse con una punta di cinismo.

«Cos'altro c'è di ridicolo in questa storia?» domandò Soneri.

«Le vicende di tutti noi, le passioni… Elmo mi ha lasciata preferendo la politica a me e alla nostra vita assieme. Ha buttato all'aria una famiglia, creato degli infelici, frantumato un possibile avvenire… Per cosa? E come crede possa accettare che alla fine si sia convinto a vivere come gli suggerivo, ma con accanto un'altra?»

«Eh, sì, a pensarci dopo tutto appare futile», convenne Soneri incrociando lo sguardo perplesso di Juvara. «Ma quando ci sei dentro, quando vivi il momento e le passioni ti travolgono, per cose futili si può anche ammazzare», aggiunse. «Capita spesso.»

«Elmo stava male proprio perché tutto il suo mondo si era dissolto dopo una breve vampata di passioni», riprese la donna. «Discutevamo spesso di questo e dell'occasione che avevamo mancato assieme, di quello che potevamo essere… Tutto sfumato per una scommessa persa. Ma Elmo era fatto così: non poteva vivere senza un'utopia. Oggi la politica gli appariva una cagnara da cortile perché sentiva che mancavano le idee e quindi la speranza. Diceva che in un mondo senza speranza tutti avrebbero finito per accoltellarsi. È come se avesse immaginato la sua fine.»

«Di questa devo occuparmi», precisò il commissario cercando di frenare lo sfogo della Carattini. «C'è qualcosa che può farle pensare a un odio così feroce?»

«Non saprei», rifletté la donna. «Eravamo rimasti amici e parlavamo di frequente. Elmo era diventato una specie di frate laico e si dedicava ai giovani. Da qualche anno stava molto vicino anche a nostro figlio, benché ormai tra loro fosse impossibile ricostruire quell'intimità che era mancata per molto tempo. Francesco, per una sorta di rivalsa, è cresciuto detestando tutto quello che ha amato Elmo.»

«Detestava anche lui?»

«No», scrollò il capo decisamente, «lo ammirava e soffriva perché la distanza dovuta all'assenza aveva creato una forma di imbarazzo tra lui e il padre. Era come se si fossero conosciuti da adulti e dovessero costruire un vissuto comune.»

«Nel tempo che siete stati assieme le ha mai parlato di nemici, minacce?»

«Certo», replicò la donna, «ma è roba vecchia.»

Il commissario scosse la testa sconsolato, posò le mani sulla scrivania e rimase in silenzio. Si sentiva sempre più incastrato e senza appigli.

A un certo punto la Carattini lo fissò: «Io un sospetto ce l'ho», disse.

Soneri si sporse verso di lei invitandola a proseguire.

«Elmo, più volte, ha avuto a che fare con gruppi dell'ultrasinistra vicini alla lotta armata. Non erano terroristi, ma alcuni di loro lo sono poi diventati. Lui ha sempre tentato di riportare alla politica queste formazioni e si è scontrato coi più fanatici. Gente pericolosa che non dimentica.»

«E dall'altra parte? Tra i fasci?»

La donna si mise a ridere: «Quelli si sono riciclati tutti! Adesso fanno i campioni di democrazia e governano di nuovo. Ci sono dei gruppi giovanili violenti, ma mica conoscono Elmo».

«Boselli non le ha mai detto se questi ex compagni si erano rifatti vivi?»

«Solo una volta, mesi fa, mi aveva raccontato di aver incontrato Maselli, un suo ex compagno, trovandolo invecchiato e incattivito. Avevano avuto una breve discussione e alla fine quel vetero-comunista l'aveva liquidato chiamandolo traditore. Elmo aveva sorriso per quell'accusa antica e a suo modo ingenua.»

«Le è parso preoccupato?»

«Mi aveva detto che gli era sembrato di tornare indietro nel tempo, alle discussioni violente delle assemblee e a quando ci eravamo conosciuti. Allora abbiamo cambiato discorso», mormorò la donna.

Per un attimo il commissario fu investito da un rigurgito di passato, ma ne sgusciò via: «Crede che Maselli sia un tipo pericoloso?»

«Elmo l'ha sempre descritto come uno squilibrato con accessi incontrollati di rabbia», spiegò la donna. «Di quelle persone che agiscono senza pensare granché e quindi a rischio. Tipi così non guariscono con gli anni, anzi, è facile che sbiellino.»

Soneri lanciò un'occhiata d'intesa a Juvara, il quale si mise subito a battere sulla tastiera per verificare al terminale cosa comparisse su Maselli.

«Le risultano altri scontri con gli ex compagni?»

«No, questo è l'unico di cui mi ha parlato, ma Elmo ormai evitava quel mondo. Erano loro che ogni tanto si facevano vivi.»

«In che modo? Minacce?»

«Volevano che tornasse nel gruppo a far politica. Non l'aveva detto nemmeno alla sua compagna per non farla preoccupare.»

«E lui?»

«Non ci pensava proprio», rispose la Carattini. «Diceva

che aveva chiuso per sempre con quell'ambiente e poi non sarebbe mai tornato assieme a gente tipo Maselli e altri invasati come lui.»

«E perché lo cercavano se tra loro non correva buon sangue?»

«Perché Elmo, essendo molto conosciuto, avrebbe tirato con sé parecchi ex compagni.»

«Immagino che il suo rifiuto li abbia molto irritati...»

«Lo consideravano un tradimento. Lì funziona come per i preti: una volta che sei ordinato, lo rimani per sempre. E con tipi come Maselli...»

Un colpo di tosse di Juvara distolse l'attenzione della donna che si alzò. «Credo di averle detto tutto», concluse. «Il resto lo sa meglio di me. Ciascuno di noi orienta il proprio futuro con tanti piccoli atti nel presente di cui raramente ci si rende conto fino in fondo. Cosette, ma che, una sull'altra, pesano.»

«Non c'è dubbio», convenne il commissario, «tutto sta nel capire che carambola salta fuori quando queste premesse si scatenano.»

Cinzia Carattini lo fissò con un lieve sorriso. «Proprio così. Ed Elmo, di premesse, ne aveva seminate tante.»

Soneri fissò la donna che si allontanava nel corridoio. La guardò finché non raggiunse la porta che dava sul cortile e gli parve che, uscendo, gli lanciasse un ultimo sguardo ambiguo.

«Pensa che ci abbia dato una dritta?» gli domandò poco dopo Juvara.

«Diffido sempre un po' delle donne lasciate», replicò distrattamente Soneri.

«Però 'sto Maselli qualcosa ha combinato: rissa, resistenza a pubblico ufficiale, lesioni... Comunque roba vecchia», concluse l'ispettore.

«E chi non s'è sporcato la fedina in quegli anni?» minimizzò il commissario.

«La Digos gli ha perquisito la casa anche di recente», riprese

Juvara scorrendo con più attenzione lo schermo. «L'ultima volta tre mesi fa.»

«Motivo?»

«Ricerca di materiale propagandistico per sospetta appartenenza a gruppi eversivi», lesse l'ispettore.

Il commissario ammiccò: «Però! Roba grossa. E c'è scritto anche se hanno trovato qualcosa?»

«Negativo. La perquisizione non ha portato a nessun sequestro.»

«Dove abita Maselli?»

«In via Preti al 9.»

«Ah!» esclamò Soneri. «Nel quartiere Montanara.»

Gli venne in mente quell'ultimo avamposto di case prima dei campi d'erba medica, dove città e campagna s'incontravano in una convivenza tra cascinali e condomini.

Mentre pensava a tutto ciò, Juvara s'intromise: «Commissario, i colleghi di La Spezia hanno confermato che l'impiccato della ferrovia è il ragazzo filmato allo stadio».

Soneri scattò irrigidendosi: «E me lo dici adesso?»

«Dottore», si difese l'ispettore, «lei è arrivato in ritardo e c'era qui la Carattini. Mica potevo riferirglielo di fronte a lei.»

«Come si chiama?»

«Giorgio Oliescu.»

«Straniero, quindi.»

«Di origini rumene, ma da qualche anno in Italia. In regola col permesso di soggiorno. Lavorava ai cantieri navali di La Spezia», lo informò l'ispettore. «Confermano che faceva parte della Spingarda, il gruppo neofascista che organizza i tifosi della curva spezzina.»

«Fatti mandare tutte le informazioni su questo Oliescu, sai che dobbiamo girarle al questore e al magistrato per il disbrigo delle pratiche.»

«Dottore, 'sto cadavere non lo reclama nessuno.»

«Lo so, ma non sono più affari nostri», replicò seccamente

il commissario, che aveva perso di colpo ogni curiosità per la questione. «Faranno intervenire l'ambasciata... Non so.»

«Proverò a sollecitare i colleghi liguri, ma si sa che sorte tocca ai suicidi: li mettono in coda agli impegni. Dopotutto», concluse Juvara, «non c'è da cercare nessuno.»

Soneri fece per andarsene. «Nient'altro?» chiese, come se aspettasse il consenso dall'ispettore per uscire.

«No», balbettò poco convinto l'altro. «Ci sarebbe sempre la questione della Vespa. Sembra che non la vogliano più tenere qui.»

Il commissario sbuffò: «Ci pensiamo domani, eh!»

«Dottore», lo trattenne Juvara, «perché non se la porta a casa lei? Mi è sembrato che le piacesse. Tanto anche quella, come l'impiccato, la rifiutano tutti. Dovremmo rottamarla.»

«Questo mai», dichiarò Soneri con fermezza.

«Se lei la porta a un concessionario e prende uno scooter nuovo come il mio le fanno un bello sconto», insisté l'ispettore.

«Juvara, tu proprio non hai ancora l'età per provare attaccamento verso le cose», commentò il commissario uscendo.

7

Attraversò la città passando per gli stretti borghi del centro. Era stanco di pensare a Elmo e a un passato a cui l'indagine lo riportava con ostinazione.

«È il tuo mestiere», gli ricordò Angela, «un'inchiesta è sempre rivolta al passato e un commissario è anche un po' archeologo delle vite altrui.»

«La felicità cresce nell'inconsapevolezza. Invece a me tocca di scavare e scavare... E dalle vite degli altri passo alla mia.»

«Hai bisogno di consolazioni», sussurrò Angela maliziosa. «Cominciamo con una buona cena.»

«Dove mi porti?»

Lei si mise a ridere forte. «Alle *Barricate*, in Oltretorrente, per non parlare di passato», concluse ironica.

«Ormai di quelle non è rimasto neanche il sapore in questa città», commentò amaro il commissario.

«Sentirai, invece. Ti farò tornare allegro.»

«Io sono allegro», puntualizzò Soneri. «È quello che ho intorno a intristirmi.»

«Allora? Dimmi di Boselli junior!»

«Se hai un padre come Elmo, o ne resti schiacciato o ti ribelli. Lui ha scelto la seconda strada.»

«Sono i cicli delle generazioni: sai che il padre di Elmo era fascista? Anche lui ha subito la ribellione del figlio.»

«Il nipote di Elmo sarà comunista, quindi», sogghignò Soneri.

«Macché», rise Angela. «Quella è una mutazione che avviene ogni tanto: il fascista è il tipo umano base in questo Paese. Dovresti saperlo.»

Una folata di umidità li investì quando giunsero in piazza Duomo. Grappoli di goccioline si abbattevano a tratti sui loro visi rivolti in alto, alla verticalità del campanile conficcato dentro una spessa coltre di nebbia.

«Noi non c'eravamo quando Elmo e i ragazzi dell'università hanno occupato questa piazza e le navate del Duomo», disse Angela.

«Siamo venuti un po' dopo e abbiamo trovato tante porte chiuse», constatò il commissario.

«Di cosa ti rammarichi? Che t'è toccato di fare il poliziotto? Sei passato dall'altra parte. Forse non a caso.»

«Oggi ho parlato con l'ex moglie di Elmo: è una donna che ha avuto la vita spezzata e mi ha fatto riflettere su tutto quello che potremmo essere, su come scegliamo inconsapevolmente di non sfruttare le nostre potenzialità tutti i giorni...»

«Si chiama costruire la propria vita», puntualizzò Angela.

«Certe volte non è una scelta libera, c'è un menù e devi decidere dentro quale piatto vuoi ficcare la forchetta. Quelli del Sessantotto hanno divorato quasi tutto e a noi sono rimasti gli avanzi», obiettò Soneri. «A me sarebbe piaciuto restare nel mondo universitario, ma ormai c'era la fila.»

«A modo tuo fai comunque il ricercatore, no?» sdrammatizzò Angela.

Il commissario sorrise, mentre ricordava le immagini comparse sui giornali e poi passate in rassegna a casa di Borriani. Il vecchio poliziotto era rimasto l'unico questurino in grado di decodificare quelle foto storiche, indicando a uno a uno i protagonisti con nome e cognome. Gli aveva mostrato Pino Setti, colui che aveva guidato l'occupazione, contornato dai compagni di allora, ripescati da una gioventù perduta e ancora vestita coi maglioni intrecciati ai ferri dalle madri. C'era anche lui, Borriani, che trascinava fuori un ragazzo gracile e occhialuto.

«La nostra generazione non ha alzato la voce, non è stata mai protagonista», saltò su improvvisamente Soneri. «È passata scalza e a testa bassa attraversando il tempo.»

«Se fossi nato dieci anni prima saresti al punto a cui era arrivato Elmo o uno di quelli che hanno fatto carriera con opportunismo: credi che sarebbe meglio?» gli domandò lei.

«Almeno loro hanno vissuto una passione. Non c'è verità nella passione, ma la vita vera. La verità è nella riflessione, che però ti allontana dalla vita, dal suo nucleo turbolento e vitale.»

Angela non replicò. Lo prese sottobraccio e lo trascinò verso via Cavour. Sfilarono di fianco al teatro Regio e imboccarono il dedalo di borghi che sfociava nello slargo della Ghiaia, il vecchio mercato dei parmigiani. Le ruspe lo avevano devastato senza riconsegnare un nuovo volto alla piazza accucciata sotto l'argine artificiale di viale Mariotti oltre il quale scorreva la Parma.

«Ci fregano anche i ricordi», sibilò Soneri attraversando con gli occhi lo spazio vuoto dove le benne avevano aperto un'enorme ferita.

«Hanno preso un grande architetto, farà tutto più bello», lo zittì Angela. «Nuovi edifici, luci, strade, arredi... Vedrai. Mica possiamo congelare la città.»

«No», borbottò il commissario, «ma io sono per la riduzione del danno. Meno lavorano, meno guai combinano.»

Risalirono verso il ponte di Mezzo e passarono nell'Oltretorrente. Percorsero un pezzo di via d'Azeglio, guardarono la statua di Filippo Corridoni inarcato all'indietro nell'ultimo spasmo di morte, costeggiarono la chiesa dell'Annunziata e s'inoltrarono in via Imbriani. I pochi bar aperti erano presidiati da capannelli di immigrati. «I posti dei poveracci restano ai poveracci», commentò Soneri.

«Queste case ora sono delle immobiliari, che ci lucrano con 'sta gente», rettificò Angela, indicando i gruppi di neri e arabi sul marciapiede. Quindi svoltarono in borgo Marodolo ed entrarono nel ristorante. Alle pareti c'erano foto storiche delle barricate del '22 che Soneri scrutò con severità. «Tutto diventa un marchio in questo mondo di commercianti», bofonchiò sedendosi. «Speriamo nel menù», aggiunse con sarcasmo.

«Perché, chi credi che ricorderebbe se qualcuno non si prendesse la briga di ricavare un'insegna da un pezzo di storia?» controbatté Angela.

«Appunto, vendiamo la memoria. La scriviamo sulle pagine gialle anziché sui libri.»

Lei lo guardò scuotendo la testa: «Sei un vero rompicoglioni!»

Il locale cucinava anche piatti piacentini, così scelsero *Pisarei e fasò*, con un'ombra di cotiche per insaporire. Angela si fermò al primo, mentre il commissario volle completare con una razione di trippa sulla quale fece scendere uno spesso strato di grana.

«Spero che la cena abbia sciolto le tue riserve», lo stuzzicò lei.

Soneri fece una smorfia d'assenso: «Coi ristoranti si fa pace a tavola come fra coniugi a letto».

«Allora», riprese Angela, «hai già annusato qualcosa intorno alla morte di Elmo?»

«Recentemente si era visto con gli ex compagni: un tal Maselli voleva che tornasse tra i ranghi.»

«Lo conosco di nome: un mio collega lo ha difeso dall'accusa di fiancheggiare certi gruppi armati», spiegò lei.

«Appunto. Uno con precedenti, un tizio pericoloso.»

«Non ti vedo convinto.»

Il commissario scosse la testa e fece per parlare, ma s'interruppe. Nel frattempo si avvicinò il cameriere e propose un bicchiere di Sburlon, un vecchio liquore parmigiano.

«Hai proprio bisogno di una spinta», intervenne Angela alludendo alla bottiglia con quel nome dialettale che significava spintone. «Ce ne porti due bicchieri. Per lui abbondante.»

«La verità è che non so dove andare a parare. Forse quella politica è la strada più logica.»

«E allora seguila, no?»

«È la modalità del delitto a risultarmi strana. Un politico come Maselli, o uno di una banda armata, non usa il coltello, ma spara. E se anche lo adoperasse non si accanirebbe sul corpo: ammazzerebbe e basta.»

«Sai benissimo che anche l'omicidio viene interpretato in modo personale. È come la parte di una pièce.»

«E come no!» replicò Soneri. «C'è chi ci mette più passione e chi meno. Questo che ha ucciso Elmo ce ne ha messa troppa.»

«Non trascurare l'odio politico», gli suggerì lei. «Fra compagni è molto forte. Metti che Elmo gli avesse risposto picche...»

«È quello che ha fatto, a sentire l'ex moglie.»

«Vedi? Un movente c'è già.»

«Non c'è bisogno che me lo ricordi: appena il questore vedrà il verbale comincerà a pestarci su e se lo venderà ai giornali.»

«Ma tu non ne sei convinto.»

«Dico che può essere», replicò con fastidio Soneri. «Come potrebbe essere dell'altro. Il fatto è che non si capisce niente.»

Rimasero in silenzio, coi pensieri sospesi nel brusio del ristorante. Il commissario beveva il liquore a piccoli sorsi scivolando a poco a poco in un tempo che mischiava il passato col presente, le bevute di ieri e di oggi. Allo stesso modo si confondevano le sensazioni già provate e quelle che provava adesso. Solo il cibo e il vino riuscivano a portarlo fino a un tale stato di grazia. Forse di quello vanno in cerca i bevitori prima che l'alcol prenda loro la mano.

Guardò Angela e gli sembrò immersa nella stessa estasi. Allora le si accostò proponendole di uscire.

«Da te? È più vicino», le disse poco dopo sul marciapiede con improvvisa urgenza.

Lei gli fece cenno di no con l'indice.

«Da me, allora?»

Stesso gesto. «Vai sulla strada Mulattiera.»

«Lì? E perché?»

«Ci siamo fermati lì la prima volta. Non ricordi?»

«In macchina? Abbiamo due case, Angela! E poi è pericoloso.»

«Ma tu sei un poliziotto...»

Qualche minuto più tardi, Soneri scrutava la nebbia che li aveva accolti appena fuori città. «Speriamo che almeno tenga lontani i guardoni», mormorò mentre Angela già gli era addosso.

Il mattino dopo arrivò in questura molto presto. La città, nella quiete che precede l'invasione del mattino, portava ancora i segni degli allagamenti. Cicatrici di sporcizia accumulate dall'acqua emergevano ai bordi dei marciapiedi e nel silenzio si sentiva qualcuno lavorare nelle cantine della Parma vecchia che si affacciavano sulla strada da piccole finestrelle come bocche di lupo.

Ad aspettarlo in ufficio c'era già qualcuno. Fu il piantone ad annunciarlo: «C'è un vecchio che ha chiesto di lei».

Era seduto nella saletta dov'era la macchinetta del caffè. Teneva fra le mani un basco consunto e indossava un paltò molto vecchio da cui spuntavano dei pantaloni blu da meccanico.

«Sono Beppe Tirelli», si presentò timidamente.

Il commissario lo guardò alla ricerca di qualcosa nella sua memoria che combaciasse con quel volto.

«Ho un'officina», lo soccorse il vecchio. «Aggiusto moto e motorini», precisò. «Be', ormai», proseguì, «faccio qualche paciugo, roba da poco. Restauro vecchie moto, quelle dei miei tempi.» E sorrise.

Il commissario continuò a fissarlo senza capire. «Ha subìto un furto? È stato aggredito?» azzardò per rompere l'imbarazzo che provava.

«Sono venuto per quella Vespa», si decise infine il vecchio. «Ho letto sul giornale che era di quell'uomo... C'era anche scritto che nessuno la voleva e allora... Io per le Vespe c'ho una passione: ne ho messe a posto un centinaio.»

«Già, la Vespa di Boselli», mormorò Soneri.

«Eh, l'ho avuta per le mani tante volte. Aveva un difetto nella bobina e c'ho messo un po' per trovarlo», spiegò Tirelli.

«Conosceva Boselli?»

«Elmo? Certo. Ero il suo meccanico. E anche quello di molti di quei ragazzi che poi hanno studiato e fatto carriera.»

«Lui è finito male», considerò Soneri.

«Poveretto. Allora ci poteva stare che ci scappasse il morto, ma adesso chi poteva immaginarselo?» scosse la testa.

«Vi incontravate ultimamente?»

«Qualche volta», rispose Tirelli. «E parlavamo della Vespa. Dopo che gliel'avevano rubata non ha più voluto comprare moto. C'era molto affezionato con tutti i viaggi che c'aveva fatto... Andava e veniva da La Spezia in giornata.»

«Da La Spezia?» s'incuriosì il commissario.

«Sì, spesso. Saliva dalla Cisa perché, anche dopo che avevano costruito l'autostrada, mica ci poteva andare con un centoventicinque. Ci voleva almeno il 'Vespone' centocinquanta. O il Lambrettone.»

«Andava al mare?»

«Al mare, certo. Quello aveva un mucchio di ragazze. Anche giù in Liguria gli correvano dietro. Ho cambiato le gomme spesso! So tutto di quella moto e proprio per questo ho chiesto alla famiglia se erano d'accordo che la prendessi», spiegò il vecchio mostrando una dichiarazione scritta firmata dal figlio di Elmo su carta intestata dello studio legale dove lavorava.

«Credo che non ci siano problemi a darla a lei», disse Soneri.

Tirelli sorrise mostrando i denti radi e gialli. «Sa», aggiunse, «l'ho curata come una figlia.»

«Adesso è malmessa», l'avvertì il commissario. «Gliela mostro. Poi dovrà passare dal mio collega e dall'ufficio del magistrato per sbrigare la pratica.»

Uscirono nel cortile e arrivarono al garage. Tirelli la scrutò con molta attenzione: «C'è molto da fare», concluse, «ma ne vale la pena».

«Bene», stabilì allora Soneri, «affare fatto. Mi ero affezionato a quella moto: ho viaggiato parecchio anch'io con la Vespa.»

«Quelli della vostra età ci hanno messo su il culo tutti: ne hanno fatte varie versioni negli anni per tenervi in movimento», sorrise Tirelli.

Soneri gli porse la mano: «Mi ha tolto un pensiero. Se non fosse arrivato lei avremmo dovuto rottamarla».

«Un delitto», commentò il vecchio. «In giro non ce ne sono più tante.»

Il commissario fece per tornare in ufficio, ma dopo qualche passo si fermò dubbioso e si voltò verso il meccanico, che lo fissava immobile rigirando il basco.

«Mi ha detto che aveva una ragazza a La Spezia?» domandò al vecchio senza sapere dove sarebbe andato a parare.

«Forse più d'una», ammiccò Tirelli. «Quando non c'era neve affrontava il passo anche d'inverno. Gli avevo montato il parabrezza, quello più grande in commercio, e mi ci aveva fatto mettere anche un tettuccio che lo riparasse un po' se lo prendeva l'acqua per strada.»

Soneri annuì, gli rivolse uno sguardo riconoscente e se ne andò.

In ufficio trovò Juvara. «Ho sistemato la Vespa», gli annunciò.

«La prende lei? Si è convinto?»

«No, la daremo al vecchio meccanico di Elmo: Beppe Tirelli. Ha il negozio in Oltretorrente, in borgo San Giuseppe.»

«Dottore, ha perso un'occasione: con quella si sarebbe portato a casa uno scooter a prezzo stracciato», lo redarguì bonariamente l'ispettore.

«Te l'ho detto: non hai ancora l'età delle nostalgie. Quello è un pezzo di storia e Tirelli lo restaurerà.»

«È solo una moto!»

«Tu e quelli della tua età siete cresciuti nella sovrabbondanza e non avete più simboli. Potete scegliere fra decine di modelli e ogni anno ne escono carrettate. Per forza non vi affezionate. Noi avevamo tre o quattro tipi di moto e ce li tenevamo per anni. C'era la tribù della Gilera, la tribù della Morini e la tribù della Vespa. Io facevo parte di quest'ultima, capisci? Come posso dimenticarmela?»

L'ispettore lo scrutò con un'espressione incredula e stupita senza aprir bocca.

«La sovrabbondanza confonde e rende indifferenti le cose», riprese allora Soneri. «Come noi adesso, che ci troviamo di fronte tanti indizi e non sappiamo da che parte andare.» Rimase in silenzio per un po' a pensare. Poi ordinò: «Prova a rintracciare Maselli: è lui che dobbiamo sentire».

Juvara sembrò contento di togliersi da quella discussione

sulle moto che lo stava mettendo nell'angolo e cominciò a battere sulla tastiera.

«Eccolo qui», disse infine. «Libero Maselli, classe 1949, facchino alla cooperativa La Rapida, celibe...»

«Va be', ho capito», tagliò corto Soneri lasciando interdetto Juvara, «vado a vedere.» E uscì lanciando un'occhiata malevola al computer.

Conosceva il quartiere Montanara per averci lavorato nei primi anni della sua carriera in polizia, quando stava sulle volanti. Tra le case popolari si era insediata la piccola malavita parmigiana, ladri d'auto, topi d'appartamento e papponi, roba da far sorridere rispetto alle intrusioni mafiose degli ultimi tempi. Adesso, invece, il quartiere era rimasto l'unico pezzo omogeneo della città lontano dai luccichii del centro e non ancora campagna. Via Preti era la parte residenziale di quell'ex dormitorio dov'erano confinati gli operai delle fabbriche a nord della città. Al 9 c'era un palazzo di cinque piani dall'aspetto elegante. Suonò ma non ebbe risposta. Nel cortile sul retro trovò un tizio che lavava la macchina e parlava con altri due inquilini. Il commissario non si presentò, limitandosi a chiedere di Maselli. L'uomo che lavava la macchina strizzò la spugna e si rivolse agli altri chiedendo a sua volta: «È quello del terzo piano?»

«Si vede raramente», rispose uno dei due che guardavano, «è sempre via. Capita qualche volta in mezzo alla settimana, ma oggi che è sabato non lo trova.»

«Sapete dove può essere?»

«E chi lo sa? C'ha dei giri. Ogni tanto viene a trovarlo la polizia e gli entra in casa.»

«Una volta, passando, ho dato un'occhiata dentro», intervenne il tizio che lavava la macchina, «e ho visto le stanze quasi vuote: ci sono solo sedie contro i muri.»

Soneri si congedò e risalì in macchina con l'intenzione di andare da Borriani. Prima volle però compiere un giro nel quartiere come faceva quando era capopattuglia sulle volanti. Nel campetto del pioppeto erano stati costruiti la scuola elementare e l'asilo, il vecchio convitto maschile Vittorio Emanuele II, detto «l'orfanotrofio», era stato abbattuto per far posto a orrende costruzioni per uffici e qualche palazzo, mentre il vecchio cinema *Olimpico* era diventato una galleria di negozi. Solo la Baganza da una parte e il Cinghio dall'altra, i due torrenti che segnavano il limite del quartiere, erano rimasti al loro posto, benché assediati dal cemento.

Fuggì accelerando verso via Langhirano fino a oltrepassare il ponte Dattaro, un altro confine tra la Parma nobile e quella popolana. Pensava che il mondo mutava troppo in fretta senza lasciare il tempo di assorbire i cambiamenti. Era quello ad accentuare il senso di invecchiamento di tutto dando un ritmo vorticoso alla vita. Un metabolismo troppo rapido spingeva verso la morte prematura merci e persone, impedendo di capire cosa fosse quel respiro affannoso che strattonava ogni cosa trascinandola in una rumba che toglieva memoria e prospettiva.

Si fermò in piazzale Picelli, dal *Pàcio*. Ci trovò Gotti e Castellazzi che discutevano al banco e non sembravano sorpresi di vederlo.

«Vuole un bianco?» gli propose Lalo.

«No, sono in servizio», ridacchiò Soneri.

«I suoi colleghi della Celere negli anni Settanta bevevano come spugne prima della battaglia. Puzzavano di alcol quando caricavano coi manganelli», ricordò Gotti.

«E dieci anni prima sparavano anche. Ne hanno fatti fuori due qui da noi e cinque a Reggio, senza contare tutti gli altri», aggiunse l'amico.

«Cos'è, un processo?» domandò il commissario infastidito.

Castellazzi fece cenno di lasciar perdere.

«Cercavo Maselli», cambiò discorso Soneri. «Vi risulta che avesse avuto qualche discussione con Boselli negli ultimi tempi?»

«L'abbiamo cercato anche noi», rispose sibillino Gotti.

«Non sono sicuro che sia per lo stesso motivo per cui lo cerco io», insinuò il commissario.

«Provi a immaginare», riprese l'altro. «Pensa che lasceremmo passare questa faccenda senza muovere un dito? Non ci siamo mai affidati solo alla giustizia ordinaria, noi.»

«Mi state dicendo che Boselli è vittima di una giustizia parallela?»

«Non lo sappiamo», intervenne Castellazzi. «Vogliamo capire.»

«E Maselli potrebbe c'entrare?»

«I due non si sono mai piaciuti e di recente s'erano scazzati di nuovo. Noi facciamo due più due...»

«Dove può essere Maselli?»

«Se lo sapessimo... È uno che con la clandestinità ha sempre avuto dimestichezza. È sparito e ricomparso parecchie volte.»

Il Pàcio riempì i bicchieri dei due amici e fece un cenno sbrigativo a Soneri con la bottiglia, ma lui rifiutò di nuovo. Il locale era piccolo e con pochi tavolini occupati da alcuni uomini di mezza età che giocavano a ramino. Una porta conduceva in un'altra stanza dove dovevano esserci altri clienti. Sulla parete di fianco al banco campeggiava una grande foto di Guido Picelli e poi altre icone della sinistra: le barricate, Che Guevara, immagini di manifestazioni operaie e un'istantanea di Attila Alberti, ucciso dalla polizia negli anni Sessanta.

«Cosa intendete fare?» chiese il commissario in tono di lieve minaccia.

Gabo allargò le braccia: «Informarci. Fra compagni non ci perdiamo di vista e a Elmo volevamo bene».

«Nient'altro?»

«Nient'altro.»

«Meglio non fare stronzate», raccomandò Soneri. «Se verrete a sapere qualcosa dovete riferirmelo.»

«Sì», sorrise Gabo. «In certi ambienti sappiamo muoverci meglio di lei. Dico dove i questurini li amano meno di noi. E dove il suo collega Borriani non ha lasciato un bel ricordo.»

«Comunque», tagliò corto il commissario, «non è detto che c'entri la politica.»

«Infatti», convenne Gotti, «può darsi che non c'entri», ma il suo tono risultò ambiguo e poco rassicurante.

«Grazie alle randellate dei suoi colleghi abbiamo imparato a usare molte precauzioni in questi anni», proseguì Castellazzi. «Una specie di controspionaggio.»

«Be', fate in modo che le informazioni circolino», li avvertì Soneri con un gesto allusivo indicando se stesso.

Li salutò e loro risposero con un lieve cenno del capo.

«Commissario», lo chiamò Gotti mentre stava per uscire. «Guardi là», disse indicando Strada del Quartiere.

Il commissario girò gli occhi e vide l'ex ospedale Ugolino da Neviano, dietro cui si intravedeva la massiccia costruzione dell'ex clinica neurologica. Ci mise un po' a capire, poi ci arrivò: «È stato lì dentro?»

I due annuirono.

«Quando?»

«Due volte», rispose Gotti mostrando l'indice e il medio.

«Matto?»

«Non proprio. Qualche squilibrio. Ogni tanto gli andava in corto circuito il cervello per troppa incazzatura. L'ha mai visto Maselli?»

«Non di persona.»

«Difficile vederlo di persona se decide di sparire. È più diffidente di un lupo.»

«Non lavora in una cooperativa di facchini?»

«Quando ci va», ironizzò Castellazzi. «Lui è uno dei soci

lavoratori, ma è capace di non comparire per un mese. Sanno com'è fatto e lo prendono così.»

«Vista la testa che ha...»

«Già», scrollò il capo Gotti. «Lei capisce che un tipo del genere...»

Soneri assentì e se ne andò.

8

Piazzale Picelli era un lago d'umidità. Da barriera Santa Croce irrompeva la nebbia della pianura che esalava dai fontanili tra San Pancrazio e Fontevivo, dove il Taro e il Po s'abbracciano. L'aria era spessa, un aerosol d'acqua e scarichi d'auto che la brezza sbatteva contro i visi dei passanti: un enorme starnuto incessante. In via d'Azeglio squillò il cellulare e Soneri dovette abbandonare sigaro e accendino.

«Dottore», cominciò Juvara, «volevo avvisarla che qui è pieno di giornalisti. Capuozzo ha indetto una conferenza stampa fra mezz'ora.»

«Hai fatto bene a dirmelo, così giro alla larga. Ci sono novità?»

«I colleghi di La Spezia ci hanno scaricato la pratica Oliescu. Dicono che sono sotto organico e che hanno un sacco di gente in malattia. Al massimo possono dare assistenza alle indagini lì da loro».

«Juvara», sospirò Soneri, «non so dove sbattere la testa.»

L'ispettore rimase in silenzio per qualche istante: «Dottore, io...» balbettò imbarazzato. «Capuozzo sembra aver sposato la pista politica. Ho parlato poco fa col capo di gabinetto. Dice che il questore e il magistrato ne sono convinti. Perlomeno pensano che sia l'unica pista concreta.»

«A proposito», intervenne il commissario, «cosa si sa dei fascisti coi quali bazzicava Oliescu?»

«Anche su questo i colleghi spezzini sono pronti a stilarci un rapporto, ma ancora non è arrivato niente.»

«Dovrò farci un salto, in Liguria», decise Soneri pensoso.

«Anche su quello il dottor Coriani ha fatto sapere che dobbiamo chiudere», lo avvertì Juvara. «Dice che non possiamo stare in ballo con l'indagine per troppo tempo.»

«E dobbiamo farlo noi? Non c'è nessun altro che possa occuparsene?» replicò infastidito il commissario.

«Sa com'è 'sto magistrato! Le indagini le ha fatte la Mobile e la Mobile deve chiuderle», cantilenò imitando la voce del piemme.

«Bene», concluse Soneri, «vorrà dire che mi prendo un giorno e vado al mare.»

Per la stizza chiuse la telefonata senza nemmeno salutare e a grandi passi si diresse verso la casa di Borriani: gli era venuta voglia di vedere che faccia aveva Maselli. Le facce parlano. Dopo un po' che faceva quel mestiere, aveva imparato a osservare i delinquenti spiandone i più piccoli tic, le espressioni, l'alfabeto muto del viso. Aveva cominciato a conoscere gli uomini nella loro nudità istintiva o nelle più infingarde simulazioni. Così pensava che potesse essere anche nel caso di Maselli. Voleva guardarlo, foss'anche in una foto datata, a costo di subire le contumelie di Borriani e le sue tirate da vecchio fascista nostalgico contro i «rossi» che sembrava gli prudessero ancora le mani.

Infatti lo accolse burbero: «Sapevo che saresti tornato. Voi di sinistra avete del talento a mettere il culo davanti alle pedate».

«Non ti stancare con le pedate, ricordati che non sei più giovane», ironizzò il commissario.

«Che stronzo! Se non avessi rispetto per la divisa che porti immeritatamente, ti prenderei davvero a pedate.»

«Poco male, hai le pantofole», replicò Soneri sorridente.

L'altro gli passò davanti fissandolo con lo stesso sguardo astioso con cui avrebbe osservato un detenuto. «Che cosa vuoi stavolta?» domandò sedendosi.

«Informazioni su Maselli. Ne sai qualcosa?»

Il collega rifletté: «Un duro. Uno con le palle. Mica come Boselli».

«Cosa intendi dire?»

«Che ci credeva e che combatteva con coraggio», rispose Borriani alzando un po' la voce in tono solenne. «E per questo ne ha prese tante... Ma alla fine ha sempre avuto il mio rispetto.»

«E Boselli no?»

«Boselli? Mi pare di avertelo già detto: era il capo della diplomazia, ma quando si trattava di scontri se la filava», ridacchiò malignamente l'uomo. «È nella piazza, nella lotta, che dai un peso alle persone. Maselli non indietreggiava né scappava. Se non fosse stato un comunista l'avrei proposto per la Celere. Quelli come Boselli ti tiravano pietrate e fuggivano. Ti poteva capitare anche una molotov addosso da quei vigliacchi», terminò con disprezzo.

«Pare che Boselli e l'altro si siano visti qualche mese fa e non sia stato un bell'incontro. C'è qualche sospetto», lo informò Soneri.

«Non sono mai andati d'accordo, troppo diversi», confermò Borriani.

«Diversi come?»

«In tutto», riprese il collega. «Maselli è un sottoproletario di famiglia contadina che al massimo si è potuto permettere un diploma professionale. L'altro stava bene, era bello e ha potuto frequentare l'università», concluse alzandosi e scomparendo in un'altra stanza.

Riapparve poco dopo con una cartella che aprì sul tavolo.

«Guarda», disse disponendo una decina di foto sotto gli occhi del commissario. «Potrai renderti conto della differenza.»

Soneri osservò quelle immagini finché Borriani gliene indicò una in particolare. Riconobbe Elmo di fianco a un tizio più basso di lui, molto tarchiato e con una larga faccia popolana. Lo sguardo fisso dentro l'obiettivo gli dava un'aria determinata. I lineamenti dei due, il portamento e gli abiti mostravano vicende umane molto lontane tra loro: sembravano il nobile e il suo fattore.

«Boselli era ammirato e amato», riprese il collega. «Il povero Maselli, invece, non se lo filava nessuno. Però per fare le rivoluzioni ci vuole gente come questa, non i fighetti.»

«Non l'hanno fatta, infatti», considerò Soneri.

«Non gliel'avremmo fatta fare», alzò di nuovo la voce Borriani.

«Hai notizie di scontri tra i due?»

«Ti ripeto che non sono mai andati d'accordo. Uno era un comunista vero, l'altro giocava a fare il figlio dei fiori. In realtà significava stare a pancia all'aria suonando la chitarra e scopando chi ti capita. Maselli aveva un'urgenza dentro perché conosceva la miseria, l'altro voleva divertirsi. Sai chi faceva l'università negli anni Sessanta? I ricchi. Pensi che gliene fregasse davvero di ribaltare il mondo? Solo chi stava male poteva pensarlo. Gli operai del Sessantanove, loro sì.»

«Infatti ne avete ammazzati un bel mucchio», sibilò Soneri.

«S'è trattato di incidenti», ribatté indignato Borriani. «Se fossero arrivati addosso a te per sprangarti avresti sparato anche tu, comunistello!»

«Incidenti? Sei come quello che va a sbattere e sostiene che è stato il muro a venirgli addosso.»

«Che cazzo dici? Ma chi fanno commissari oggi?» s'inalberò. «Credi che ci trovassimo di fronte delle suorine? C'erano ex partigiani che di guerriglia ne sapevano da insegnare a me e a te, gente che non andava tanto per il sottile e se poteva spaccarti la testa non ci pensava due volte.»

«E nella Celere c'erano tante ex camicie nere che volevano vendicarsi del 25 aprile. Borriani», lo rimbeccò il commissario, «nelle piazze di quegli anni c'è stata una rappresaglia tardiva.»

«Se sei venuto qui a parlare di politica puoi anche andartene», lo rampognò il collega. «Ne ho piene le palle delle tue analisi del menga.»

«E invece dobbiamo proprio parlare di politica», insisté Soneri. «Qui ho idea che c'entri.»

«Non è una novità che i 'rossi' si facciano la pelle tra loro: sono così stupidi e settari…»

«Appunto», riprese paziente il commissario. «Torniamo agli scontri tra Maselli e la vittima.»

«Cosa ti devo dire? Basta guardarli, no? Maselli andava alla scuola di partito e in cellula a imparare la lezione. Più dell'ideologia, come tutti i poveracci, lo spingeva la voglia di rivalsa e di riscatto. Un soldato della rivoluzione, deciso e martellante. Boselli faceva l'intellettuale e credeva che il comunismo avrebbe portato libertà. Uno aveva come riferimento Lenin, l'altro Marcuse, la scuola di Francoforte e un'immagine idilliaca della Cina di Mao. Maselli aderì ai Comitati unitari di base e poi a Potere operaio, Boselli al Manifesto. Ma la vera differenza non è ideologica, piuttosto nella loro origine diversa. Se vivi nella merda ce l'hai con quelli che ti ci fanno stare e vorresti sbudellarli almeno finché non puoi spartire anche tu un po' di bottino. Boselli, invece, non s'è mai preso sdentate. La sua è stata la prima generazione che ha potuto fare tutto perché ha trovato ogni porta spalancata e un mondo in crescita.»

«Insomma», intervenne Soneri, «la disciplina di partito contro la creatività un po' anarchica?»

«Chiamala così», ridacchiò sprezzante l'altro. «Per me era farsi i cazzi propri mascherando tutto con la bella vernice ideologica di uno dei tanti gruppuscoli fioriti in quel mondo di smandrappati.»

«Comunque, Boselli è rimasto coerente: è uno dei pochi che non ha fatto carriera», sottolineò Soneri.

«Non ha capito che il tempo passa, che s'invecchia, che i sogni si sgonfiano e le donne non ti guardano più. O cresci o ti aspetta un brutto risveglio.»

«Se Maselli lo è andato a cercare, significa che rappresentava ancora qualcosa», insisté il commissario.

«Sbagliava a cercarlo. Boselli è stato qualcuno nel Movimento, ma ultimamente era solo un vecchio arnese. Ai suoi tempi faceva colpo, bisogna riconoscerlo. E quello stronzo sapeva come approfittarne. L'altro, che non aveva doti, lo odiava, ma al tempo stesso lo ammirava perché avrebbe voluto essere come lui. Forse, stavolta, pensava di usarlo, di avere il pallino in mano.»

«Forse», borbottò pensieroso Soneri alzandosi. Cominciava ad aver fame, anche se sapeva che gli sarebbe toccato il solito panino al bar.

«Se non fossi un comunista del cazzo, sarebbe anche piacevole parlare con te», riprese Borriani mostrando varie altre fotografie d'epoca. In una si vedeva Elmo discutere in assemblea davanti ai lavoratori della Salamini elettrodomestici appena dichiarato il fallimento. In un'altra appariva in testa al corteo degli operai della Salvarani e in altre ancora in un paio di comizi in piazza Steccata e sotto il monumento a Verdi, sullo sfondo del palazzo della Pilotta. «C'ho il miglior archivio di Parma», concluse orgoglioso Borriani. «Ci sono ritratte tutte le stronzate della sinistra», ridacchiò. «Prima che finissero in niente», terminò con feroce sarcasmo.

«Anche voi siete finiti in niente», lo rimbeccò Soneri poco convinto.

«Balle! Non vedi cosa sta succedendo?» infierì il collega maligno. «Tutto sta tornando secondo natura, con uno che comanda e fa la legge. Voi perderete sempre perché vorreste cambiare la natura umana. Noi, invece, l'assecondiamo. Tutti vogliono comandare, no? Bene, che vinca il più forte e comandi lui. La gente non chiede che di farsi i cazzi propri e se tu glielo permetti garantendogli che nessuno gli romperà le palle, è ben contenta. Questo mica l'avete capito.»

«Credo che tu non abbia tanti pregi, Borriani, ma sicuramente sei chiaro», ironizzò il commissario andandosene.

«Lo puoi dire», ghignò l'altro, «voi comunisti, invece, avete il sangue e la testa confusi.»

Soneri camminò verso la questura fumando il toscano. Ogni tanto una gocciolina di nebbia finiva sulla brace dissolvendosi in un impercettibile sfrigolio. Pensava ai discorsi di Borriani senza trovare argomenti forti che li confutassero e questo lo irritava. Detestava ammettere che aveva ragione e che l'unico modo per opporsi era appellarsi a un'idea, a un dover essere. Se mancava quello era naturale che il mondo finisse in mano ai fascisti.

Il cellulare squillò all'improvviso.

«Commissario, a che punto siamo?» lo interrogò Coriani.

«Stiamo seguendo una pista... Il dottor Capuozzo le avrà spiegato...»

«Sì, so tutto e la ritengo fondata. La Digos mi ha riferito di una ripresa dell'estremismo sia di sinistra che di destra», spiegò il magistrato.

Solo in quel momento il commissario si accorse di avere a che fare davvero con due estremisti: Maselli e Oliescu.

«Già», confermò. «Stiamo cercando un tizio che ha militato nel partito comunista marxista leninista e poi in Potere operaio: si è scontrato spesso con la vittima.»

«Il fatto che si sia eclissato può voler dire che ha annusato l'aria», soggiunse il magistrato.

«Può essere. Anche se il tipo ha dimestichezza con la clandestinità.»

«Piuttosto», riprese Coriani, «cosa ne dice di queste voci che sono arrivate in procura?»

«Non ne so niente», rispose il commissario.

«Pare che Boselli avesse dei debiti. Le risulta?»

«So solo che era sempre squattrinato e che di volta in volta si faceva mantenere dalle donne con cui s'accompagnava, ma non mi risulta avesse debiti. Però ci può stare: uno che non dà importanza al denaro non si cura nemmeno di restituirlo.»

«Forse si tratta di calunnie, ma potrebbero avere un fondamento», disse Coriani.

«Si sa da dove arrivano?»

«Girano in città…»

«L'ex moglie e la convivente mi hanno riferito che non ha lasciato conti in sospeso, ma potrebbero aver mentito.»

«Del resto, i soldi sono uno dei moventi più comuni», concluse il magistrato.

«Già», confermò Soneri. «Mi stavo chiedendo come mai non spuntassero fuori.»

Coriani mugugnò: «E di questa abitudine a farsi mantenere dalle mogli?» chiese poi. «Per quanto possa considerare la cosa con simpatia, non le nascondo che mi puzza un po'.»

«Be', è molto controcorrente», ammise il commissario. «Ma Boselli era un tipo fuori dagli schemi.»

«Non è solo quello», continuò il piemme. «È che questo genere di persone ci marciano, mi capisce? Sappiamo per certo che ha chiesto dei prestiti a suoi ex compagni.»

«Capisco, capisco…» disse Soneri bluffando. Non sapeva niente e la cosa lo irritava. «A sinistra non hanno mai avuto un buon rapporto coi soldi», giustificò infine.

«Ci metta anche quello», considerò Coriani. «Non tutti però. Ho visto che un mucchio di ex militanti del Sessantotto si sono sistemati bene: Montacchini, Gaibazzi, Fabiani…»

Soneri notò con ulteriore fastidio che il magistrato aveva condotto un'indagine parallela. «C'è chi si è messo al riparo in tempo», replicò.

«Forse sarebbe il caso di sentirli, cosa dice?»

«Potrebbe essere utile», rispose Soneri in tono volutamente scettico. «Prima, però, dovrei chiudere la pratica Oliescu e conto di andare in Liguria al più presto.»

«Anch'io gliel'avrei chiesto. Quel povero Cristo in frigo mi fa pena», riprese il magistrato. «Anche se nessuno lo reclama... Noi siamo pronti a dare l'autorizzazione alla sepoltura, ma dove? E chi se ne occuperà?»

«Forse i colleghi di La Spezia avranno interessato l'ambasciata o il consolato.»

«Lo accerti. Altrimenti non sapremmo che fare. E mica si può trasferire un cadavere se non si sa dove metterlo», gli ricordò Coriani.

Il commissario pensò che un posto valeva l'altro, visto che Oliescu aveva preparato la sua uscita dal mondo tentando accuratamente di far perdere le proprie tracce. Tuttavia, riuscì solo a dire con improvvisa timidezza: «Farò il possibile».

La morte senza memoria gli causava sempre un grande malessere. Sentiva di aver bisogno di un buon pranzo da Alceste per scacciare le ubbie, ma si trattenne perché aveva in mente un piano migliore per il pomeriggio.

Entrò all'enoteca di via Farini e mentre Bruno, il titolare, si stava avvicinando, squillò di nuovo il cellulare.

«Dottor Soneri?»

«L'ha trovato, ma lasci stare il dottore», rispose brusco.

«Sono Montacchini.»

Il commissario fu colto dal sospetto: Coriani gliene aveva appena parlato e già si presentava.

«Mi dica», lo esortò.

«Le telefono perché un suo collega è passato da me per

farmi un po' di domande su Elmo precisando che mi avrebbe trattato come una fonte confidenziale.»

«Come si chiama questo collega?»

«Me l'ha detto, ma non mi ricordo», rispose Montacchini. «Pensavo che lei fosse al corrente...»

«È il magistrato che coordina le indagini e io non sono a conoscenza di tutto quello che decide.»

L'uomo parve sorpreso e tacque per alcuni istanti.

«Cosa le ha domandato?» s'informò allora Soneri.

«Voleva sapere della questione dei soldi.»

«Sarebbe a dire?»

«Dei prestiti che Elmo chiedeva in giro.»

«E lei che ne sa?»

«So per la mia parte, il resto è sentito dire.»

«Mi racconti la sua parte.»

«Be', c'ho perso un po' di quattrini, ma l'avevo messo in conto. Elmo era fatto così: ti incantava, ti scuciva un po' di grano e poi se ne dimenticava. Anche se sono ormai lontano dal mondo in cui abbiamo vissuto assieme, in fondo gli volevo bene.»

«Vuol dire che gli faceva l'elemosina?»

«Messa così è un po' brutale...» si schermì Montacchini. «Lui non aveva bisogno di soldi per mangiare, ma nemmeno gli andava di sfruttare troppo le sue donne. Si arrangiava con quel girovagare vendendo vestiti, ma tirava a casa poco. E quando s'invaghiva di qualche progetto non badava a spese. Aveva le mani bucate.»

«Pensa che abbia piantato molti chiodi e che per questo qualcuno possa essersi vendicato?»

«Non saprei... So per certo che ha bussato a parecchie porte. Ma il motivo per cui l'ho chiamata è per chiederle la massima discrezione nei miei confronti», lo implorò Montacchini. «Sono direttore finanziario di un'azienda importante e se saltasse fuori che ho prestato soldi a vanvera, perdipiù a un comunista...»

«Non lo era anche lei?» lo interruppe bruscamente Soneri.

«Va be', ma che c'entra? Voglio dire, s'immagina cosa penserebbero di me gli azionisti se sapessero che chi gestisce l'azienda s'è fatto fottere dei soldi così ingenuamente?»

«L'ha detto lei che era beneficenza», fece notare il commissario. «E la beneficenza la si fa a chi se ne ha voglia.»

«Guardi», continuò Montacchini preoccupato, «nel migliore dei casi penserebbero che io sia un pirla. Nel peggiore che ho finanziato qualche gruppetto eversivo. In ogni caso s'incazzerebbero solo perché ho foraggiato un comunista.»

«Si vergogna così tanto di quello che è stato?»

«Non è questo il problema», replicò lievemente irritato, «lei deve capire il contesto in cui mi trovo. Intorno ho gente politicamente schierata a destra e se sapessero...»

«Non sanno che lei apparteneva al Movimento?»

«Ma sì, qualcosa sanno, però ammettono che quando uno è giovane si butta in certe avventure per inesperienza e curiosità. Tutto sommato anche loro qualcosa hanno combinato: delle fumate, qualche stronzata, trasgressioni...»

«Quindi lei non ha piacere che si ricordi il suo passato?»

«Be', no», ammise Montacchini. «Anche perché non lo rifarei.»

«È un giudizio politico?» chiese Soneri insinuante.

«Se vuole metterla così... A quell'epoca avevamo in testa un mucchio di fesserie», spiegò l'uomo. «A vent'anni vuoi esibirti, dimostrare che sei grande e puoi dire la tua. Succede a tutti i ragazzi, con la differenza che noi siamo capitati in un momento in cui tutto esplodeva, tutto s'ingigantiva. Essere marxisti, oppure, come dicevamo allora, rappresentare l'avanguardia intellettuale che avrebbe guidato le masse operaie verso la rivoluzione, era una moda. Solo una moda. Se volevi metterti in mostra quella era la strada. Se la pensavi diversamente campavi nell'ombra. Conosce il concetto di egemonia, no?»

«C'è chi ci ha creduto», obiettò il commissario.

«Certo, come in tutte le cose. Ma la maggioranza lo faceva solo perché era una passerella per sfoggiare il proprio talento. Una competizione fra egocentrici nutriti dalle lezioni di strategia leninista. A un certo punto», proseguì Montacchini, «m'è sembrato di stare in un bordello. Venivamo comprati con le lusinghe e il denaro. Più avevi gridato e più ti pagavano. Non so chi ha detto che ci vogliono i migliori uomini di sinistra per fare un buon giornale di destra. Però è così. Ci vuole il più incallito comunista per metterlo in culo agli operai. Mi scusi, eh, ma il poliziotto più bravo non è quello che faceva il ladro?»

«Non c'è dubbio, ma è una combinazione rara. È più facile che un poliziotto diventi un ottimo ladro.»

Montacchini ridacchiò soffiando sulla cornetta.

«Quanto ci ha rimesso?» chiese il commissario.

L'altro esitò per qualche secondo: «Quasi diecimila».

«Glieli ha dati in più occasioni?»

«Sì, non gli allungavo più di mille per volta.»

«Riusciva sempre a convincerla?»

«Negli ultimi tempi gli dicevo che avrei chiuso la cassa, ma poi lui cominciava a raccontare delle cose che si facevano allora assieme, dei locali che frequentavamo, della gente che non incontriamo più o che è morta... Sa che almeno una decina di quelli che conoscevamo se ne sono andati per droga, Aids o per il bere?»

«Probabilmente non hanno retto alla disillusione», azzardò Soneri.

Montacchini sospirò: «A un certo punto devi prendere atto della realtà e non puoi ritrovarti a trent'anni a discutere ancora nelle assemblee mentre il mondo attorno a te è cambiato e magari ti offre tante possibilità di emergere. In fondo», confessò, «era la cosa che desideravamo di più».

«Per carità», lo interruppe il commissario con una punta d'ironia, «le ambizioni sono più che legittime...»

«Cosa ci offriva il Movimento? Il Pci prima ci ha guardato con simpatia, poi ci ha voltato le spalle.»

«Già, niente...» convenne Soneri. «Conosce altre persone a cui Boselli ha chiesto soldi? E le ha mai detto per cosa gli servivano?» chiese tornando all'indagine.

«Ne conosco un paio.»

«Chi sono?»

«Uno è Gaibazzi, un ex compagno che ha messo su uno studio di pubblicità. L'altro è Monti, che s'è ritirato su a Berceto e ha rilevato un alberghetto dove tutto è biologico o biodinamico, non mi ricordo più. Come Elmo usasse i soldi non l'ho mai saputo. Mi parlava di tanti progetti, ma non mi risulta che ne abbia concluso nemmeno uno.»

«Pensa che questo giro di prestiti fosse molto ampio?»

«Non ne ho idea. Elmo conosceva tanta gente... Commissario», si raccomandò Montacchini, «la prego. Io le dico tutto quello che so, ma lei non mi esponga. Siamo d'accordo?»

Nella voce dell'uomo Soneri colse le tracce di una paura un po' meschina.

«Non si preoccupi», lo rassicurò spazientito. «Un'ultima cosa», aggiunse. «Mi può descrivere il collega che le ha rivolto le domande?»

«Un tipo non tanto alto, scuro di capelli, abbronzato e molto elegante.»

Appena il commissario chiuse la telefonata, Bruno mise sul tavolo due tramezzini con prosciutto, insalata e un tocco di maionese. Accanto al piatto posò un bicchiere di Gutturnio. Il commissario gli fece cenno che andava tutto bene e si riattaccò al cellulare.

«Musumeci», sbraitò senza neppure salutare, «sei ancora un poliziotto della Mobile o ti hanno trasferito?»

«No dottore, perché?»

«Com'è allora che vai a interrogare le persone e non mi dici niente? Finché Capuozzo non mi rimuove dall'incarico resto il tuo capo.»

«Non capisco una minchia», balbettò l'ispettore impaurito.

«Hai interrogato Montacchini sulla questione dei soldi prestati a Boselli senza avvertirmi. Nemmeno sapevo di quella storia.»

«Dottore, io pensavo che Coriani le avesse parlato. È lui che mi ha mandato.»

«Non mi ha raccontato niente», replicò il commissario. «E io ci faccio la figura del pirla. La prossima volta spreca una telefonata per il tuo capo: c'abbiamo anche i cellulari di servizio.»

«Ero convinto...»

«Va be'», tagliò corto Soneri. «Dimmi quant'è grosso 'sto giro di prestiti. Scommetto che hai interrogato un mucchio di altra gente in camuffa.»

«Dottore, come sopra... Il magistrato mi ha convocato e mi ha affidato 'sto filone... Che cazzo ne so se vi siete parlati o no? Sono un esecutore, io!»

Il commissario borbottò: «Dai mo', va' avanti».

«Ho sentito un po' di persone e più o meno dicono tutti le stesse cose: Boselli parlava di progetti commerciali legati alla cultura e all'ecologia e convinceva gli ex compagni a prestargli dei soldi che poi non restituiva mai.»

«Quanto spillava?»

«Tra gli ottomila e i ventimila euro, non di più.»

«E a nessuno ha mai restituito un centesimo? Nessuno ha mai protestato?»

«Qualcuno pare di sì», rispose Musumeci.

«E si sa cos'è successo?»

«Precisamente no. Mi risulta che in qualche caso Boselli abbia reso una parte e in altri casi ha provveduto la compagna.»

«La Pezzani?»

«Lei o l'ex moglie, non sono sicuro. Ho appena cominciato a indagare», spiegò l'ispettore.

«Forse si trattava dei creditori più arrabbiati. Forse quelli che lo minacciavano...» ipotizzò Soneri.

«Questa è una faccenda da chiarire», concluse Musumeci.

Il commissario chiuse bruscamente la telefonata e poté finalmente addentare il tramezzino. A metà riafferrò il cellulare.

«Angela, passo a prenderti fra mezz'ora», annunciò.

«Perché? Cos'è successo?»

«Niente, ti porto al mare.»

9

Uscì nell'ora morta del primo pomeriggio, quando i negozi abbassano le serrande e stuoli di impiegati sciamano dentro bar e tavole calde dove si mangia in piedi, col cappotto, dietro vetrine opache d'umido, ammassati come pollame. Attraversò la piazza dove un Garibaldi corrucciato scrutava i parmigiani dal piedistallo sotto il palazzo del Governatore e camminò verso la questura. L'idea del viaggio oltre l'Appennino, scendendo in quei posti di mare che da sempre gli suscitavano una fascinosa diffidenza, lo allettava. Pensava a quell'atmosfera tiepida e torpida, scandita dal ritmo molle delle onde, quando si trovò di fronte Tirelli nel cortile della questura.

«Sono venuto a prenderla», spiegò il vecchio indicando la Vespa.

«Non poteva finire in mani migliori», stabilì Soneri.

L'anziano meccanico scrollò la testa e lo fissò. Nei suoi occhi il commissario intuì un pensiero inespresso. Con un'alzata di spalle Tirelli si avviò lentamente verso la moto, la spiccò dal cavalletto e la spinse fuori. Quindi la piazzò di fronte al furgone.

«La restaurerà e tornerà come nuova...» commentò Soneri.

Il vecchio annuì pensoso, poi sistemò lo scivolo per far salire la Vespa sul pianale, ma a metà dovette rinunciare. «Non ho più la forza di un tempo», ammise sbuffando.

Il commissario si avvicinò e insieme issarono lo scooter.

«Adesso mi arrangio», borbottò Tirelli.

Sembrava che volesse congedarsi, ma qualcosa lo tratteneva.

«Vede qui», si decise infine a dire accarezzando la vernice, «ho stuccato la fiancata dopo una caduta che aveva piegato la scocca.» Quindi tirò un sospiro e aggiunse: «Allora con Elmo c'era una ragazza che si era rotta un braccio».

Soneri si fece attento: «Si ricorda come si chiamava?»

«No, però so che era delle parti di Berceto, ma forse non abitava più lì da anni. Forse abitava in città.»

«Perché le è venuta in mente questa ragazza?»

«Perché era quella che ho visto più spesso assieme a lui», rispose Tirelli. «Sembrava un'americana: bionda, occhi azzurri, sempre allegra... Lui l'andava a trovare anche d'inverno su per la Cisa.»

«Quanto tempo fa?»

«Oh, tanto. Già nel '69 se non mi sbaglio.»

«E ha continuato a vederla per un po'?»

«Per un paio d'anni sicuro: parevano inseparabili. È l'unica donna fissa che gli ho visto accanto.»

«Vuol dire a parte la moglie?»

«Quelli erano già altri tempi», replicò il vecchio con un gesto di noncuranza.

«E quando si sono lasciati?»

«Mi chiede troppo. Non saprei. Anche perché dal '71 o dal '72 in poi Elmo non l'ho più incontrato. È ricomparso tre anni dopo molto cambiato, intristito. Sembrava che avesse avuto un dispiacere. C'ha messo un po' per riprendersi.»

«E che cos'aveva combinato nel frattempo?»

«Non ne ho idea», scosse di nuovo la testa il vecchio. «So che quella ragazza non c'era più. Forse era così triste perché si erano lasciati. Sembrava che per Elmo fosse finita la giovinezza», confidò Tirelli. «C'è un'età in cui uno smette di ridere e viene preso dai pensieri... Ecco, una roba così.»

«Finisce sempre in questo modo: una ragazza che ti lascia, un lutto, un trauma... Tutto si rompe e non si riattacca più. Ma questa bionda lei l'ha mai rivista dopo?»

«Mai più. Non ho proprio idea di dove sia finita. Ma è così: un giorno ci siamo, il giorno dopo no.»

Tirelli cominciò a legare la Vespa contro la fiancata del furgone con alcuni elastici muniti di uncini. Sembrava che di colpo la questione non gli interessasse più. Alla fine scese, richiuse i portelloni e salutò.

«S'è intristito di colpo anche lei?» domandò Soneri.

«Alla mia età capita spesso», rispose serio il meccanico chiudendo la portiera. Poi mise in moto e uscì dal cortile.

Il commissario lo imitò salendo in macchina, ma appena giunse in via Repubblica, si accorse di aver perso il momento propizio: la città era una ragnatela di auto che si muovevano alla velocità dei pedoni.

Angela lo aspettava con in mano una valigetta. Soneri, invece, si era portato l'incartamento del caso Oliescu.

«Ma dove andiamo?» chiese lei con aria divertita.

«Levanto», rispose il commissario. «È lì che mi aspettano i colleghi.»

«Spero che sia una cosa lunga», continuò lei allegra. «Mi è sempre piaciuto il mare nelle stagioni morte con gli alberghi chiusi.»

Soneri guardò l'orologio e si accorse che avevano perso un'ora tra i semafori. Forse non ce l'avrebbero fatta a vedere quegli alberghi prima del buio. Per giunta, fuori Parma, la nebbia era più fitta e anche lì dovettero accodarsi. Attraversarono lentamente quel materasso di vapore fendendolo a un livello via via più alto risalendo gli Appennini lungo la valle del Taro. Oltre Fornovo, il cielo si fece fosforescente, tutto cominciò a vorticare con sempre maggiore candore e leggerezza finché l'aria divenne di colpo trasparente e una luce matura, quasi di tramonto, irruppe con un guizzo colpendoli come un flash. In quel bagliore apparve nitida la campagna con in mezzo il corno di roccia di Pietramogolana e le chiazze di neve all'ombra delle case o nei versanti a settentrione.

«Questo è il primo passaggio», stabilì il commissario osservando il profilo dei monti in lontananza. «La restituzione della profondità al mondo.»

«Il paesaggio è uno stato d'animo», osservò Angela. «Non puoi rimanere la stessa persona nella nebbia e nel sole.»

Quello che piaceva a Soneri era proprio la serie di trasformazioni che s'incontravano salendo e discendendo gli Appennini in una transumanza che sapeva di antico e risvegliava nella mente reminescenze di avi.

Un altro passaggio li attendeva un po' più avanti, quando la strada si sarebbe addossata alle prime cime sbriciolate dal gelo e l'ombra di quei picchi avrebbe scurito la valle. Già a Borgotaro la neve stendeva il suo colore dominante su tutto, lasciando libere solo le ripe scoscese di arenaria dove la scacciavano il sole e la pendenza.

Di colpo la luce color paglia del pomeriggio sparì come se fossero scesi in una cantina e la strada apparve un nastro di torba sospeso su fondovalle candidi dov'era già notte.

«Si sente il freddo anche solo a passare in macchina», brontolò Angela manovrando la manopola del riscaldamento.

Fuori, la neve resisteva abbarbicata agli alberi, impassibile nel gelo. Soneri guardava i boschi di carpini e castagni da cui gli arrivava un inequivocabile richiamo al cammino senza una destinazione, come per la volpe o il cinghiale, per sola manifestazione di appartenenza.

«So a cosa stai pensando», disse Angela.

Il commissario non aprì bocca perché lei aveva già intuito tutto.

«Come mai Levanto?»

«È lì l'ultimo domicilio di Oliescu.»

«E nessuno lo conosceva?»

«Solo di vista. Abitava in una casa in affitto fuori dal paese, verso le prime alture dell'interno, ma pare non avesse confidenza con nessuno. E nessuno l'ha cercato.»

«Non hai detto che era un ultras di destra dello Spezia?»

«Infatti i colleghi stanno indagando in quell'ambiente. Ma se tutto verrà archiviato come suicidio, chi investigherà più? Che interesse ci può essere? E con tutto quello che c'è da fare...»

«Quindi lascerete perdere?»

«Siamo poliziotti, mica psichiatri», alzò le spalle Soneri. «Se uno decide di farla finita sono fatti suoi.»

«Non sono solo fatti suoi e lo sai benissimo», replicò Angela.

«Stabilito che non ci sono responsabilità altrui sulla morte, il nostro compito è finito.»

«Ci sono eccome!» ribadì lei.

«Ecchecazzo, dai!» sbottò spazientito Soneri. «Reati, voglio dire!»

Angela stava per ribattere quando fu interrotta da una brusca frenata del commissario. Davanti a loro c'era una colonna d'auto ferme.

«Fregati!» imprecò lei. «Addio tramonto sul mare.»

Non si mossero per un tempo lunghissimo, mentre il giorno si spegneva lentamente. Ogni tanto si scorgevano i fari di qualche auto isolata salire i tornanti delle montagne attorno, quasi irridendo chi stava fermo in coda.

Soneri accese la radio sintonizzandola sulle informazioni del traffico. Sentirono che un camion si era rovesciato dentro la galleria di valico, una decina di chilometri più a monte, dove la strada scollinava dentro un ventre di roccia e oltrepassava l'invisibile dogana tra il mare e la pianura.

«Qui perdiamo delle ore», brontolò il commissario.

Angela indicò un cartello: «Ci conviene uscire a Berceto e buttarci sulla Statale».

Mancava un chilometro allo svincolo, ma la coda cominciava a muoversi a piccoli strappi. Quando furono vicino all'uscita, il commissario sterzò esasperato: «Meglio venti chilometri di tornanti che questo singhiozzo».

Cominciava a nevicare. Pochi fiocchi che attraversarono la luce dei fari. Il passo della Cisa distava almeno mezz'ora di strada dal casello e in quel tratto la neve iniziò a scendere in un vortice di vento. In poco tempo l'asfalto divenne bianco e Soneri si trovò di fronte un fluttuante muro morbido. La radio sconsigliava di mettersi in viaggio sulla Parma-La Spezia, annunciando che la polizia stradale non avrebbe consentito il transito alle auto senza catene.

Fu a quel punto che il commissario diede la seconda sterzata del pomeriggio. Imboccò un viottolo dove una grande mano su un cartello puntava l'indice verso l'*Albergo ristorante Il Tugo.*

«Ma dove andiamo?» rise Angela.

«Ti porto in una pensione a ore.»

«Finalmente un colpo di vita!» ironizzò lei.

«Non rimpiangi il mare?»

«Sai che vado matta per gli imprevisti.»

La strada era stretta e ghiacciata. A tratti passava dentro un bosco di carpini e querce che le incombeva sopra come una galleria. Alla fine sfociava in un piazzale per metà sterrato dov'erano già parcheggiate parecchie auto.

«Ma chi viene in questo posto?» si stupì Angela.

Poco dopo ebbero la risposta dal padrone. «Anche voi siete incappati nella coda?» domandò.

Quando Soneri annuì, l'uomo aggiunse: «Ho saputo che il camionista c'è rimasto secco. È stato dentro la galleria di valico, vero?»

«Così hanno detto alla radio», rispose il commissario.

«Ho capito che era successo qualcosa di grosso quando ho

visto arrivare un mucchio di gente. Al sabato sera è strano», riprese l'altro. «Questi incidenti mi riempiono l'albergo e qualche volta mi mandano in crisi. La gente esce dall'autostrada per immettersi sulla Statale, ma dopo i primi tornanti si convince che è meglio fermarsi a mangiare. E alla fine non ha più voglia di rimettersi in viaggio. Stasera mi sono rimaste solo due camere.»

«Non mi dirà che questo posto sta in piedi grazie agli ingorghi!» esclamò Soneri. «Con quella strada non ci possono venire nemmeno i camionisti», aggiunse indicando l'accesso stretto e ghiacciato.

«Con tutti i cantieri che ci sono», ribatté l'uomo, «hai voglia! Le code non mancano. Poi ci metta che d'inverno molti li blocca la neve e d'estate ci sono gli esodi. Aggiunga i tedeschi che vanno sulla Cisa in bicicletta e che questo è un posto in culo al mondo dove si sta tranquilli e lontani dai ficcanaso», concluse con un sorriso malizioso mentre li conduceva verso un tavolo in una stanza separata dal salone.

«Te l'avevo detto che era un albergo a ore», mormorò Soneri ad Angela quando l'uomo si allontanò.

«Non potevamo capitare meglio», ridacchiò lei.

Fuori tutto era già ricoperto di bianco e di tanto in tanto si sentivano i fiocchi urtare delicatamente i vetri come granelli di polvere sollevati dal vento. Il padrone ricomparve dopo una decina di minuti che il commissario e Angela passarono a scrutare nature morte più che ingenue, la carta da parati scurita da aloni e i tendaggi color ramarro.

«Cinghiale o capriolo?» chiese.

Scelsero il cinghiale con la polenta e quando il padrone si allontanò di nuovo, Soneri si mostrò stupito: «Di solito ti fa schifo».

«Anche il cibo è uno stato d'animo e qui con la neve, tra i boschi, nella deliziosa volgarità di un albergo per adulteri, il cinghiale ci sta bene», sghignazzò Angela.

Mangiarono lanciandosi intense occhiate d'intesa. Il Gutturnio allentava le inibizioni al punto che il commissario cominciò a galleggiare con la mente sospeso e assorto in una nube d'euforia. Si era dimenticato della ragione per cui era lì, dell'inchiesta e della brutta fine di Elmo.

A un certo punto si aggiunse a loro il padrone portando una bottiglia di liquore di ginepro. Metà degli ospiti era già andata a letto con la prospettiva di alzarsi presto il giorno dopo. L'albergo sembrava calare nel torpore, interrotto solo da un borbottio diffuso nell'assedio silenzioso della neve che continuava a cadere arrotondando i profili spigolosi delle auto sul piazzale. Erano passati nella sala grande dove un fuoco rassicurante ardeva nel camino.

«Non mi sono ancora presentato», disse il padrone sedendosi di fronte a loro.

«Vediamo se ricordo bene: lei si chiama Monti», azzardò il commissario mentre Angela lo osservava incuriosita.

«Indovinato. Ci siamo già incontrati?» chiese l'altro.

«Non credo. Ma mi hanno parlato di lei.»

«Di me possono parlare solo gli ex compagni o i poliziotti», stabilì l'uomo. «Non ho lasciato grandi ricordi in città.»

«Io sono il commissario Soneri», disse con un cenno amichevole che equivaleva a una stretta di mano.

Monti lo fissò diffidente: «Allora non è per la fila...»

«Anche per quella. A volte il caso ti dà la dritta giusta.»

«Sono anni che sto fuori dal mondo», si schermì l'uomo, «non faccio più parte di niente.»

«Stia tranquillo», lo rassicurò il commissario, «è stato davvero un caso che sia capitato qui nello stesso giorno in cui mi hanno parlato di lei. Si discuteva del Sessantotto ed è spuntato fuori il suo nome. Tutto sommato l'ammirano per la scelta di ritirarsi quassù e per l'agricoltura biologica.»

Monti scrollò le spalle: «È uguale all'altra, solo che bisogna accontentarsi», disse.

«Non hanno l'aria di adulteri», cambiò discorso Soneri alludendo a quelli rimasti a tavola.

«Venerdì e sabato non sono i giorni giusti. Il fine settimana è per la famiglia. Deve venire il lunedì o il mercoledì per vedere certi incontri. Questa è tutta gente come voi che s'è presa la coda.»

«Lei è originario di qua?» domandò il commissario.

«Non proprio, ma ci vivo da un pezzo.»

«So che conosce Guglielmo Boselli: aveva una ragazza di queste parti nei primi anni Settanta.»

«E come no? Vuole che non lo conoscessi? L'hanno ammazzato, poveraccio. La ragazza che dice lei era solo originaria di Berceto, perché i suoi si sono trasferiti. Credo che abitassero in Liguria. Qui venivano solo d'estate», spiegò Monti.

«Si ricorda come si chiama?»

L'uomo si toccò la fronte e fece uno sforzo di memoria.

«È una Motti», disse dopo qualche istante. «Alessandra Motti.»

«Sa dove la posso trovare?»

«Proprio no: non l'ho mai più vista.»

«Ha dei parenti?»

«Qui no. Li aveva, ma i vecchi sono morti e quelli più giovani sono sparsi in giro.»

«Non si ricorda dove si erano trasferiti?»

«Che fosse la Liguria è sicuro, ma vai a sapere il posto. Da qui si andava a lavorare nei cantieri di Genova o Spezia. Allora il lavoro era là.»

Soneri rimase a osservare il fuoco da cui ogni tanto si levava qualche scoppiettio. Non riusciva a scavalcare l'argine di oblio che si frapponeva tra lui e il corso della vita di Elmo.

«Non ricorda qualche amico che li conosceva e che potrebbe sapere? Ci sarà qualcuno…» insisté.

«Non c'è dubbio, ma ne sanno come me: quella ragazza è

sparita. Anche Boselli si faceva vedere raramente fino a che sul giornale…»

«Quando è venuto a chiederle i soldi l'avrà pur incontrato, no?» azzardò Soneri, provocatorio.

Monti lo scrutò con un sogghigno: «Mi ha telefonato, ma l'ho mandato a spendere. Ero indebitato fino al collo e l'avrei voluto io un prestito».

«Qui i Motti hanno ancora la casa?» cambiò discorso il commissario.

«Per un bel po' è rimasta chiusa e stava andando in malora. Una decina di anni fa se l'è presa un tizio di Piacenza che ci viene d'estate.»

«Quindi dieci anni fa questa Alessandra si sarà fatta viva…» dedusse Soneri.

L'oste scosse la testa: «Ha fatto tutto un'immobiliare tramite un avvocato. Me l'ha detto quello che ha comprato. Qui, dei Motti, non s'è più saputo niente».

«Precisamente, quando è sparita questa ragazza?»

«Devono essere stati i primissimi anni Settanta, quelli che diceva lei, quando Boselli bazzicava da queste parti.»

«Anche lui è scomparso per un bel po' in quegli anni», constatò il commissario.

«Può darsi che siano andati via insieme e poi abbiano preso strade differenti», ipotizzò l'uomo. «Succede quando si è così giovani. E poi allora c'era tanta di quell'inquietudine», aggiunse con un velo di nostalgia.

«Ne sa qualcosa anche lei?»

Monti sorrise: «Io me ne sono cavato fuori presto, quando ho capito che era una corsa individuale e chi contestava e distruggeva lo faceva per farsi largo, non per rimettere in piedi qualcosa».

«È stato allora che è venuto qui?»

«Non subito. Prima ho rilevato un bar a Piantonia, poi un

alberghetto a Salsomaggiore finché le terme hanno tirato. Qui ci sono da una quindicina d'anni.»

«Dev'essere stata dura...» considerò Soneri osservando la neve attraverso i vetri.

«Economicamente sì, molto. Ma io cercavo un posto per starmene in disparte e sbollire la rabbia. Ho tagliato i ponti con quella gente e sono davvero pochi gli amici di allora», assicurò Monti. «Perlopiù palle sperse come me», aggiunse con una risata amara. «Comunque, stare qui è anche divertente. È come essere dietro le quinte di un teatro», continuò, «si vedono gli intrighi non inclusi nel copione della commedia. C'è l'anziano ricco con la ventenne, i quattro che giocano a soldi, i comitati d'affari che si spartiscono pezzi di città, i palazzinari con gli assessori, gli industriali con i finanzieri, l'attricetta bagascia col politico... Qui c'è il mondo verace con la sua puzza di merda. Al di là del sipario va in scena la recita, dove c'è chi parla persino di spiritualità! Ma se vuoi capire devi vedere questo spettacolo!»

«E ci sta bene in questo letamaio?»

«Mi serve come concime per i miei campi», ridacchiò l'uomo.

«Questo mica fertilizza: corrode», lo avvertì Soneri.

«Balle! Fertilizza eccome! A cominciare dal fatto che io ci vivo.»

«Dicevo in generale.»

«Anche in generale», lo interruppe Monti. «I polli ruspanti sono più buoni di quelli da batteria. Lo sbaglio è voler vestire il mondo. Lasciamolo girare nudo col cazzo dritto.» E subito dopo si rivolse ad Angela con aria colpevole: «Mi scusi, eh!»

«Non si preoccupi», sorrise lei. «Piuttosto stia attento che il mondo, messo così, non la sorprenda improvvisamente.»

«L'ha già fatto», ammise l'altro, di colpo scuro. «Ma si sopravvive.»

Tra loro calò un silenzio che sapeva di imbarazzo. Bevvero

il liquore di ginepro guardando la neve cadere brillando. La luce dei pochi lampioni del piazzale tracciava ovali sul selciato. Soneri era rapito da quell'inaspettata pausa dell'indagine. Un posto di montagna, un bicchiere, il camino acceso, il freddo e i fiocchi fuori, tutto questo gli metteva addosso un senso di pienezza.

Si riscosse quando vide Angela alzarsi e provò quasi una punta di rimpianto. Nella vita ci sono attimi che ne segnano il percorso, come le osterie lungo le strade di campagna. Il dopocena al *Tugo* era uno di quelli. Il commissario salì le scale dietro Angela come strappato dal sonno. Appena in camera, lei lo abbracciò stretto e, nella foga del desiderio, infilò una mano sotto il suo maglione e sentì qualcosa nel taschino della camicia. Lo tirò fuori: era un foglietto su cui era appuntato l'indirizzo del posto in cui si trovavano.

«Non dirmi che sapevi già tutto fin dall'inizio! Che avevi intenzione...» lo minacciò lei.

Soneri ridacchiò.

«Una sceneggiata...»

«È venuta benissimo», confessò il commissario. «Anche l'incidente sembrava che fosse capitato apposta.»

«E io che c'ho creduto. Ero dentro l'indagine pensando di stare in vacanza. E tu a promettermi tramonti al mare...»

«So che ti piacciono le stranezze e ti ho accontentata. Ho solo dimenticato di buttare il foglio.»

«T'interessava parlare con Monti più che passare una serata con me.»

Lui l'attirò a sé e lei avvinghiandolo gli diede uno strattone che lo spostò. «Stronzo!» esclamò fingendo d'essere arrabbiata.

10

Soneri trovava sempre difficile affrontare un giorno nuovo dopo una serata di vino e cibo e una notte con Angela in anestesia dai cattivi pensieri.

Per fortuna la neve e il suo riverbero luminoso rallegravano, così come l'animazione da mercato rionale sul piazzale del *Tugo*. Trenta centimetri di coltre alimentavano le ansie di una quindicina di clienti condannati all'immobilità dalla batteria svanita o dalle gomme inadatte.

Monti, con un piccolo trattore, si prodigava a sgombrare il cammino dalla neve e a trainare le auto che slittavano. Il commissario, invece, si divertiva a osservare quella piccola folla inadeguata nella divisa d'ordinanza dell'ufficio, improvvisamente alle prese con un elemento talmente naturale da risultare sorprendente.

Aspettò che l'oste liberasse una scia carrabile prima di muoversi, quindi ripartì verso l'autostrada.

«Come sapevi di Monti?» gli domandò a un certo punto Angela.

«Faceva parte del gruppo di Boselli. Uno degli ex compagni mi ha detto che era finito quassù e Juvara lo ha trovato. Uno dei tanti che si sono cercati un posto fuori dal mondo», constatò il commissario.

«Non in India», replicò lei. «Questo si è fermato prima.»
«Come sai dell'India?»
«In quel periodo, molti sono andati lì a cercare una ragione di vita.»
«Una vacanza, vorrai dire», commentò cinicamente il commissario.
«Conosco anche chi ne è uscito cambiato», replicò lei seria.
«Monti ha marciato controcorrente: quando tutti abbandonavano questi posti, lui c'è tornato. Forse ci voleva più coraggio che partire per l'India.»
Angela alzò le spalle, ma Soneri non se ne accorse perché troppo assorto a guidare. La strada era bianca e deserta, intagliata dentro sponde ostili di roccia. L'Alfa ci scivolava sopra silenziosa disegnando rotaie nella neve. Tutto sembrava ovattato, attutito, insonorizzato dal gelo, e in quell'immobilità naturale Soneri ritrovava in parte la quiete della notte nel tempo rallentato, sospeso in quel letargo totale di alberi, uomini e animali.
Al casello di Berceto s'interruppe quella fragile sintonia. Davanti a loro una fila di auto e una pattuglia della Stradale a controllare che fossero munite di catene. Quando arrivò il suo turno, Soneri mostrò il tesserino. L'agente lo guardò e lo fece passare.
«Sei sicuro di farcela?» chiese Angela un filo dubbiosa.
«Manca poco al valico e dentro le gallerie non nevica», rispose il commissario. «Una volta di là, ci aspetta un altro mondo.»
Passarono gli oltre due chilometri del primo tunnel, poi i quasi altrettanti del secondo prima di scollinare. In mezzo una gran quantità di neve e il profilo bianco delle cime dell'Appennino a far da spettatori. Quando uscirono, la strada non era più ghiacciata, ma un letto di poltiglia sciolta sul quale scivolarono lungo il versante ligure e toscano fino a Pontre-

moli. A quel punto il gelo mollò ritirandosi sui pendii battuti dal vento del mare, verso le punte marmoree delle Apuane.

«Fine», annunciò Soneri, azionando il tergicristallo e ripulendo il parabrezza da una pioggia sottile simile a nebbia. A Santo Stefano Magra, quando già nell'aria si percepiva un alito salino, il cielo pareva una tettoia di acciaio, ma più avanti, verso occidente, una luce opalescente prometteva un pomeriggio tiepido. Poi scesero ancora dall'entroterra arcigno giù verso il mare e i suoi paesi. Levanto apparve infine laddove la strada si pacificava, dopo essersi contorta in tornanti rabbiosi tra gli olivi.

Soneri chiamò il collega con cui aveva appuntamento. «Di fronte al parcheggio del lungomare?» lo sentì domandare Angela.

«Perché non al commissariato?» chiese poi.

«Da lì non si vedono le onde», replicò Soneri strizzando l'occhio. «E poi ho voglia di bere un goccio di Sciacchetrà.»

«Di cosa?»

«È un vino che fanno qui: quasi un liquore.»

Sedettero in un bar a picco sulla spiaggia con una grande rosa dei venti disegnata sulla terrazza. Dopo pochi minuti arrivò il collega ligure, un tipo alto e magro che si presentò con un certo sussiego.

«Ballero», disse stringendo la mano ad Angela.

S'informò brevemente sul viaggio, quindi prese un plico dalla cartella che si era portato dietro e lo posò sul tavolo.

«Strano personaggio, 'sto Oliescu», cominciò il poliziotto. «Ho fatto fatica a trovare qualcuno che lo conoscesse di vista. Forse molti l'avevano incrociato più di una volta, ma saputo com'è andata a finire adesso preferiscono girargli alla larga.»

«Almeno allo stadio l'avranno conosciuto, no?» insisté Soneri.

«Lì c'è più omertà che altrove», replicò Ballero. «Comunque i nostri informatori ci hanno riferito che non era granché integrato nel gruppo di ultras di destra che fa riferimento alla Spingarda. Sa come sono questi... Gli immigrati, anche se cattolici e bianchi, non li gradiscono molto...»

«Però l'avevano accettato.»

«A quanto pare, più che accettarlo lo tolleravano. Era lui che spingeva per entrare nel gruppo, facendo di tutto.»

«Tipo?»

«Era uno dei più scalmanati. L'abbiamo identificato in altre tre o quattro occasioni, benché avesse il volto coperto. Scontri anche violenti. In un caso ci è scappato un ferito grave, ma sotto processo sono finiti altri.»

«Quando è successo?»

«Due anni fa, nei pressi di Sarzana. In uno scontro coi tifosi della Carrarese in un'area di servizio della A12: mezz'ora di guerriglia», spiegò Ballero.

«Però ne è uscito pulito...»

«Il giudice ha ritenuto che non ci fosse la certezza dell'identificazione. Molti indossavano passamontagna e sciarpe che coprivano il viso», spiegò il collega.

«E al lavoro? Lì l'avranno conosciuto, no?»

«Abbiamo parlato con quelli della sua squadra. Tutti l'hanno descritto come un bravo ragazzo: gran lavoratore, ma timido, quasi impaurito. Non parlava mai, nemmeno in mensa.»

«L'ultras e il metalmeccanico sembrerebbero due persone differenti», sintetizzò il commissario.

«Metalmeccanico non lo era più da una quindicina di giorni: non gli avevano confermato il contratto a tempo determinato», lo informò Ballero. «Ai cantieri navali c'è crisi di questi tempi.»

«Disoccupato, quindi...»

L'altro annuì. «Non era messo molto bene. Se non avesse trovato un altro lavoro l'avremmo espulso.»

Ballero bevve il caffè in un'unica sorsata e fissò Soneri:

«Non ci resta che chiudere la pratica aggiungendo la tua documentazione», concluse.

Il commissario non ci fece caso: «Pensi che potrebbe essere questa una delle ragioni del suicidio?»

«Può darsi», rispose il collega. «L'Italia era il suo mondo. È arrivato sette anni fa e non risulta sia mai più tornato in Romania. Nemmeno a Ferragosto.»

«Non aveva parenti?»

«Non lo sappiamo. Forse no. O forse era fuggito dalla sua famiglia.»

«Non s'è fatto vivo nessuno?»

«Zero», replicò Ballero.

Nel silenzio si udirono le onde sottoripa scandire il tempo con regolarità.

«Dove abitava?» chiese ancora Soneri.

«A Lavaggiorosso, un paesino qui dietro sui primi colli. La casa è un tugurio da ristrutturare», gli spiegò il collega che sembrava ormai impaziente. «Mettiamo 'ste firme, allora?» tagliò corto.

Il commissario annuì distrattamente. Pensava a quel ragazzo, fissando il mare che gli provocava sempre un senso di straniamento e di spossatezza da convalescente.

Sentì Ballero riordinare i fogli battendoli sul tavolo. Pochi secondi dopo se li ritrovò davanti. Allora prese la penna e firmò. A sua volta fece firmare il collega che rapidamente mise tutto nella cartella.

«Direi che siamo a posto», disse Ballero.

«Proprio a posto non mi pare...» obiettò il commissario. «Cosa ne sarà del corpo?»

«Deciderà il giudice della tua città. Se non salta fuori nessuno credo che sarà sepolto nel cimitero del Comune dov'è avvenuto il ritrovamento.»

Soneri scosse la testa.

«È un suicidio, cosa possiamo fare?» si giustificò Ballero alzandosi.

Si salutarono. Poi il poliziotto fece una specie di mezzo inchino ad Angela che lo osservò divertita.

«Qui conoscono le buone maniere», commentò quando l'altro si fu allontanato.

«Oh, la forma è impeccabile», ironizzò Soneri mentre uscivano dal bar.

Sul lungomare si scorgevano il piccolo porto turistico, dove qualcuno armeggiava tra gli scafi, la spiaggia scura invasa dai detriti e la passeggiata fino al promontorio sulla quale si affacciavano case sontuose dall'aria decadente sorvegliate da vecchi custodi.

Il mare della Liguria gli comunicava sempre un'impressione di disfacimento. Percorsero via Guani, che tagliava in due parti la Levanto vecchia, tra i panni stesi sopra la strada, insegne scolorite di vecchie mutue contadine e spacci operai, nell'aria gravida dell'odore della muffa cresciuta tra mura in abbandono. Tutto aveva le sembianze di una vita residuale nel letargo dell'inverno tiepido della Riviera. E gli anziani che vi svernavano, confusi tra le madri coi bimbi catarrosi e tossicchianti, davano l'idea di un'umanità accantonata, come i detriti che il mare deposita sottoripa.

Anche Soneri sembrava aver assorbito quell'aria indolente che coglieva un po' tutti lì, contro i muri che guardavano al mare, dove il freddo era tutt'al più una ventata frettolosa.

«Sembri un animale che non riconosce la sua tana», ridacchiò Angela accostandosi affettuosamente.

«È vero», ammise il commissario, «sarà bene che vada a cercare un po' delle mie montagne.»

«Vuoi tornare tra le nevi? Siamo appena arrivati», protestò lei.

«Qui vicino», la rassicurò Soneri. «Andiamo a mangiare a Lavaggiorosso: c'è un'osteria.»

Si rimisero in macchina e si diressero verso le alture alle spalle del paese. Strade strette tra le terrazze degli olivi e dei vigneti, case povere di contadini da cui provenivano odori e fumi di stufe economiche dove bruciava il castagno dei monti. Il paese era un grumo di pietre come un capezzolo che ricopriva un colle tondo. La strada finiva dentro orti e piccole serre rivolte a mezzogiorno all'interno delle quali una tenace vita vegetale sopravviveva all'inverno. Più in alto la chiesa, dove il prete veniva a dir Messa una volta la settimana. Poi una serie di vicoli, di passaggi sotto volte, ricovero di motorette, e scalinate, in un alveare di porte, cortiletti e piccoli balconi colmi di lenzuola al sole.

L'osteria aveva solo una minuscola insegna di fianco all'entrata con su scritto *La tana di Lavaggiorosso*, ma dentro non era diversa da una casa normale. La sala da pranzo era un grande terrazzo chiuso da vetrate che si affacciava sulla vallata.

«Anche se si mangiasse male, vale la pena solo per il colpo d'occhio», sussurrò Angela appena si furono seduti.

Soneri annuì guardandosi intorno. I luoghi appartati, dove la vita stagnava riflessiva ai bordi della corrente frenetica, lo attraevano con un fascino magnetico. Gli sembrava che contenessero più autenticità rispetto alla miserevole commedia cittadina.

Anche Anita, la proprietaria, si presentò carica della timida, laconica, veracità dei liguri, col suo aspetto da matrona mediterranea, bassa, larga e ondeggiante di natiche.

«Abbiamo i pansotti, gli scartafin e i testaroli di Pontremoli al pesto...» cominciò a elencare.

«Non ha pesce?» domandò Angela un po' delusa.

«Non siamo sulla costa», precisò puntigliosa la donna, «qui facciamo cucina di terra. Però, se vuole, ho i muscoli ripieni.»

Fu il commissario a spiegare: «Sono le cozze con dentro una salsa tipica».

«Prendo i muscoli», decise Angela.

Soneri scelse gli scartafin. «I fratelli liguri dei nostri tortelli», disse sorridendo complice ad Anita.

«Sei riuscito a trovare qualcosa di casa anche qui», lo biasimò bonariamente Angela.

«I cibi dei contadini si assomigliano. Ma questo è tutto un altro mondo: senza burro, senza ricotta, senza lardo...»

«Vengono a mancare i contenuti essenziali», ironizzò lei. «Non ti senti spaesato?»

«Al mare sempre», rispose il commissario. «Ma penso a quanto doveva esserlo quel ragazzo», aggiunse guardando verso i monti, dove spiccava il campanile tozzo della chiesa. «Credo che abitasse lì vicino», indicò.

«Come mai ti interessa così tanto 'sto rumeno? Cosa c'entra con la morte di Elmo?»

«Mi attrae il mistero, lo sai. Soprattutto quello che non avrà mai una spiegazione, come i suicidi. Perché uno dovrebbe uccidersi a nemmeno trent'anni? In questi casi, la causa muore con la vittima e diventa inconoscibile.»

«La causa è spesso inconoscibile, anche se non si tratta di suicidi», obiettò Angela.

«Lo so, è difficile guardare dentro alla gente, ma si può perlomeno accertare la successione dei fatti. Ci si può avvicinare a un movente se si tratta di qualcuno che ammazza. Ma se l'assassino e la vittima coincidono diventa tutto più complicato. L'atto equivale a una confessione muta e come tale non spiega granché.»

«Ci hai visto qualcosa che ha a che fare con il delitto Boselli. Ti conosco. Sono sicura che nemmeno tu te ne rendi pienamente conto, ma è così.»

«Forse», bisbigliò meditabondo il commissario. «Ci sono tante cose che succedono e non sappiamo come spiegarle. Per ora so solo che questo rumeno mi inquieta. Il suo non è stato un suicidio qualunque, ma una messinscena. Come se volesse urlarci qualcosa.»

Erano gli unici clienti. Una ragazza giovane, che doveva essere la figlia di Anita, si aggirava sfaccendata controllando che non mancasse niente sul tavolo. Quando si avvicinò per portare una caraffa di vino bianco, Soneri la interrogò: «Conoscevi quel ragazzo straniero che abitava qui, vicino alla chiesa?»

La ragazza annuì: «Ogni tanto lo incrociavo col motorino sulla strada».

«Vi siete mai visti in giro?»

«No, non avevamo occasioni.»

«In paese frequentava qualcuno?»

«Qui abitano solo vecchi che parlano il dialetto. E con uno che viene da fuori...»

«Non aveva rapporti proprio con nessuno?»

«Qualche volta l'ho visto con don Sergio quando sale quassù.»

Dove trovo il prete?»

«A Levanto. Da noi viene solo la domenica e nelle feste più importanti.»

Di colpo la ragazza alzò gli occhi verso la cucina, come se avesse sentito un richiamo, e se ne andò. Soneri guardò giù verso la valle, in fondo alla quale il mare, percorso dal riflesso del sole pallido, pareva una luminosa lastra di ghiaccio.

«Sembri immalinconito», notò Angela.

«È l'effetto di questi posti: mi fanno riflettere.»

«Dipende su cosa.»

Il commissario fece un gesto ampio con la mano per indicare una totalità.

«Sei un'altra persona qui. Il mare ti tranquillizza», insisté lei. «Oppure ti intimidisce. Cos'è? Il disagio del terragno a contatto con tutta quest'acqua?»

«Forse è proprio il mare», mormorò Soneri. «Ci mostra i nostri limiti. Se non altro perché fa come gli pare: ti accarezza o ti sferza quando ne ha voglia.»

«Anche il vento allora…»

«Infatti mi rende nervoso. Ma al mare non ci sono abituato: mi spaventa e mi stupisce.»

«Sembri un ragazzo che ha a che fare per la prima volta con una donna», lo prese in giro Angela.

Il commissario sorrise e non disse niente. In quel momento ricomparve la figlia di Anita con l'aria di essere stata mandata apposta a riferire qualcosa.

«Se vuole parlare a don Sergio, è appena arrivato su», lo informò.

Soneri si fece attento, si pulì la bocca col tovagliolo e si alzò. Angela capì che era inutile trattenerlo: «Vai, io resto ad aspettarti qui».

Il commissario uscì nella luce cupa sotto la volta bassa, quindi riemerse nel riverbero del mare tra le case. Ebbe la chiesa di fronte dopo un tornante stretto tra muri a secco. Il prete gironzolava osservando intorno con competenza, come un fattore. Quando lo vide sembrò stupito di incontrare qualcuno in quel paese di vecchi e seconde case. Era un uomo massiccio con una faccia gioviale da bevitore. Lo scrutò per alcuni istanti con diffidente curiosità, cercando una spiegazione.

«Sono il commissario Soneri della questura di Parma», si presentò.

Il prete salutò con un cenno del capo. «Ha affittato una casa qui?» domandò stupefatto.

«No, vorrei sapere qualcosa su Oliescu.»

Il sacerdote chinò leggermente la testa: «Mi hanno avvertito. Non avrei mai pensato…»

«Lei lo conosceva?»

«Non benissimo. Passavo da lui alla domenica verso le dieci prima di dir Messa e a volte lo trovavo in casa solo che faceva colazione. Poi l'ha preso la passione per il calcio ed è stato più difficile incontrarlo perché spesso partiva all'alba per seguire le trasferte della squadra.»

«È una cosa recente, allora…»

«Non saprei di preciso: saranno due o tre anni.»

«Prima non era tifoso?»

«Forse nel suo Paese si interessava di calcio. Poi qualcuno deve averlo tirato dentro agli ultras. Sono brutti giri. Un anno fa son venuti i carabinieri a chiedermi di lui e hanno girato qui intorno per un po'. Cercavano il responsabile di un accoltellamento giù a Sarzana.»

«Dice che poteva essere stato Oliescu?»

Don Sergio allargò le braccia come avrebbe fatto dietro l'altare. «Non mi è mai sembrato il tipo», spiegò. «Era un ragazzo così timido e riservato… Di sé non parlava mai, ma ero riuscito a scoprire che in Romania non aveva più legami. La madre è morta e suo padre se n'è andato abbandonando lui e i suoi fratelli più grandi. Per un po' è stato in un istituto finché ha tolto il disturbo e se n'è venuto in Italia.»

«L'apparenza, a volte, non significa niente», avvertì Soneri.

«Lo so, ma le ripeto che a quel ragazzo, di una squadra italiana, perdipiù di serie C, non gliene fregava niente fino a qualche anno fa», insisté il prete. «Come può essere diventato uno che si batte col coltello?»

«Per essere accettato dagli altri», ipotizzò il commissario. «Una prova di ammissione e fedeltà al gruppo.»

Don Sergio rifletté per un attimo: «Può essere. Qualche volta mi ha confidato di sentirsi solo. Forse quella è l'unica compagnia che non l'ha rifiutato. È cresciuto senza il padre e della madre le ho detto».

«Ha conosciuto qualcuno della tifoseria dello Spezia? Quelli del gruppo della Spingarda, intendo.»

«Macché», replicò il prete. «Estremisti qui non mi risulta ce ne siano. Li avrà incontrati a Spezia, dove lavorava. Forse ne sa qualcosa Follino giù al porto.»

«Chi è?»

«L'unico pescatore che è rimasto a Levanto. Qualche volta Oliescu andava a dargli una mano e credo fosse uno dei pochi con cui parlava.»

«Oggi lo trovo?»

«Se non è in mare... Di domenica è difficile. Può essere che sia a bordo a sistemare la barca per prendere il largo stanotte.»

Il prete guardò verso l'alto dove una grondaia sgocciolava sulla pietra con un rumore di sputo. «Qui, ormai, vanno in malora anche le chiese», borbottò. «Soldi non ne ho e fedeli per sottoscrivere nemmeno. La Curia rimanda sempre e io conto i danni.»

Mentre il prete scompariva dentro la canonica, Soneri ridiscese verso il ristorante. Angela lo aspettava fuori scrutando la valle.

«A un certo punto, madre e figlia mi fissavano come lupe, allora ho pagato e sono uscita.»

«Grazie del pranzo, avvocato. Ti riporto al mare», annunciò il commissario.

«Riusciremo a passare un'ora in pace? Mi sembra di reggere il moccolo mentre tu flirti con l'indagine», commentò Angela in tono lievemente minaccioso.

«Andiamo a conoscere Follino, l'ultimo pescatore, prima che si ritiri in un bar anche lui.»

Il porto era una barriera di massi che riparava una lingua di mare di duecento metri dove ondeggiavano, avvolte da teli, le barche dei villeggianti. Il piccolo peschereccio di Follino si distingueva per lo scafo vecchio e il carico di reti e corde. L'uomo spuntò dalla cabina con in mano la cassetta degli attrezzi.

«Sta salpando?» gli domandò Soneri.

L'altro lo fissò con aria stranita: «Stanotte».

«Sono un commissario di polizia.»

«Allora mi arresti subito», disse Follino un po' sarcastico, «parto con l'idea di ammazzarne molti, ma alla fine saranno sempre pochi.»

Soneri ci pensò un po' su e poi capì che alludeva ai pesci. «Eppure è il solo a pescare, qui.»

«Qui, ma se va al largo ci sono bastimenti che rastrellano tutto. Così restano solo le briciole sottocosta. Mi ci pago a malapena il gasolio.»

«Vende qui al porto?»

«Una volta alla settimana», rispose il pescatore. «D'estate di più. Il grosso lo do ai ristoranti, ma va male anche lì.»

«C'è crisi», constatò il commissario.

«Non è solo quella», sbottò Follino. «È che la gente vuol mangiare solo i tre o quattro piatti che le ha messo in testa la pubblicità. Ma quando uno tira le reti viene su tutto quanto il mare ti offre in quel momento e per la maggioranza è roba che non va. È già molto se riesco a venderla ai pensionati e agli stranieri.»

«Uno di questi l'aiutava», lo interruppe Soneri. «Un rumeno...»

«Giorgio», confermò l'uomo. «Un bravo ragazzo, gran lavoratore. Lui se li mangiava i pesci che non voleva nessuno. Bisogna aver patito la fame per capire cosa significa sprecare.»

«Lei gli era amico?»

«Veniva qui spontaneamente a darmi una mano e io gli riempivo una cassetta di pescato. Forse si trovava bene, perché parlo poco come lui.»

«Cosa sa di questo ragazzo?»

Follino lo fissò e alzò le spalle: «Perché dovrei dirglielo?»

«Perché sto facendo un'indagine», bluffò Soneri.

«Non lo voleva a mano nessuno, tutto qui. Anche in questo ci siamo intesi: nemmeno il sottoscritto lo vogliono a mano.»

«Perché, secondo lei?»

«I motivi sono sempre gli stessi: pregiudizi e poca voglia

di conoscere. Io ho viaggiato tanto per mare e ho imparato che c'è sempre qualcosa di buono dappertutto.»

«Solo per questo?» dubitò Soneri.

«Ci aggiunga che era straniero e con idee politiche un po' estreme.»

«Cosa intende?»

«Insomma, era molto di destra. Anche a me davano fastidio certi ragionamenti... Ma bisognava capirlo: aveva conosciuto il comunismo feroce in Romania e per reazione si era buttato dalla parte opposta», spiegò Follino.

«Era iscritto a qualche formazione politica?»

«No, solo al gruppo della Spingarda, che è la stessa cosa: fascisti fino alle unghie dei piedi.»

«Ha mai visto i tifosi con cui si trovava la domenica?»

L'uomo negò col capo. «Però quello che l'ha tirato nel giro è di qui: me l'ha detto lui.»

«Allora qualche amico ce l'aveva», fece notare il commissario.

«Ch'io sappia, della sua età era l'unico. Sarà stato uno spaiato come lui.»

«Non gli ha mai raccontato che tipo era?»

«No, solo che è di qua, ma non so se intendeva che abitava a Levanto o che era nato da queste parti.»

«Non sa nient'altro?» domandò infine Soneri, mentre il mare sembrava ingrossare.

«Nient'altro, commissario», replicò il pescatore ondeggiando quasi a picco sulla murata. «Salvo che adesso mi sento più solo.»

11

Sul lungomare, gli arrivò la chiamata di Nanetti.

«Hai visto un bel mondo, eh!» esordì sarcastico il collega.

«Effettivamente è molto bello, ma non è il mio.»

«Sento che già svolazzi per tornare a casa come un piccione deportato. Se non hai un po' di nebbia intorno...»

«Quella ce l'ho sempre», replicò Soneri. «In testa, dico.»

«Appunto», continuò Nanetti, «volevo riferirti due cose che magari la diraderanno.»

«Tu sei anche capace di infittirla.»

«Ti tocca correre questo rischio», ribatté il collega. «Abbiamo terminato la perizia sull'accoltellamento di Boselli e risulta che l'assassino è un po' più basso di lui, ma dalla forza impressa ai fendenti dev'essere una persona robusta.»

«Elmo era molto alto», constatò Soneri.

«Per la precisione un metro e novantadue», disse Nanetti. «L'assassino dovrebbe essere tra i dieci e i dodici centimetri di meno, quindi tra un metro e ottanta e un metro e ottantadue.»

«È già qualcosa», commentò il commissario. «Sappiamo quanto è alto, che è robusto e parecchio forte.»

«C'è poi una stranezza», riprese il collega, «però non riguarda il delitto.»

«E cosa, allora?»

«Quel suicidio che ti ha così incuriosito. Abbiamo constatato che gran parte degli indumenti del rumeno erano di una taglia superiore alla sua.»

Il commissario non parlò perché la testa gli frullava.

«Tutti tranne la biancheria intima e le scarpe. Per il resto, camicia, maglione e pantaloni gli andavano grandi. Dà l'idea che non siano i suoi abiti», concluse Nanetti.

I pensieri di Soneri continuarono a sfarfallare per qualche secondo e si fermarono insistenti sull'immagine di un coltello. L'unico legame tra la morte di Elmo e il suicidio di Oliescu era rappresentato proprio da quello: la lama degli ultras e quella dell'omicidio. Ma fu solo un lampo.

«Hai chiuso la pratica del rumeno?» gli domandò il collega.

«Formalmente sì», confermò sibillino il commissario.

«Quando rispondi così significa il contrario.»

«Ti è mai capitato di incuriosirti a un caso al punto da fare cose che vanno oltre il tuo compito?» gli chiese Soneri.

«Molte volte, e quasi sempre è stato utile anche all'indagine.»

«Vedi? Sai che gran parte delle scoperte scientifiche sono nate dal caso o da una sperimentazione che mirava a tutt'altro?»

«Lo so, ma il caso non si governa: ti capita e basta. Quanti tesori sono sepolti sottoterra? Ma se non scavi proprio in quel punto...»

«Vedi? Più scavi e più hai probabilità. Il caso va aiutato.»

«Non farti sentire da Capuozzo con questi ragionamenti. Potrebbe pensare che andiamo sempre a spanne tanto è tonto.»

«Non avrebbe tutti i torti...» borbottò il commissario autoironico.

«Per esempio», continuò dopo qualche istante, «quella chiave della Renault trovata in tasca a Oliescu... S'è più saputo niente?»

«Non è roba mia», si smarcò il collega. «Credo che ci stia lavorando il tuo assistente.»

Soneri salutò Nanetti e sedette con le spalle contro il muro che guardava alla spiaggia. Poco sopra c'era la strada, dove ogni tanto passava una macchina, mentre sulla passeggiata i bambini si rincorrevano gridando nell'ultima luce del pomeriggio. Stava per chiamare Juvara, ma rinunciò. Così si abbandonò contro la pietra calda e assieme ad Angela guardarono il sole scomparire dentro l'acqua. Si alzarono che faceva buio e cominciava a rinfrescare. Soneri si avviò senza parlare.

«Da due ore stiamo in silenzio», constatò lei.

«Era superfluo parlare.»

«All'inizio ho pensato che al mare ti calmassi, invece sei più inquieto che in città.»

«Mi piace venire qui, ma dopo una giornata vorrei scappare subito.»

«Non capisco perché.»

«Tutta quest'acqua mi immalinconisce. E poi non hai visto che ci sono solo vecchi, mamme e bambini a svernare? Quelli che non producono e quindi un peso, scarti di lavorazione. Meglio una città sporca e puzzolente che ti trascina nel suo farneticante ballo tutte le mattine e non ti dà il tempo per pensare. Anche tu me l'hai suggerito spesso: non pensare. E intanto il tempo passa.»

Cenarono in piazza dopo aver gironzolato per il paese già quasi assopito nelle ultime discussioni sulla domenica di calcio nei bar ancora aperti. Polipo con patate e un branzino, terminando con un bicchiere di Sciacchetrà.

«Andiamocene», disse il commissario alzandosi di slancio. E quando furono fuori nel buio, con di fronte l'ombra nera dei monti, Angela gli si accostò sussurrando: «Da cosa fuggi?»

Soneri continuò a camminare senza rispondere. Poi disse: «L'ultima gita con Ada è stata qui. Mancava nemmeno un mese alla nascita di nostro figlio. Il resto lo sai. Chissà cosa sarebbe stato se non fossero morti e che vita farei adesso. So che non serve a niente chiederselo, però uno non può evitare di pensarci quando il caso ti riporta dov'eri stato felice».

Angela non replicò. Salì in macchina e insieme ripartirono senza più voltarsi verso il mare.

Quando imboccarono l'autostrada salirono come in un lieve decollo e dopo un po' videro solo valli e luci sparse: galassie di paesi o case isolate come sospese nel buio di versanti il cui contorno era un invisibile confine tra cielo e terra. Il commissario fissò il retrovisore, vide l'ombra scura dei monti anche dietro di sé e tirò un sospiro: il mare che l'aveva inquietato era ormai invisibile e lontano.

«E se ci fermassimo ancora al *Tugo*?» buttò lì rinfrancato.

«Devi completare l'indagine o ti ha appassionato il posto?» gli chiese Angela con una punta di sarcasmo.

«Voglio passare la notte con te in una stanza che non sia nelle nostre case.»

«Sei un cacciaballe, è con Monti che vorresti passare la notte.»

«Non è il mio tipo.»

«Dico a parlare delle vostre valli e di 'sta Motti che sembra la donna del mistero. Boselli ne ha avute vagoni, non capisco perché ti interessa tanto proprio questa», osservò lei.

«È stata la prima», rispose deciso Soneri e solo un attimo dopo si accorse di aver ferito Angela. «Non voglio dire che chi viene dopo… Insomma, per Elmo questa donna è forse stata l'unico vero amore, capisci?»

Angela non replicò e si mise a guardare fuori.

«Sai cos'è tutto questo?» riprese poco dopo. «È che abbiamo perso lo stupore. Non siamo più capaci di provarlo. Solo la prima volta è possibile. Poi si perde, come la verginità.»

Lui allungò una mano per accarezzarla e lei lo lasciò fare con rassegnata indolenza. Subito dopo il commissario fu costretto di nuovo a frenare. Quando furono fermi si accorsero di avere intorno la neve. A strappi percorsero alcuni chilometri finché s'imbatterono nell'uscita di Berceto.

«Il destino vuole che torniamo al *Tugo* e che stiamo insieme stasera», dedusse Soneri.

«Se non ci fosse il destino...» bisbigliò Angela sorridendo.

Percorsero il pezzo di strada che già conoscevano. L'asfalto a tratti era bianco e a tratti luccicava di ghiaccio. Arrivarono alla locanda e trovarono Monti seduto da solo davanti al camino.

«Serata magra», esordì il commissario. «Eppure c'è la fila.»

«Roba da poco», minimizzò l'altro. «Non si sta fermi molto.»

Quindi l'uomo li guardò con un accenno di sottinteso al punto che Soneri provò un po' d'imbarazzo. Alla fine si sedettero di fronte alla fiamma.

«Comunque stasera un po' di giro c'è», li informò. «Stanno qui un paio di ore», aggiunse alludendo con un'occhiata ai piani superiori dov'erano le camere. Poi si alzò e si diresse dietro il banco, tornando con un assortimento di bottiglie.

«Ci vuole un goccio, no?» disse posando i bicchieri. «È andato a cercare quella Motti giù in Liguria?»

Il commissario negò col capo: «Un'altra faccenda».

Monti, a sua volta, fece un cenno della testa per dire che aveva capito. «Ho preso qualche informazione. M'è venuta la curiosità: in fondo, siamo quasi coetanei e dello stesso paese.»

«Sulla Motti?»

«Sì, lei. Ho saputo che ha un lontano parente che vive a Milano. Mi sono fatto dare il numero e gli ho telefonato. Anche lui ne sa poco di dove sia finita, ma mi ha raccontato che all'epoca era partita con Elmo e non si è fatta viva per un bel po'. Crede che siano andati in India. Sono stati via tre o quattro anni, non ricorda bene.»

«Te lo dicevo che molti andavano in India!» saltò su Angela.

«Di Elmo lo sapevo già», replicò Soneri. E rivolto a Monti: «Ha detto quando?»

«Non lo sa con precisione, ma nei primi anni Settanta. Sarà stato il '71 o il '72, quando molti hanno iniziato a rompere le righe. Prima pensavamo che fosse fatta: noi nel '68, gli operai nel '69... Fino al '70 e al '71 sembrava davvero che si preparasse la rivoluzione. Ne eravamo così convinti che, solo un anno dopo, la delusione ci ha ammazzati. Così, una parte di noi ha scelto di andarsene per sfuggire al riflusso e a una situazione insopportabile.»

«L'India, quindi...»

«Avevamo in testa il mito americano del viaggio e la smania di provare a vivere in un altro modo. E poi c'era il fascino di un altro mito: quello di Gandhi.»

«Lei però non è andato...»

«No», scrollò il capo Monti rabbuiandosi. «Sono sempre stato convinto che si poteva trovare la pace anche in posti più vicini e poi...» Non finì la frase e fece segno di lasciar perdere con stizza.

«Poi cosa?» insisté Soneri.

«C'era bisogno di soldi e del coraggio di fottersene. Io non avevo né gli uni né l'altro. Solo un padre malato. Ci voleva troppo pelo sullo stomaco a lasciarlo crepare da solo mentre ci si fa delle canne guardando il Gange.»

La voce di Monti si era incattivita e a tratti schioccava come il ceppo di frassino che bruciava nel camino.

«Fottersene», continuò, «è la grande dote per fare strada. E mica solo negli affari. Non bisogna portarsi pesi addosso, ecco tutto. Agire per un solo obiettivo e fregarsene. Se cominci a pensare alle conseguenze e agli altri, allora sei fregato tu.»

«Elmo se n'è sbattuto, però non ha combinato granché», obiettò il commissario.

«Avrebbe potuto, ma gli piaceva troppo la vita e ci ha giocato fino all'ultimo illudendosi che non potesse mai finire. Lo volevano tutti e tutte. Un bel ballo, il suo. Fino a farsi girare la testa. E quando ha cercato di rimettersi in equilibrio era troppo tardi. Per certi la vecchiaia arriva di colpo.»

«L'ho visto», annuì Soneri. «Era irriconoscibile.»

«Alcuni anni fa gli ha dato l'ultimatum il cuore», aggiunse Monti. «Un infarto. L'hanno preso per i capelli e da allora è crollato.»

«Elmo e la Motti sono tornati assieme dall'India?» domandò il commissario.

«Non credo: dell'altra si sono perse le tracce.»

«Lui non ha parlato di lei?»

«Con me no. Si è saputo solo che si erano lasciati e avevano preso strade diverse. Pare che lei sia rimasta là per un po' di tempo ancora, ma niente di più.»

«Però si sarà fatta viva coi suoi, no?»

«Penso di sì. Ma è figlia unica e adesso i genitori sono morti. Purtroppo qui nessuno si è interessato più di lei col fatto che la famiglia si era trasferita.»

Monti riempì i bicchieri di grappa e il commissario guardò fuori gli alberi bianchi di neve che lo facevano sentire a casa.

«Cosa può essere successo?» chiese subito dopo.

L'altro si fece perplesso: «Lontano dal proprio mondo si cambia idea più facilmente. E se devo azzardare dico che era Elmo a essere a disagio. In fondo era legato alle sue consuetudini, al buon vivere. Lei no. Lei è figlia di emigranti. Bisogna aver patito per non soffrire di nostalgie».

«Lui voleva tornare e lei no?»

«Forse. Oppure si erano stufati e se qualcosa non va, nelle ristrettezze, la minima discussione diventa un processo.»

Bevvero la grappa e Soneri sentì un'ondata di calore percorrerlo dalla gola alla pancia. Pensava a quei tre o quattro anni della vita di Elmo e della sua compagna di cui non si sapeva niente. Un buco nero che forse nessuno sarebbe riuscito a illuminare.

«Ci vorrebbe qualcuno che li avesse incontrati là... Qualche compagno di viaggio...»

«L'India è grande e mica tutti andavano nello stesso posto», disse Monti.

Dietro di loro si sentirono dei passi. Una coppia passò di fianco al bancone lasciando la chiave. L'albergatore li salutò con un cenno della mano. Soneri li vide attraversare il piazzale mentre si rialzavano il bavero. Parevano ancora spettinati e avevano sulla faccia il rossore della battaglia a letto.

«Questi vengono spesso la domenica sera. Lei è di Pontremoli, lui di Parma e tutt'e due sono sposati. Chissà cosa raccontano a casa...» ridacchiò.

«Non si immaginerebbe tanto movimento in un posto così in culo al mondo», osservò Soneri.

«Se vuole vederlo, il mondo, deve venire qui. L'uomo è un animale sempre in fregola. Sa che anche Elmo arrivava quassù con le donne sposate? Come puoi fare la rivoluzione se ti trombi le mogli degli industriali?»

A quel punto Monti aveva già buttato giù qualche bicchiere di grappa e la lingua gli girava veloce. «Sono il guardiano di un casino», ridacchiò ancora, ma stavolta con un briciolo di amarezza. «Ci sono notti che mi sembra di essere una maîtresse: assegno le camere, tengo il conto delle ore, chiamo al telefono quelli che mi chiedono di essere avvertiti a un certo momento... E poi guardo l'umanità che mi passa di fronte e mi prende una specie di disperazione. Ecco cosa interessa più di tutto! Bisogna rassegnarsi all'umano. In fondo anch'io... Del resto è molto più comodo», concluse con un tono di furiosa allegria gettando nel fuoco con stizza la grappa che gli restava nel bicchiere. L'alcol divampò contro il ceppo rovente mandando un breve ruglio e una luce corrusca che diede un'espressione drammatica al suo volto.

Angela fece un cenno al commissario ed entrambi si alzarono. Monti li osservò con occhi spauriti, ma non disse niente mentre si avviavano. Soneri seguì la compagna fino all'atrio e fu sorpreso quando la vide uscire anziché salire le scale verso le camere. Non fece in tempo a fermarla perché lei era già fuori e camminava nella neve. Uscì a sua volta e nei pochi istanti che impiegò a raggiungerla capì.

«M'è venuta l'angoscia, non mi andava più di stare lì», spiegò lei.

«Credevo che la situazione ti eccitasse.»

«Affatto. Non c'era niente di giocoso e m'è passata la voglia.»

Il commissario salì in macchina e mise in moto. Svoltando verso l'uscita si girò e gli parve di scorgere Monti che li guardava dalla vetrata.

«Be', adesso ne sai un po' di più, no?» riprese Angela cambiando discorso.

Soneri sporse il mento con scetticismo.

«Era un grande amore, se ne sono andati in India e lì s'è rotto tutto. Non sono nemmeno tornati assieme e sai cosa significa questo?» domandò lei.

«Può voler dire molte cose.»

«No. Significa che lei aveva un altro.»

«È probabile. Ma è anche possibile che Elmo non ne potesse più di quel mondo. Dopo un po' deve aver cominciato a rimpiangere le sue osterie, il teatro, gli amici in piazza, la Vespa e le colline. La rivoluzione era un sogno che riempiva la mente, ma lo scenario doveva essere quello», concluse Soneri.

«Quanti Guevara da tinello!» commentò Angela con sarcasmo. «Però se la sono goduta. Pensa ai ragazzi di oggi...»

Non fece in tempo a finire la frase che piombarono nella nebbia.

«Ecco la condizione dei ragazzi di oggi», borbottò il commissario rallentando tra gli ultimi curvoni dell'Appennino.

«Siamo arrivati un decennio dopo», riprese lei. «Mancare un appuntamento per così poco è proprio sfortuna.»

«C'è toccato di veder nascere il crimine del liberismo economico e contare le sue macerie», sintetizzò il commissario.

«Sarà compreso anche l'omicidio di Elmo?»

«Non lo escludo. Il magistrato è convinto della pista politica, io meno», rispose Soneri.

«Che altro può essere successo se non una vendetta di quel tipo?»

«Tante cose. Boselli ha lasciato anche debiti e qualche ex compagno lo cercava come si cerca un vecchio socio di banda. E poi Elmo non si contrapponeva mai con durezza, cercava l'accordo: gli piaceva troppo la vita.»

«Abbastanza per avere tanti rimpianti», stabilì Angela. «Forse c'entra una donna.»

«Le donne c'entrano sempre coi tipi come Boselli. Donne potenti, magari.»

«La sua fine non potrebbe essere una faccenda del genere?»

«Ultimamente aveva perso lo smalto», la smentì Soneri. «Aveva capito che la corsa era finita anche lì.»

«Dico una questione che viene dal passato. Molte donne hanno rimpianti furiosi quando il corpo le abbandona e la solitudine dà loro dei brutti consigli.»

«Se fosse così, c'è comunque di mezzo un sicario, perché chi ha ammazzato Elmo è una persona alta almeno un metro e ottanta con una forza superiore alla media.»

Uscirono dall'autostrada. Nel nido caldo della città, la nebbia appariva più sciolta e carezzevole.

«Nemmeno lei ha più il coraggio di scendere», disse il commissario alludendo a quel vaporare timoroso.

«Forse le fa schifo questo mondo», sorrise Angela. «Portami a casa», ordinò poco dopo con una certa urgenza.

«Vuoi stare sola?»

Lei annuì. «È tardi e quell'albergo sordido mi ha guastato l'umore. Mi sento un po' anch'io nebbia, cerco di non posarmi troppo, come quando noi donne siamo costrette a servirci del cesso del treno.»

12

Il lunedì in questura era il giorno delle scartoffie. Documenti da firmare, autorizzazioni e persino le ferie di Juvara.

«Dove hai intenzione di andare?» s'incuriosì Soneri.

«La settimana bianca, dottore. La stagione è appena cominciata e in questo periodo costa meno.»

«Non mi risultava che sciassi.»

«Infatti, ma ho deciso di imparare.»

«Juvara, scusa se te lo dico, ma non credo che tu sia adatto per questo sport. Non vorrei averti a casa per due mesi con una gamba rotta.»

«Mi prendo un maestro. Ho già deciso», dichiarò puntiglioso l'ispettore.

«Hai deciso tu o qualcun'altra?»

«Va be'! Insieme.»

Soneri lasciò perdere e firmò. Aveva di fronte una pila di altre carte che aspettavano, quando arrivò la telefonata di Coriani.

«Maselli risulta ancora irreperibile», cominciò. «E che non si faccia trovare conferma la mia ipotesi.»

«Può essere, ma è uno che sparisce spesso. Non gli piace la polizia, ci fiuta da lontano come un lupo e gira al largo.»

«Bisogna che lei si concentri su questo obiettivo», insisté il magistrato. «Lasci perdere il resto.»

«Mi scusi, ma non possiamo ancora permettercelo.»

«L'autorizzo io. Se questa non sarà la strada, mi prenderò la responsabilità.»

«Ci sono troppi buchi nella vita di Boselli che ancora non abbiamo chiarito. Per esempio un viaggio in India con una donna che poi è sparita.»

«Quando è successo?»

«Nei primi anni Settanta.»

Soneri sentì uno sbuffo di insofferenza dall'altra parte. «Le pare che un fatto così lontano nel tempo possa essere ancora significativo?»

«Non so. Però potrebbe essere. Così come potrebbero c'entrare i debiti, le donne o la politica, se ha ragione lei.»

«D'accordo, ma in questo momento la pista politica mi sembra la più probabile e trovare Maselli è il primo passo. A proposito», aggiunse infine, «ha chiuso la pratica del suicida?»

«Sì, ieri ho sbrigato tutto coi colleghi di Levanto.»

«Bene, darò l'autorizzazione alle esequie», concluse il magistrato.

«Quali esequie? Questo non ha nessuno. Resterà in frigo a meno che il Comune non si impietosisca e proceda seppellendolo in qualche cimitero di frazione.»

«Non so, mica posso stare dietro anche a queste cose. Io firmerò, poi ci penserà qualcun altro», tagliò corto Coriani.

Soneri riattaccò amareggiato e pensò a quel ragazzo buttato via come un rifiuto. Ma dopo qualche minuto il telefono squillò di nuovo.

«È il commissario?» chiese una voce maschile titubante con accento ligure.

«L'ha trovato. Lei chi è?» domandò di rimando Soneri bruscamente.

«Falcetti», rispose l'uomo. «Chiamo da Levanto, vorrei sapere se posso venire a prendere la macchina.»

«Quale macchina?» si spazientì il commissario.

«La Renault, mi hanno detto che l'avete voi in consegna. Quella del rumeno che si è ammazzato.»

Soneri s'illuminò: «Ma lei chi è?»

«Gliel'ho detto: sono Falcetti e ho una concessionaria a Levanto. Questo Oliescu stava comprando la macchina usata da me, ma aveva appena pagato soltanto due rate. La voglio indietro.»

«Se sapessimo dove l'ha lasciata...» ribatté il commissario. «In consegna abbiamo solo la chiave. Che modello è?»

«Una Clio grigia penultima versione targata AN 327...»

«Segnalerò alle volanti», assicurò Soneri. «Se è in città, prima o poi si trova. L'avverto che per un po' resterà sotto sequestro per le verifiche finché il magistrato non deciderà di riconsegnarla al proprietario. Venga qui col contratto...»

«Ma quale contratto, commissario... Ci eravamo messi d'accordo così. Lui mi pagava a rate e io avrei fatto il passaggio di proprietà quando avesse finito. Ogni rata gli firmavo una ricevuta. Nel frattempo risultava noleggiata.»

Soneri sospirò. «Non so, devo chiedere cosa fare. Ma non credo ci siano problemi se le cose stanno così: la macchina è sempre sua. Se la venga a prendere appena il magistrato avrà firmato la chiusura del caso.»

«Quando?»

«Chi lo sa? Dobbiamo ancora trovarla.»

«Può essere solo lì», concluse l'uomo.

«Probabile, ma non è detto che salti fuori subito», spiegò il commissario. «Cosa sa di Oliescu?»

«Era un mio cliente. Girava con delle auto scassate, quindi era spesso qui a fare dei lavoretti.»

«Solo?»

«Sempre. Dal suo paesino su per le vigne andava a La Spezia tutti i giorni con certi catorci…»

«Non gli andava bene a soldi?»

«Era in bolletta. Anche le riparazioni, certe volte, le pagava a rate. Alla fine gli ho proposto una Renault di qualche anno fa, ma affidabile. Gli ho detto che era meglio che pagasse a rate quella piuttosto che svenarsi per riparare carrette», spiegò Falcetti.

Il commissario pensò agli abiti costosi di Oliescu quando l'avevano ritrovato appeso: il conto non gli tornava.

«Chissà dove spendeva la grana…» ragionò a voce alta Soneri.

«Ci metta l'affitto della casa, le spese per i viaggi e il mangiare… Quando veniva da me parlavamo di calcio, dello Spezia: sa che non perdeva una partita? E anche lì sono soldi.»

«Lo so, le trasferte…»

«E l'attività dei circoli, gli striscioni da preparare, le coreografie, il fondo cassa per le cene… Una passione costosa per lui che aveva un contratto al minimo sindacale. Eppure ci teneva tanto.»

«Non l'ha mai visto in gruppo coi tifosi?»

«Qui a Levanto mai, però non c'è gran tifo. Solo una volta è venuto con un tizio che l'ha accompagnato a ritirare l'auto.»

«Si ricorda com'era?»

«Uno robusto, con una Volkswagen Golf nera ritoccata, modello vecchio.»

«Saprebbe riconoscerlo?»

«No», negò l'uomo, «non è nemmeno sceso dalla macchina. È arrivato, ha scaricato il rumeno, ha aspettato la conferma che tutto fosse pronto ed è ripartito.»

«Quindi un amico ce l'aveva…»

«Amico? Non so. Gli ha dato un passaggio, questo sì.»

Soneri restò in silenzio e incrociò lo sguardo di Juvara che sembrava interrogarlo.

«Mi fa sapere quando posso venire a prendere la Renault?» insisté Falcetti.

«La chiamo appena la troviamo. Se la troviamo...» lo avvertì il commissario congedandosi.

Subito dopo compose il numero di Musumeci.

«Hai presente la chiave della Renault che aveva in tasca Oliescu?»

«Sì, Juvara sta facendo accertamenti sul codice.»

«Non ce n'è più bisogno: è una Clio grigia vecchio modello e dovrebbe essere parcheggiata intorno alla stazione, poco distante da dove si è ucciso.»

«Un casino... Vuol dire via Trento, tutte le laterali, viale Mentana, viale Fratti... È più facile trovare un bar aperto a mezzanotte in 'sta città.»

«Musumeci, non siamo a Roma o dalle tue parti: qui la gente va a letto a una cert'ora. Comunque», tagliò corto Soneri, «abbiamo tanto di targa! Il lavoro grosso lo facciamo fare alle volanti.»

«Dottore, è meglio, sennò chi lo sente Coriani? Mi ha già detto un paio di volte di non perdere tempo coi casi chiusi», si lamentò l'ispettore.

«Noi abbiamo i nostri metodi», concluse il commissario. «Fare indagini non è consultare fascicoli e codici penali.» Voleva aggiungere che lavoravano sulla complessità sfuggente dell'agire umano, ma non gli sembrò il caso di spiegare troppo a uno come Musumeci.

«Va bene», si congedò l'ispettore, «vorrà dire che proverò anch'io a dare un'occhiata.»

«Hai sentito, vero?» domandò subito dopo Soneri rivolgendosi a Juvara.

L'altro annuì: «Avverto Pasquariello».

«Nessuna novità per Maselli?»

«Nessuna, dottore. Peggio di 'sta macchina.»

Il commissario prese il cappotto e uscì. Sul portone di borgo della Posta c'erano alcuni fotografi che scattarono mirando verso di lui. Un paio di giornalisti non fecero in tempo ad accorgersi della sua presenza tanto svicolò rapido verso borgo Giacomo Tommasini. Percorse il centro passando da vie interne e oltrepassò il ponte di Mezzo. Poi svoltò in via Imbriani, davanti alla chiesa dell'Annunziata, e giunse in piazzale Picelli. Il *Pàcio* era pieno di anziani nella mezza mattina. Soneri diede una breve occhiata, oltrepassò il bancone ed entrò nella seconda stanza, dove c'era il biliardo. Era sicuro di trovarli. Lalo e Gabo passavano la giornata lì a parlare di politica come reduci di guerra.

«Non vi vedo granché attivi», commentò Soneri.

I due lo osservarono da sotto in su con diffidenza. «Le abbiamo già detto che seguiamo la nostra strada», rispose Gotti. «E non siamo tenuti a spifferarle tutto», aggiunse Castellazzi.

«Ci avete capito qualcosa?» proseguì il commissario ignorando l'avvertimento.

«Ci vuole tempo. Maselli non è un tipo facile e se decide di sparire non lo trovereste nemmeno con i cani», assicurò Gotti.

«Almeno avete un'idea?»

«Vaga...»

«Cioè?»

«Lei dove andrebbe se non volesse essere trovato?» domandò Castellazzi.

Il commissario rifletté alla ricerca di una risposta a quella che gli sembrava una trappola. «Se uno vuole sparire, può farlo ovunque, anche in città», si risolse a dire alla fine.

Lalo scrollò la testa dissentendo: «Non in questa città dove a ogni angolo c'è una vecchietta che ti guarda dalla finestra. Parma non è Milano».

«Ci sono sempre i monti...» proseguì Soneri, cercando di intuire i segnali che gli mandavano i due.

«Ce n'è in abbondanza, non trova? Posti dove ci si può imbucare e starci dei mesi senza che nessuno si chieda chi sei. Specie per tipi come Maselli abituati alla clandestinità.»

«L'Appennino è grande...» sospirò il commissario.

«Appunto», confermò Gotti. «C'è tanta scelta», aggiunse mentre entrambi lo guardavano con un'aria di sfida che dava sui nervi.

Soneri cercò di controllarsi e appellarsi a tutta la pazienza che aveva. «Conoscete Monti?»

I due annuirono, rimarcando l'ovvietà con l'espressione del volto.

«Siete in molti alla macchia», constatò il commissario. «E c'è sempre bisogno di un appoggio quando si sta in giro», continuò.

«Mica deve preparare un attentato!» ghignò Lalo. «Maselli vuole solo stare per i fatti suoi o perché si sente troppo gli occhi addosso o perché c'ha le sue paturnie. Non dimentichi com'è fatto il soggetto...»

«Nemmeno io lo cerco per arrestarlo», ribatté Soneri. «Voglio solo fargli qualche domanda.»

«Potrebbe essere troppo anche quello, se è girato male. Comunque», aggiunse Lalo dopo una pausa, «mi sembra che lei abbia già un'idea...»

Nello sguardo dei due, Soneri intuì che si trattava di un suggerimento e che oltre non sarebbero andati. Stava per buttar lì un'altra domanda, ma già s'immaginava Berceto e le montagne ferrose dell'Appennino segnato dal passo della Cisa. In quel momento squillò il telefonino: Musumeci. Allora salutò e uscì in strada.

«Dottore, abbiamo trovato la macchina», riferì l'ispettore con il fiato corto. «Un vero colpo di culo», aggiunse soddisfatto.

«Il culo è un componente indispensabile», replicò Soneri. «Ma dove?»

«Questo è il fatto più strano», riprese Musumeci. «Tutti pensavamo nella zona della stazione, invece era parcheggiata in piazzale Volta, proprio di fronte al cinema *Astra*. C'ha anche una multa per non aver pagato il parcheggio.»

«È vicinissimo a via Palestro», ragionò a voce alta il commissario.

«Infatti», confermò l'ispettore, «è la prima cosa che mi ha colpito. Perché lì?»

«Se riuscissimo a rispondere a questa domanda...» borbottò Soneri. Ma si bloccò a metà frase perché nemmeno lui riusciva a capire dove sarebbe arrivato.

«Dottore», continuò Musumeci, «sono passato di lì per caso. Sono andato a casa di Boselli per un accertamento e ritornando volevo vedere che film davano. Mi sono fermato un attimo e prima di ripartire ho dato un'occhiata... La targa era la stessa.»

«L'hai già aperta?»

«Mi pareva assurdo chiamare una concessionaria visto che abbiamo la chiave.»

«Giusto. Aspettami che arrivo. Fatti portare la chiave da una volante.»

Camminò veloce oltrepassando di nuovo il torrente dove lo investì la flaccida umidità della pianura. In piazza Garibaldi si trovò di fronte le locandine dei giornali: «Omicidio Boselli: la polizia indaga negli ambienti dell'ultrasinistra», recitava la prima. Un'altra era ancora più esplicita: «Delitto di via Palestro: un ex di 'Potere operaio' nel mirino degli inquirenti». Capuozzo si era già venduto la notizia. Soneri non ebbe il tempo di arrabbiarsi perché la sua mente era occupata dal mistero di quella macchina apparentemente fuori posto. Arrivò qualche minuto dopo: la volante era già lì con la chiave. Intanto chiamò anche Nanetti per i rilievi.

* * *

«Perché tanta fretta?» gli chiese il collega poco dopo, appena giunto in piazzale Volta. «Potevi farla portare da noi in modo da lavorarci con comodo.»

«Se fosse arrivata in questura, Coriani e Capuozzo l'avrebbero riconsegnata al proprietario senza nemmeno farcela annusare. Non dimenticare che questo è un caso chiuso.»

«Mica tanto visto dov'è stata trovata», replicò Nanetti.

«Vai a convincere quelli!» sbottò il commissario con un gesto eloquente della mano. «Dai, fa' una cosa rapida», pregò il collega congedando gli agenti della pattuglia.

Aprirono la macchina che aveva l'odore sgradevole della polvere vecchia e della similpelle dei sedili. Nanetti prese le impronte sulla portiera, sulle maniglie, sul volante e dappertutto dove potevano essersi posate le mani. Quindi aprì il cassetto del cruscotto e la prima cosa che trovò fu un portafogli. Non c'erano soldi dentro e nemmeno documenti, eccetto un tesserino sanitario intestato a Marco Sandrucci infilato in una tasca nascosta e forse sfuggito a un frettoloso svuotamento.

«E chi è?» si domandò Nanetti scrutando il documento.

«Non so», rispose Soneri, «ma ho idea che 'sto portafogli sia rubato.»

«Se fosse così...» azzardò il collega interrompendosi.

Il commissario stette zitto perché non riusciva ancora a immaginare che significato avesse quel ritrovamento. Dopo qualche istante afferrò il telefonino e chiamò Juvara: «Fammi un accertamento su questo nominativo: Marco Sandrucci. Poi dimmi qualcosa. Vedi se ha denunciato un furto».

Aprirono anche il bagagliaio, ma trovarono solo sporcizia e borse di plastica vuote.

«Direi che non c'è altro», concluse Nanetti. «Abbiamo rilevato le impronte dove chi è salito non può non aver toccato.»

«Adesso possiamo anche chiamare il carro attrezzi per farla portare in questura», decise Soneri accennando alla Clio. «Per favore», continuò, «fa' finta di controllare qualcosa quand'è lì così ti fai vedere scrupoloso.»

Nanetti sbuffò, ma era il suo modo per dire di sì. «Ti terrò informato», aggiunse.

Il commissario gli lanciò un cenno d'intesa e si avviò a piedi. Attraversò le vie eleganti tra il lungo Parma e viale Solferino scorgendo in lontananza la mole dell'edificio dei padri saveriani e svoltò in via Palestro. Dopo qualche centinaio di metri si ritrovò di fronte al giardino dov'era avvenuto il delitto e suonò all'appartamento della Pezzani. Attese qualche minuto, riprovando col campanello senza che nessuno rispondesse. Notò che le serrande erano abbassate e desistette. Ritornando in questura richiamò Musumeci: «Hai visto la Pezzani di recente?»

«No dottore, la cerco da un giorno e mezzo.»

«E non me lo dici?»

«Pensavo che fosse normale», rispose l'ispettore. «Le è appena morto il compagno e magari s'è trasferita da parenti o amici.»

«Me l'aveva escluso», lo smentì Soneri, che sentiva tutto sfuggirgli di mano. «Bisogna trovarla, sapere dov'è andata.»

Sentì la voce di Musumeci stridere e farsi sottile: «Dottore, io non so più da che parte prendere», protestò. «Lei mi ordina una cosa, Coriani un'altra. Io mica sono un prestigiatore.»

«Va be', mi arrangio da solo», tagliò corto Soneri spazientito.

In realtà non sapeva da dove cominciare. Camminò per qualche minuto diretto in questura senza osservare nient'altro che il marciapiede di fronte a sé. La nebbia che lo sfiorava gli era come entrata dentro il cervello. Lo squillo del telefonino ebbe lo stesso effetto di una scossa elettrica. Rispose con fastidio.

«Dottore», esordì Juvara, «questo Sandrucci ha denunciato il furto di una valigia uguale a quella trovata accanto al cadavere di Oliescu. Non vorrei...»

«Eh, pensi giusto», s'illuminò Soneri. «Credo che si tratti della stessa valigia. Nella denuncia c'è una descrizione del contenuto?»

«No, purtroppo. Il colore, però, coincide.»

«E chi è 'sto Sandrucci?»

«Un toscano. Uno di Signa. Nel verbale c'è scritto che la valigia gliel'hanno rubata alla stazione di La Spezia due domeniche fa. Lui stava andando a Genova e doveva cambiare lì. È entrato nel bar, ha messo la valigia in un angolo e quando è andato a riprenderla non c'era più.»

«Rintraccialo e fatti dire che cosa c'era dentro alla valigia. Chiedigli anche che taglia porta.»

«Scusi, ma cosa c'entra?»

«Sveglia, Juvara!» alzò la voce Soneri. «Non ricordi che Oliescu portava dei vestiti più grandi?»

«Intende dire...»

«Potrebbe essere, non pensi?»

L'ispettore tacque. «Potrebbe essere», convenne. «Ah, dimenticavo», aggiunse subito dopo. «Nella denuncia, Sandrucci ha precisato che sospetta di due giovani che si aggiravano nel locale: uno piuttosto massiccio di media statura e l'altro più magro. Non so se può essere utile...»

«Tutto è utile quando non si sa niente», commentò Soneri. Appena chiuse si guardò intorno come per orientarsi: era finito in piazzale Santafiora e di fronte aveva la sobria eleganza di palazzo Pallavicino. Decise di infilarsi nei borghi tra via Farini e via Repubblica per sfociare nei pressi della questura, ma il telefonino suonò ancora.

«Commissario, lei mi aveva promesso discrezione...» attaccò una voce maschile che riconobbe: Montacchini. «Invece», proseguì quello, «mi ritrovo addosso il suo ispettore... Glielo chiedo per favore: non mi metta nei pasticci.»

«L'ha mandato il magistrato, non io», ribatté Soneri reprimendo a stento la rabbia.

«Oltretutto ho già chiarito con la signora: io non voglio indietro i soldi. Dopo la fine che ha fatto Elmo, si figuri!» continuò l'uomo.

«Intende quelli del prestito?»

«Certo. Le ho detto che per me è una faccenda chiusa.»

«La Pezzani è venuta da lei? Quando?» domandò il commissario.

«Due ore fa. E deve essersi trascinata dietro il suo ispettore, che forse la pedinava. Non ha preso proprio nessuna precauzione: ha detto alla segretaria che era un poliziotto e che voleva farmi delle domande. Per fortuna la ragazza è sveglia e mi ha subito avvertito, così l'ho invitato a parlare fuori dall'ufficio.»

«Cercherò di evitarle altre noie», concluse Soneri chiudendo la telefonata.

Immediatamente dopo chiamò Musumeci: «Così hai agganciato la Pezzani?»

«Ho avuto una dritta.»

«Va in giro a coprire i buchi di Boselli e non si fa trovare a casa. Non vorrei che qualcuno la stesse minacciando.»

«Infatti le sto dietro per capire. Non so che giri abbia.»

«Giusto, ma potevi anche avvertirmi. Non è la prima volta che te lo dico...» gli fece presente Soneri vagamente minaccioso.

«La cosa è fresca fresca, un altro colpo di culo, dottore. Un amico della polizia giudiziaria l'ha riconosciuta in un negozio del centro e siccome gli avevo appena riferito che la stavo cercando, mi ha telefonato.»

«Sei un ragazzo fortunato, Musumeci: sposerai una donna ricca.»

L'ispettore ridacchiò: «Dottore, come si dice, non ci sono le premesse...»

«Sta' al pelo alla Pezzani e tienimi informato», raccomandò il commissario scandendo le parole. «Adesso, come sai, è vedova.»

«Appunto», glissò l'altro, «credo che la Pezzani oggi pomeriggio mi porterà in chiesa.»

«Che rapidità!» ironizzò Soneri.

«Non per le nozze, ma per il funerale. Si ricorda?»

Il commissario si era dimenticato: era il giorno in cui avrebbero seppellito Elmo.

13

Fu ancora più triste di quanto possa essere un funerale. Suor Donata aveva organizzato la funzione religiosa sostenendo che negli ultimi anni Elmo si era convertito. Come compromesso aveva chiamato un prete sessantottino, uno di quelli che avevano partecipato all'occupazione del Duomo ai tempi della contestazione. Del resto, c'erano solo reduci di quella stagione a salutare definitivamente Elmo. Anche i due becchini erano più o meno della stessa età e uno aveva i capelli lunghi sulla nuca come un vecchio hippy imbiancato. Pareva che un'intera generazione seppellisse se stessa e i propri sogni.

Franca Pezzani si mise in testa al piccolo corteo quando si mosse dalla cappella del cimitero. Di fianco a lei Gabo e Lalo, poi tutti gli altri, tra i quali Soneri riconobbe il Pàcio, Montacchini e un frate che doveva essere Torri. Assieme al trio c'era un tizio minuto, segaligno, con un paio di baffetti sottili e l'aria sofferente. Di nascosto, un uomo di Nanetti filmava il tutto. Il commissario osservò il gruppo muoversi tra i vialetti del camposanto della Villetta verso la tomba di famiglia, dove la moglie e il figlio aspettavano in disparte. Stavano di fianco al cancello di ferro spalancato e sembravano voler rimarcare che quella era roba loro. Il ragazzo pareva particolarmente indispettito di dover seppellire il padre con intorno vecchi comunisti o ex «rossi» convertiti al capitale. Cinzia Carattini, invece, non appariva turbata da quel contorno, forse per non rinnegare il passato: dopotutto, uno di loro se l'era sposato.

Soneri contò i presenti e non andò oltre le trenta persone. Si chiese di nuovo dov'erano finiti tutti quelli che riempivano le piazze. E di nuovo un fiotto di sconforto lo trascinò lontano dal ruolo di poliziotto. La morte, come esito dello sbattersi tra le illusioni che ci tengono vivi, si manifestava in quel momento nel buco nero in cui veniva infilata la cassa con dentro Elmo. Poi un rito ancora più struggente: i pochi compagni rimasti posarono sul legno i libri che avevano accompagnato la loro vita: Kerouac, Pavese, Marcuse, Hesse, Camus, Sartre, Ferlinghetti, Ginsberg, Adorno, Benjamin, Gramsci, Korsch, Lukács... Lalo sussurrò che la chitarra, invece, dormiva abbracciata a Elmo con le sue corde tese verso dita ormai rigide.

Fu allora che il figlio scoppiò in lacrime. Un pianto fragoroso e improvviso tale e quale uno sbocco d'ira. Piangeva come da bambino per l'assenza del padre, adesso definitiva. Poi si calmò e tra i presenti rimase solo l'imbarazzo. Il prete benedisse la bara dietro i primi mattoni che un paio di muratori indifferenti cominciarono a sistemare e il gruppo si frantumò come una goccia d'acqua che cade sul marmo. C'era fra loro un vuoto che si sarebbe presto colmato, lasciando solo una sensazione vaga di tristezza.

Soneri si avvicinò a Franca Pezzani, che non parve sorpresa di vederlo.

«Li ha pagati tutti?» chiese il commissario con voce calma ma perentoria.

La donna girò la faccia tenendo lo sguardo a terra: «No», si limitò a rispondere.

«Mi aveva detto che Boselli non aveva problemi di soldi e che non le risultavano debiti», la incalzò.

«Cosa dovevo dirle?» sussurrò lei. «Di certi proprio non ero al corrente e gli altri pensavo fossero morti e sepolti.»

«Invece non lo erano?»

La Pezzani fece una smorfia: «A quanto pare no».

«Chi le ha chiesto di pagare?»

«Parecchi. Con uno non posso nemmeno trattare perché non so chi sia», sbottò la donna.

«Come fa a non saperlo?»

«Ho ricevuto una lettera anonima che mi chiedeva di tirare fuori i soldi o avrei passato dei guai. Poi sono cominciate le telefonate...»

«E cosa le dicevano?»

«Solo una parola: paga. Poi riattaccavano. Non ho paura per me, ma temo che sporchino la reputazione di Elmo. C'è gente che sarebbe capace di farlo.»

«Era un uomo o una donna al telefono?»

«Un uomo. Sa com'era Elmo, no? Per lui il denaro non aveva valore in sé, era solo un mezzo, tale e quale un autobus.»

«Quando le è arrivata la lettera? E quando le hanno telefonato?»

«È successo tutto domenica mattina.»

«Così si è messa in giro a cercare un debitore che non conosceva e ha cominciato da quelli che sapeva avevano prestato soldi a Boselli: è così?»

La donna annuì.

«E ha anche chiuso casa temendo un'aggressione?» continuò il commissario.

«Dopo quello che è successo... Sono così scossa che non avrei retto. E poi cosa ne so? Forse è stato ucciso proprio per i soldi. Se è così, quello che mi fa soffrire di più è che mi abbia nascosto qualcosa.»

«Non ha neppure una vaga idea di chi può averle chiesto di pagare?»

«No, nessuna. Vorrei solo sapere cosa devo fare. Non mi importa del denaro, ma chi mi minaccia non dice quanto vuole e come farglieli avere.»

«È uno strano ricatto», convenne Soneri. «Può essere uno sciacallo: capita spesso in questi casi. O forse qualcosa di più serio. Non vada a casa, per ora. Dove sta adesso?»

«Da mia sorella fuori città, a Collecchio.»

«Resti lì», ordinò il commissario porgendole un biglietto su cui aveva scritto il suo numero di cellulare. «Se ha bisogno mi chiami.»

E dopo averla salutata, Soneri attraversò il cimitero già pieno delle ombre del pomeriggio d'inverno e uscì sul piazzale della Villetta. Nel parcheggio incontrò Monti.

«Torna su a Berceto?» gli domandò.

«Per oggi ho visto anche troppe tristezze», bofonchiò l'uomo.

«Non c'era nessuno...»

«Mi hanno detto che è stato così anche la sera del giorno in cui l'hanno ammazzato.»

«Ce n'era ancor meno.»

A un tratto Soneri sentì un rumore familiare. Si voltò verso la strada dove si affacciavano tristi negozi di fiori e vide passare una vecchia Vespa su cui c'era il tizio minuto coi baffetti che aveva visto poco prima.

«Chi è quello?» chiese.

«Beretta, uno dei migliori amici di Elmo», rispose Monti.

«Ha ancora la Vespa...» sussurrò il commissario come parlando fra sé e pensando all'altra Vespa, quella di Boselli. Un balenio di ricordi gli passò per la mente, l'immagine di una delle loro estati felici con quelle moto sulle strade d'Appennino.

«Quello vive al minimo», spiegò Monti, «col poco che ha.»

«È messo male a soldi?»

«Rifiuta il lavoro per principio e campa con l'eredità dei suoi. Non è tanto, ma forse gli basterà fino alla fine. Si è abituato a vivere con poco quando se n'è andato in India più o meno nello stesso periodo in cui c'era anche Boselli.»

«In India? Sono partiti assieme?» chiese il commissario.

«Non lo so. Forse sì. Come le ho spiegato, io ho fatto altre scelte. Però vedo che alla fine anche Beretta è venuto dalla mia parte.»

«In montagna anche lui?»

«Più vicino», scrollò il capo l'altro, «abita in una casa isolata dentro i boschi di Carrega, tra Collecchio e Sala Baganza. Alleva galline e conigli, c'ha un orto e passa le giornate a leggersi i testi sacri guardando i filmati delle manifestazioni del Movimento a Parma, a Milano, a Reggio... Per lui il tempo si è fermato. In casa non ha toccato niente: è ancora tutto com'era quando erano vivi i suoi.»

«Non ha rapporti con voi?»

«Una volta alla settimana viene a Parma con la Vespa e passa dal *Pàcio*. Poi c'è sempre qualcuno che lo va a trovare. Lui è come la madeleine di Proust: se gli parli, senti ancora il sapore di quegli anni...»

Il commissario si fermò a guardare i tetti della città che un improvviso squarcio del cielo tingeva di ruggine.

«Adesso i sogni hanno lasciato il posto agli incubi», lo raggiunse di nuovo la voce di Monti. «Io dormo malissimo, non so lei...» proseguì.

«Si va a letto presto e la notte è lunga, così i cattivi pensieri fanno in tempo a prenderci», replicò Soneri.

«Sarà per quello...» borbottò amaro l'altro. Poi salì in macchina e sgommò via.

Il commissario montò anche lui sull'auto per tornare in questura percorrendo viale Villetta tra due file di pioppi bianchi dritti e spogli come ceri.

Quando arrivò, parcheggiò in cortile ed entrò alla Mobile. Juvara sembrava aspettarlo.

«Novità?» chiese il commissario.

L'ispettore annuì: «Aveva ragione, dottore: Oliescu era vestito con gli abiti di Sandrucci».

Soneri ascoltò e si sedette senza togliersi il cappotto.

«È stato proprio lui a confermarmelo», continuò Juvara. «L'ho rintracciato due ore fa.»

«La valigia è la sua... e gli abiti...» ricapitolò ad alta voce il commissario, che ancora non capiva dove l'avrebbe portato quel ragionamento. Si ricordò anche della Clio grigia trovata apparentemente fuori posto vicino a casa di Elmo e tutto s'accavallò. I fatti non stavano assieme, ma due avvenimenti che sembravano lontani si erano di colpo avvicinati.

Fu interrotto dal telefono. «Ancora niente?» domandò Coriani.

«Per Maselli? No, niente», rispose piuttosto distrattamente Soneri. «Penso che si trovi in Appennino, ma non so dove. A questo punto è una faccenda che riguarda più i carabinieri del sottoscritto», terminò mantenendo lo stesso distacco.

«Lei non ha mai creduto a questa ipotesi», lo accusò il magistrato.

«È solo una delle tante», replicò il commissario. «Per esempio, che dire della macchina di Oliescu trovata parcheggiata vicino a casa di Boselli? E di 'sto rumeno che si mette dei vestiti di altri per suicidarsi?»

Trasferiva al piemme le domande che aveva rivolto a se stesso.

«La prima cosa potrebbe essere una banale coincidenza», riprese Coriani infastidito, «la seconda non mi pare c'entri molto.»

«Aveva rubato la valigia a un tizio di Signa poco più di una settimana prima», spiegò Soneri.

«E allora? Adesso sappiamo che era un ladro oltre che un ultras di destra», obiettò il magistrato.

«Non sto escludendo niente», tagliò corto il commissario, mettendosi al riparo dalle obiezioni, «e proprio per questo seguo molte strade. A proposito», aggiunse, «adesso c'è anche quella dei soldi.»

«Cioè?»

«Qualcuno minaccia Franca Pezzani chiedendole del denaro. Credo sia un banale ricatto, forse di uno sciacallo.»

«Quanto le ha chiesto?»

«La stranezza è proprio questa: non ha fatto richieste precise né ha specificato quando dovrebbe versare. Sembra che lo scopo sia tenerla sulla corda, creare tensione.»

«Perché non me l'ha detto subito?»

«L'ho saputo da poco.»

«Be', questo diventa l'aspetto più rilevante», ammise Coriani.

Quando riattaccò, il commissario notò che sulla scrivania era rimasta la posta del mattino ancora da aprire. Prese in mano le lettere e le esaminò. Indovinò il contenuto delle prime tre dalla busta intestata e le mise da parte. La quarta era perfettamente anonima e con scritto l'indirizzo a caratteri così precisi da far pensare a un normografo. Col tagliacarte lacerò il bordo superiore. Quando estrasse il foglio, notò che la grafia era la stessa, come stampata. Solo quattro parole: *Non mi prenderete mai.*

«Ci sfida», borbottò con fastidio il commissario buttando la lettera sulla scrivania.

Juvara si alzò di scatto e lesse in silenzio. «Ci mancava solo l'assassino esibizionista», commentò.

«Comunque ci offre un indizio in più: non è a posto», continuò Soneri con un cenno della mano per indicare che si trattava di uno squilibrato.

«Non mi aveva detto che pure Maselli era un po' svitato?» domandò Juvara.

«Sì, anche Maselli, ma lui è uno di quei pazzi introversi. Questo mi sembra che abbia voglia di chiacchierare.»

Il commissario si abbandonò sulla sedia con l'aria di chi si arrende. Scosse la testa e batté il palmo della mano sulla scrivania. Juvara lo osservava con sguardo teso, intimorito.

«Dottore», intervenne timidamente senza riuscire ad attirare l'attenzione, «mi sono permesso di andare a ficcare il naso negli affari di famiglia di Boselli.»

Il commissario si girò appena con una specie di grugnito.

«Una famiglia benestante con un unico figlio...» continuò l'ispettore. «Un padre dirigente di banca, la madre casalinga, buon reddito... Insomma, una famiglia della media borghesia», concluse.

Il termine borghesia riscosse un po' Soneri: «Non ti avevo mai sentito usare questa parola. Pensavo fosse passata di moda».

«Voglio dire che non avevano problemi economici», riprese l'altro. «Possedevano un appartamento molto grande in un palazzo di viale Rustici e una casa anche al mare, in Liguria.»

Il commissario si svegliò del tutto. «Hai detto in Liguria? Dove?»

«A Moneglia.»

«Boselli ha ereditato tutto?»

«Sì, diciotto anni fa, quando è morto il padre: era l'unico erede.»

«E che fine ha fatto la roba?»

«Questo devo ancora capirlo bene. L'appartamento di viale Rustici è stato venduto a un dentista che adesso ha lo studio lì», spiegò l'ispettore.

«Quando?»

«Pochi anni dopo», affermò Juvara. «Della casa di Moneglia si è come persa traccia. Non ho trovato nessun atto, per ora, ma con l'aiuto dei colleghi di Sestri dovrei saperne di più.»

«Questa storia è un gioco di specchi», brontolò il commissario, «appena ti muovi cambia la prospettiva.»

Si accorse di aver ancora addosso il cappotto. Anziché toglierselo, si alzò e guardò l'orologio. Faceva scuro da un pezzo e cominciava ad aver fame. Non c'era più niente da chiedere a quella giornata, così si decise a uscire.

«Va' avanti con l'indagine patrimoniale su Boselli, domani dobbiamo avere il quadro completo», raccomandò prima di varcare la porta dell'ufficio.

Quando già camminava nel cortile squillò il telefonino e la voce catarrosa di Capuozzo gli colò nell'orecchio lenta e densa come zabaione: «Cos'è questa storia delle lettere anonime?»

«Non ne ho idea», replicò Soneri, «ma mi sembra la sortita di un pazzo. Forse è uno di quegli svitati che cercano notorietà.»

«Pazzo, pazzo... Certo! Anche uno che uccide un uomo con ventitré coltellate è un pazzo...»

«Voglio dire che un assassino di solito non manda lettere. Se lo fa significa che non è un tipo a posto.»

«Appunto», convenne Capuozzo, «per questo bisogna prenderlo. 'Sto schifoso mi pare il tipo che fra un po' ne fa fuori un altro.»

«Stiamo lavorando.»

«Eh, veda di metterci più impegno», concluse il questore con un accenno di censura.

Soneri riattaccò con stizza senza salutare e biascicò fra sé un vaffanculo. Poi chiamò Angela: «Stasera andiamo da Alceste, devo consolarmi».

«Ti sento più incazzato di una biscia», disse lei. «Chi ti è andato su per le braghe?»

«Prova a immaginare.»

«Capuozzo? Sempre lui?»

«Sono allergico ai funzionari che fanno carriera con le conoscenze e invecchiano leccando il culo. Aggiungi che non sopporto gli uomini con gli anelli d'oro e l'unghia del mignolo lunga.»

«Se venissi in tribunale... Ce ne sono di quelli che hanno la polvere addosso e puzzano di naftalina», scherzò Angela.

* * *

Più tardi, al ristorante, Soneri riprese l'argomento, ma lo chiuse subito con un'alzata di spalle.

«Gente inutile!» esclamò sedendosi a tavola.

«Sei nervoso per altro, si vede», notò lei.

«Non mi torna niente», confessò il commissario. «Ho provato a tirare tanti bandoli, ma nessuno ha il filo lungo: mi restano in mano solo spezzoni di storie, una cianfrusaglia di indizi da cui non cavo nulla. Vedo solo stranezze: tipi eccentrici, suicidi eccentrici... Niente che segua una linea logica.»

«Le stranezze nascondono sempre qualcosa. Di solito i fatti seguono la via più semplice, ma a volte siamo noi a guardarli da una prospettiva sbagliata. È così che ci sembrano strani», rifletté Angela. «Quando ascolto certe testimonianze, mi stupisco ancora di come si possa interpretare una vicenda in tanti modi differenti.»

«Forse ho la mente impigrita», riprese il commissario, «mi sono abituato a pensare che i moventi siano sempre gli stessi: i soldi o il sesso. Qui intuisco che c'è dell'altro.»

«La politica?» domandò lei stupita. «Ma se è morta? Si pensa ai soldi e al sesso perché sono le uniche motivazioni rimaste.»

«Be', qui mi sembrano assenti. È triste che rispuntino altre motivazioni solo in un delitto.»

In quel momento si avvicinò Alceste: «Avete già un'idea?»

Soneri accennò di sì: «Il *Milord* è l'unico punto fermo in questa città che si sbriciola», commentò sorridendo. Avrebbe voluto risultare ironico, ma si accorse di essere tremendamente serio.

«Finché tengo botta», sorrise Alceste. «Ma ormai ho una clientela di mezza età, gli ultimi non rincoglioniti dalla televisione cresciuti da mamme che ancora cucinavano.»

«L'imbarbarimento si può misurare anche dal menù», osservò il commissario.

Angela gli fece cenno di smetterla: «Non cominciare con le tue elucubrazioni che poi ti vanno di traverso i tortelli».

«Ma ti pare che gli americani, che hanno la peggior cucina del mondo, debbano venire a insegnarci come mangiare?» s'infervorò Soneri cercando aiuto in Alceste con lo sguardo. «Non li vedi come stanno a tavola i ragazzi che vanno in questi posti dove ti danno solo patate fritte e salsa di pomodoro acida? E cosa bevono, poi! Escono con l'alito cattivo ruttando gas perfettamente incamminati sulla strada dell'obesità. Non è la barbarie questa?»

Alceste si mise a ridere toccandosi la pancia: «Quanto a obesità...»

«Si vede che a loro piace», intervenne Angela.

«Certo...» continuò Soneri, «se te lo impongono fin da piccolo...»

«Ci vanno in tanti, non saranno mica tutti indottrinati!»

«C'è sempre l'esempio delle mosche: vanno sulla merda a miliardi, possono sbagliare tutte?»

Alceste rise ancora più forte e anche Angela non poté trattenere un sorriso.

«Quindi pensi che si tratti di un delitto politico?» cambiò discorso lei. «Se non c'entrano i soldi e il sesso...»

«È solo una mia impressione», rispose il commissario. «In realtà ci stanno sia il movente politico che quello del denaro.»

«Ma tu non ci credi.»

«Non mi convincono, mi sembrano fasulli. Ti pare che dopo tanto tempo ci possano essere ancora rancori ideologici? E cosa dire della Pezzani, ricattata senza chiedere una cifra precisa? Se esiste davvero un ricattatore, non avrebbe avuto interesse a mantenere vivo Elmo?»

Siccome nessuno dei due aveva una risposta a quelle domande, iniziarono a mangiare. I tortelli di zucca risvegliarono in loro sensazioni antiche. «Per fortuna che noi abbiamo avuto delle mamme che sapevano cucinare», ridacchiò Angela.

Il Gutturnio contribuì alla consolazione, così come i guancialetti di maiale.

«Voglio vedere se riesci a dimostrare che questo non è un contributo all'obesità», ironizzò Angela.

«Ma almeno sarà felice», ribatté Soneri versandosi un altro bicchiere di vino. Il pasto gli aveva restituito un po' di euforia e fiducia.

«Se non valgono i soliti moventi, cosa credi che c'entri?» insisté Angela.

«Ancora non lo so, ma penso a qualcosa di più profondo e intimo.»

«Allora ti toccherà lavorare più di testa che d'altro.»

«Per quello sono voluto venire qui. Sai che quando mangio bene ragiono meglio.»

«Nient'altro?» chiese maliziosa lei.

Subito dopo si alzarono e uscirono tenendosi sottobraccio. La nebbia si manteneva alta, una sfumatura grigia tra i campanili e i sottotetti. Si baciarono nei borghi più bui come studenti timidi, camminarono dietro i ricordi nelle strade che erano state ed erano tuttora familiari sentendosi nei passi. Mai come di notte, nella solitudine dell'inverno, Parma apparteneva loro.

«Ritrovarsi è bello, anche se un po' malinconico», sussurrò Angela.

«È il nostro mondo, l'unico che abbiamo. Dobbiamo tenercelo stretto proprio per questo.»

14

Percorse una quindicina di chilometri nella nebbia, quindi affrontò i colli già stabilmente conquistati dalle ville dei ricchi. Quarant'anni prima, contadini afflitti da una vita grama erano stati ben contenti di svendere le loro bicocche col mobilio e il resto. Gli architetti alla moda erano così sbarcati nelle aie e avevano ristrutturato abitazioni e fienili lasciando vive le parvenze, ma svuotando il tutto di ogni significato di testimonianza. Avevano poi aggiunto piscine, campi da tennis, giardini all'italiana o all'inglese, alberi mai visti come betulle, olivi e persino palme. Quale omaggio al mondo spazzato via, qua e là compariva qualche ruota di carro ridipinta o un giogo di buoi attaccato al muro come cimelio delle origini.

Il commissario osservava tutto ciò salendo verso i boschi di Carrega. Anche quell'antica tenuta della nobiltà napoleonica aveva subìto lo stupro dell'edilizia di rapina sotto forma di pretenziose case piene di spigoli, logge e vetrate. Quella di Beretta, invece, si distingueva per la sua essenziale povertà. Stava in mezzo alle querce e ai carpini come un animale autoctono e mostrava lo stesso colore giallo, ingrigito e corroso dal tempo, del materasso di fogliame che ricopriva tutto, dentro il quale pareva mimetizzarsi. Non aveva recinzione, salvo una siepe di biancospino verso la strada. Soneri l'oltrepassò entrando nel cortile accolto da un cagnetto con la coda a ricciolo che cominciò a sgolarsi. Gli parve di percepire qualche movimento dietro i vetri della stanza a pianterreno e dopo pochi secondi comparve Beretta nel vano della porta. Guardava il commissario sforzandosi di ricordare.

«Sono Soneri della questura», lo aiutò.

L'altro fece un cenno col capo e si scostò invitandolo in casa.

Entrando, ebbe di colpo l'impressione di trovarsi in una situazione già vissuta, in una sovrapposizione tra presente e passato che annulla il tempo. Al centro dell'enorme cucina c'era la stufa a legna col piano di ghisa e il coperchio a cerchi, la vaschetta dell'acqua calda, il forno, il cassetto della cenere e le stecche ripiegabili a raggiera sul tubo per far asciugare i panni. Accanto alla finestra il tavolo di ciliegio, dalla parte opposta una credenza con buffet, sopra i travetti sul soffitto basso e di fronte un camino chiuso da alcune assi sovrapposte.

La stanza era immersa nella penombra e solo sul tavolo pendeva una lampadina con un vecchio paralume di vetro opaco tempestato di cacche di mosca. Per qualche attimo tornò bambino nel felice esilio della campagna, mentre Beretta spostava una pila di libri da una delle quattro sedie per farlo accomodare.

«Ha mantenuto tutto com'era...» esordì il commissario guardandosi intorno ancora preso dallo stupore.

«Tutto», si limitò a dire l'altro.

Solo allora Soneri si accorse dei ritratti alle pareti: foto di facce d'altri tempi che sembravano sul punto di scolorirsi del tutto dissolvendosi in un impasto grigio. Ma quella casa parlava del passato da ogni dettaglio senza avere l'ordine artefatto di un museo. La vita che l'aveva animata quarant'anni prima vi era rimasta imprigionata come in un processo di solidificazione che l'avesse colta al culmine.

Sentì Beretta che scostava a sua volta una sedia e si piazzava di fronte a lui. «Allora commissario?» sollecitò sbrigativo.

«Ha fretta?» si meravigliò Soneri. «Non le manca il tempo...»

«Quello è sempre poco», ribatté l'altro. «Siamo tutti in scadenza.»

«È per un caso che sono qui», continuò il commissario.

«Non dica stronzate...»

«Sul serio. Per via della Vespa. Lei era al funerale e quando tutto è finito ho sentito quel rumore che conosco bene... Mi sono girato, ho chiesto... Ne avevo una uguale e c'ero molto affezionato.»

Avrebbe voluto aggiungere che in quei giorni la Vespa era comparsa parecchie volte, ma fu interrotto da Beretta che ripeté freddamente: «E allora?»

«Ho saputo che lei è stato in India più o meno nello stesso periodo di Boselli e mi interessa sapere di quegli anni.»

L'uomo alzò le spalle: «L'India è stata per tutti un'esperienza individuale e ognuno seguiva la sua strada».

«Forse un pezzo l'avete fatto assieme. Lei, Boselli, la Motti e probabilmente anche altri.»

«Il viaggio fino a Delhi, poi ci siamo separati. Elmo e Sandra dissero subito che avrebbero voluto provare un'esperienza nel deserto del Rajasthan da certi santoni di cui avevano sentito parlare. Così ci siamo divisi. L'avremmo fatto comunque, perché chiunque fosse stato vicino a loro si sarebbe sentito di troppo.»

«Erano molto uniti?» chiese Soneri a cui non era sfuggito il modo confidenziale con cui l'uomo chiamava la Motti.

«Sì», confermò Beretta. «Per quello ci siamo separati.

Quell'esclusività di coppia non andava giù a molti compagni: dicevano che si comportavano da borghesucci.»

«Allora eravate molto severi.»

«Lo siamo stati troppo poco», sibilò l'altro con voce minacciosa.

«Da quando avete preso strade differenti non ha più avuto notizie di Boselli e della Motti?»

«No, come potevo? Ci siamo salutati a Delhi dopo qualche giorno. Io avevo deciso di andare a Bombay. E poi eravamo lì per motivi diversi. Loro, da innamorati, cercavano di calmare insieme quell'inquietudine che tutti noi avevamo allora di viaggiare, vedere, provare. Volevamo tutto e tutto ci pareva alla portata. Come se i limiti imposti ai nostri padri e ai nostri nonni si fossero spezzati di colpo per spalancarci davanti uno spazio infinito. È stato questo lo spirito della nostra giovinezza», concluse Beretta improvvisamente acceso di entusiasmo.

«Lei, invece, cercava altro?»

«Anch'io provavo le medesime cose, ma avevo obiettivi più politici. Volevo vedere in che stato si trovava un Paese che si era da poco tolto il colonialismo di dosso e studiare l'eredità di Gandhi. Non la pensavamo allo stesso modo. Elmo ha aderito al Manifesto, io ho fatto il giro da Lotta continua e Potere operaio.»

«Dopo, quando ha rivisto Boselli?»

«In Italia, due anni più tardi.»

«Siete stati via due anni?»

«Circa. Non di più.»

«L'ha incontrato con la Motti?»

«No, lei non c'era. Si erano già mollati, dev'essere stato proprio in India.»

«Non sa che fine ha fatto lei?»

«No», scosse il capo Beretta. «Non ho mai osato chiedere niente a Elmo. I primi tempi, dopo il ritorno, era molto giù. Poi si era ripreso, ma non ha mai più voluto parlare dell'India.

Forse lei era rimasta là di più. Almeno così raccontavano in giro.»

«Lei vive qui da allora?»

«Quello è stato il mio ultimo viaggio», confermò l'uomo. «Non credo che ne farò altri, non posso permettermelo.»

«Non ha un lavoro...» considerò Soneri.

«Io rifiuto il lavoro come schiavitù e umiliazione.»

«Se può farlo...»

«Ogni persona di buon senso dovrebbe rifiutarlo», riprese Beretta. «Se il tempo è la cosa più preziosa che abbiamo, perché dovremmo venderlo a qualcuno in cambio di quattro soldi? Per campare? Ma campare vuol dire disporre del proprio tempo. Allora la logica ci offre solo due strade: o campi e non lavori, o lavori e non campi, perché dai a qualcun altro il meglio del tuo tempo.»

«Può ragionare così perché c'è stato chi ha rinunciato alla sua vita per consentirle di scegliere se lavorare o no. Suo padre, suo nonno...» sottolineò il commissario.

«Mio padre aveva una piccola azienda e io l'ho venduta. Un po' di soldi li ho dati per la causa e una parte me la sono tenuta, così potrò arrivare al traguardo senza dover pedalare. La nostra», sorrise con una punta di cinismo, «è stata una generazione nata al momento giusto, quando c'era molto fieno in cascina. Cosa voleva che facessi? Che continuassi l'attività di mio padre rinnegando le mie idee? Oppure che mi mettessi il cappio al collo da solo? O sfrutti o sei sfruttato, ma io ho scelto di non partecipare al gioco. Consumerò tutto quello che mi è stato lasciato. Ho autonomia fino a novant'anni. E ho sempre questa casa da ipotecare o vendere. Qui, dentro il bosco, vale un patrimonio.»

«Sembra così attaccato alle sue cose... Non le rincresce?»

Beretta guardò fuori e parve combattuto: «Se faccio caso alle mie emozioni, provo un senso di disperazione. Se considero il tutto razionalmente la questione non mi preoccupa. Spariremo come specie, cosa vuole che sia il mio piccolo mondo?»

«Per la causa ha dato soldi anche a Boselli?»

«Sì, una parte.»

«Pensa che possano averlo ucciso per debiti?»

Beretta lo fissò prima di rispondere: «Forse... Elmo non era disciplinato né politicamente né nella vita. Voleva tutto, capisce? Anche noi volevamo tutto, ma avevamo dei limiti. Molti ce li prefiggevamo, altri ci erano imposti dalla nostra situazione. Elmo, invece, piaceva e riusciva a convincere chiunque. Forse qualcuno s'è sentito preso per il culo».

«Lei ci andava d'accordo?»

«A piccole dosi sì. Per quanto mi riguarda, lui non contava più niente sul piano politico, però la sua voce e la sua presenza mi facevano tornare agli anni della speranza. E io, ormai, vivo di emozioni legate a quel tempo. Per questo non cambio niente intorno a me, né dentro di me. Leggo e rileggo i testi della mia formazione politica, ripasso le riviste su cui scrivevo, mi riguardo le foto e ho persino i filmati delle manifestazioni di allora. A volte faccio tardi in queste serate d'inverno. Nel bosco si sentono solo gli animali e io in casa assisto alle assemblee del Movimento e ritorno a scandire gli stessi slogan. Con un po' di vino e molta fantasia, il gioco riesce.»

Il commissario guardava Beretta senza parlare. In fondo lo capiva, anche se non aveva vissuto quel periodo.

«Pensa che sia un pazzo, vero?» riprese allora l'uomo.

Soneri negò col capo.

«Tecnicamente lo sono», continuò. «Solipsismo maniaco-ossessivo. Ma chissenefrega! In quei momenti sto bene. È come prendere uno psicofarmaco o crogiolarsi in altre illusioni, a cominciare dalla Resurrezione, dalla vita eterna e via scendendo fino a quelle da ipermercato. Bigiotteria per la mente!» concluse con un ghigno sarcastico. «E poi sono sicuro che queste idee ritorneranno. Magari fra un secolo, ma torneranno. Mi dispiace soltanto che la vita delle persone sia troppo breve rispetto a quella della storia. Sa che soddisfazione sarebbe?»

Soneri l'aveva lasciato parlare ascoltandolo un po' sconcertato e un po' coinvolto. Ma cominciava a opprimerlo quella casa. C'era anche un odore che non aveva percepito prima e che ora lo infastidiva, un miscuglio di aria stagnante, vapori di cucina e fumo che gli fece desiderare di uscire nel bosco inquadrato dalla piccola finestra di fronte al tavolo.

Si alzarono e Beretta, in silenzio, lo accompagnò alla porta. Il cane ricominciò ad abbaiare quando il commissario attraversò il cortile.

«Non può proprio darmi nessun aiuto per ritrovare Alessandra Motti?» chiese Soneri prima di congedarsi.

L'uomo fece cenno di no con la testa. «È sparita», disse. E subito dopo si ritrasse sparendo a sua volta.

Il commissario percorse allora un tratto di strada a piedi, ogni tanto sorpreso dall'agguato di grossi cani dietro recinzioni infrattate nel fogliame. L'incontro con Beretta l'aveva confuso e quella casa rimasta ferma a quarant'anni prima faceva riemergere pensieri che si sovrapponevano mischiando all'indagine emozioni e ricordi. Il cellulare lo schiodò da quella specie di imbarazzo.

«Dottore, la Pezzani continua a viaggiare come una cambiale», lo informò Musumeci. «Poco fa è anche andata in banca: un'ora a colloquio col direttore della filiale.»

«Può voler dire che le hanno fatto una richiesta precisa», ipotizzò Soneri.

«Lo credo anch'io», convenne l'ispettore. «Forse si sono decisi.»

«Continua a starle al pelo, io arriverò in ufficio fra mezz'ora.»

Si mise al volante e discese rapidamente tra i vigneti finché ritrovò la nebbia più in basso, poco prima della Statale della

Cisa. Ma quando giunse in città, dal gran vortice di pensieri che gli giravano in testa emerse un desiderio preciso. Allora deviò costeggiando il torrente Baganza e immettendosi su via Varese. Fermò l'auto e suonò a Borriani.

«Siete proprio a corto d'idee se dovete continuamente rompermi i coglioni», lo accolse il collega.

«Per storie vecchie bisogna ricorrere a vecchi colleghi», ribatté Soneri, «sempre che non siano del tutto rincoglioniti.»

«Se non fosse stato per quegli stronzi dell'amministrazione, sarei ancora lì a farvi il contropelo», ringhiò Borriani.

«Senza i tuoi gradi sei perso. Perché non ti fai nominare capo condominio, così fai marciare gli inquilini in cortile tutti i sabati pomeriggio?»

«Vaffanculo! Se sei venuto per sfottere puoi anche toglierti dalle palle. Già non sopporto i comunisti solo a guardarli, adesso poi che sono diventati anche fighetti!»

«Ho bisogno di vedere un po' di foto», si fece serio Soneri. «Quelle delle manifestazioni dove compare sicuramente la prima fidanzata di Boselli.»

Borriani lo scrutò con severità e gli fece cenno di seguirlo. C'erano stanze piene di scaffali dove le immagini erano catalogate per anno e in ordine alfabetico con lo stesso criterio degli archivi della questura. Il commissario vide che il collega si fermava allo scaffale del '69. Poco dopo, si trovò davanti una distesa di immagini di quegli anni e cominciò la ricerca tra volti d'altri tempi e lo sfondo di fabbriche occupate.

«Una mutazione genetica», commentò il commissario.

«Vi prende la strizza al culo, eh!» sghignazzò Borriani. «Non avete più la truppa e non vi caga nessuno!»

«Ti ho già detto di non parlare al plurale, io non appartengo ad alcun partito», lo ammonì Soneri.

«Che stronzo! Rinneghi anche la tua fede? Tutti codardi voi di sinistra: appena perdete vi squagliate come 'sti qui», e indicò un gruppo di studenti in fuga inseguiti dai manganelli.

«Non rinnego niente, sono sempre stato fedele a me stesso», ribatté il commissario continuando a osservare le foto.

«Sai cos'è che mi rode di più?» riprese Borriani. «Non poter raddrizzare la schiena a certi stronzi che mi tiravano le pietre e adesso li ritrovo dalla mia parte a comandare. Quanti ce ne sono tra i politici del ministero!»

«Occhio, Borriani! Fai discorsi da comunista», lo avvertì Soneri ghignando. «Tu, povero lavoratore, a subire da proletario e loro figli della borghesia...» cantilenò.

«La sai bene la filastrocca», alzò la voce l'altro. «Vedi che sei andato a dottrina dai rossi? Comunque è vero: questi rottinculo cadono sempre in piedi. Hanno giocato ai comunisti da piccoli e adesso sono tornati al ruolo dei loro padri. Non cambia mai niente. Io vorrei un mondo dove si misuri chi ha le palle e allora gliela farei vedere a quei bastardi.»

«Non ti scaldare», lo ammonì il commissario, «il tuo Mussolini li ha sposati i papà e i nonni di quei bastardi.»

«L'ha dovuto fare, ma se avesse potuto continuare...»

«Hai perso, Borriani», tagliò corto Soneri. «Avete provato a ritornare in sella proprio mentre questi qui protestavano, ma non ci siete riusciti», concluse indicando i ragazzi e gli operai nelle foto che stava passando in rassegna. A un tratto scorse Boselli con una ragazza sottobraccio sullo sfondo del Comune in piazza Garibaldi.

«Questa la conosci?» domandò.

«È quella che cerchi», rispose irritato Borriani con un'occhiata distratta. «Alessandra Motti», scandì. «L'abbiamo portata in questura un mucchio di volte, una tipa tosta, con gli attributi, più di molte mezze calzette che si pisciavano addosso al primo ceffone.»

«L'avete picchiata?»

Il collega sorrise maligno: «Le avrei dato volentieri due sberle prima di scoparla. Ti confesso che mi piaceva da matti.

Vado pazzo per le donne dure e orgogliose: bisogna domarle come le tigri».

Soneri lasciò cadere il discorso e si mise a fissare la ragazza.

«Era schedata, quindi...»

«Certo che sì. Tutti i comunisti lo erano. Anche quei mezzi preti rivoluzionari che allora hanno occupato il Duomo. Ce n'è uno che è diventato un prelato e l'abbiamo dovuto anche scortare più volte aspettando al freddo per ore, saltando i pasti... Eminenza di qua, eminenza di là... Mi spiace di non avergliene date di più quando potevo menarlo.»

«Borriani, rilassati», lo esortò Soneri con ironia. «La guerra nelle piazze è finita. Non vorrai restare incazzato in tempo di pace! Siete anche al governo...»

«È la mia vita che è finita!» urlò il collega. «Vaffanculo!»

«Macché finita!» ribatté il commissario. «Quelli cattivi come te campano cent'anni. Vi tiene vivi la rabbia.»

«Guarda un po' 'sta roba», cambiò discorso Borriani, «e togliti dalle palle. Più ti ho fra i piedi e più m'incazzo.»

«Ecco, vedi? Ti fa bene. Ti allungo la vita.»

«Ti avverto che di là ho ancora la pistola e la so usare, non come i bambocci del tuo stampo che non prenderebbero un pagliaio.»

«Chissà se trovo ancora notizie su questi personaggi», si chiese Soneri tornando allo scopo per cui era lì.

«Certo! Mica hanno buttato via le cartelle! Chiedi all'archivio del ministero. Sempre che tu sia in grado di arrivarci.»

«La Motti ci sarà certamente, quindi.»

«Ti ho detto che l'abbiamo portata in questura un po' di volte. Dev'essersi beccata anche qualche condanna. Almeno per resistenza e oltraggio. Quella ci sputava in faccia.»

«Segnavate anche i movimenti? Viaggi in Italia o all'estero?»

«Venivamo a sapere delle manifestazioni e comunicavamo ai colleghi le destinazioni. Come adesso per gli ultras. Per l'estero allora ci volevano i documenti, c'erano le frontiere... Era un mondo più serio. Non c'era tutto questo va e vieni che nemmeno ti guardano in faccia al confine. Allora, negri in giro non se ne vedeva...» sibilò Borriani.

«Cosa segnavate nei dossier oltre agli spostamenti?»

«Be', ma quanto sono ignoranti i commissari di oggi!» si lamentò l'anziano collega.

«Abbiamo i computer, non lo sapevi? Conosco le procedure attuali, non quelle preistoriche», lo stuzzicò Soneri.

L'altro lo fissò torvo. «E allora interroga i tuoi computer», ringhiò stizzito. «Non potranno certo raccontarti com'era quella ragazza.»

«Per questo sono venuto da te. Sento che ti è rimasta impressa.»

«Credo di averti già detto che mi piacciono le persone che si mettono in gioco, che non fingono. Quelli che si spendono perché ci credono e hanno fegato», spiegò Borriani con ammirazione. «L'avrei voluta dalla mia parte. Tra lei e Boselli, la più forte era 'sta ragazza. Andava fino in fondo.»

«Le donne vanno fino in fondo molto più spesso degli uomini», constatò il commissario. «Non so se perché sono più pure o più irragionevoli.»

Il collega scrollò le spalle con fatalismo: «Comunque, se non ricordo male, lei è rientrata un paio di anni dopo Boselli. Forse tre».

«Tanto...» commentò Soneri pensieroso.

«È stata controllata dai colleghi della Narcotici di Fiumicino.»

«Poi più niente?»

«È come scomparsa dai radar, a parte alcune apparizioni in Liguria. Per un po' di tempo abbiamo pensato che fiancheggiasse la lotta armata da clandestina perché non c'era traccia di lei. Poi, con gli anni di piombo... Comunque non mi ricordo. Ne abbiamo trattate tante di queste zecche...

Per me ha precedenti anche per droga. Fumavano tutti come falò. Se vai a vedere sarà segnalato. Allora si faceva sul serio.»

Soneri si concentrò ancora per qualche istante sull'immagine di Alessandra Motti, su quegli occhi chiari che esprimevano determinazione e fierezza lanciando sfide al mondo. Gli occhi della giovinezza, pensò. Quindi ringraziò Borriani, che mugugnò qualcosa d'incomprensibile per saluto, e tornò in questura.

15

Notò di nuovo il gruppo dei giornalisti fermo nel cortile di fronte alla Mobile in attesa di Capuozzo. Cominciò a temere i titoli del giorno dopo e il loro potere di innescare quel cortocircuito di discussioni inutili tra partiti, amministratori e autorità varie, nel quale finiva sempre col trovarsi nella parte del capro espiatorio. Così entrò in ufficio con la faccia delle giornate storte.

«Ti pensavo in palestra a fortificare le gambe per lo sci», disse a Juvara.

L'ispettore alzò le spalle. «Ho novità.»

«Parli dell'indagine patrimoniale?»

L'altro annuì. «Ricorda la casa di Moneglia? Non è stata venduta ed è tuttora di proprietà di Boselli. Adesso se la prenderà il figlio.»

«La teneva vuota?»

«Non proprio», spiegò Juvara. «Non l'affittava, o almeno non risultano contratti, ma dentro c'è stato qualcuno per parecchio tempo.»

«Chi?» chiese il commissario, incuriosito.

«Penso che si tratti di Alessandra Motti.»

Soneri si fermò a pensare, ma nessuna idea riusciva a posarsi e decantare. «Sei sicuro?»

«Non al cento per cento. Devo ancora completare l'indagine, compreso richiedere informazioni al terminale del ministero. Intanto ho mobilitato le questure di La Spezia e Genova perché facciano accertamenti sul domicilio e quant'altro. Ovviamente ho chiesto anche il fascicolo personale al nostro archivio, visto che la Motti è stata qui per un po' di tempo.»

Il commissario, sempre immobile accanto all'attaccapanni dove aveva appeso il cappotto, approvò tutto con un cenno di assenso. Poi si sedette alla scrivania. Nemmeno lì riuscì a riflettere, perché il telefono squillò.

«Buongiorno dottor Soneri, sono l'avvocato Schiavina.» Il commissario s'immaginò la sua figura allampanata e stravagante, con tanto di basco in testa da legale militante pronto a difendere tutti i comunisti che finivano nei guai. «La chiamo per conto di Maselli perché so che lo state cercando. Anche i giornali hanno scritto che...»

«I giornali scrivono tante cose...» minimizzò Soneri, lanciando un'occhiata al gruppo dei cronisti attraverso la finestra.

«Comunque volevo dirle che il mio cliente non c'entra con la faccenda di Boselli», chiarì perentorio l'avvocato.

«Non crede che sarebbe meglio si facesse trovare e chiarisse di persona? Se fugge, un motivo ci sarà.»

«In questo momento Maselli ha bisogno di tranquillità», spiegò Schiavina. «La notizia che lo state cercando ha aggravato un quadro già complesso. Commissario, non voglio andare oltre, ma credo abbia capito che il mio cliente sta attraversando un periodo di sofferenza psicologica.»

«Mi hanno spiegato...» confermò Soneri.

«È soggetto a queste crisi e quando si presentano deve staccarsi da tutto, stare coi compagni, parlare con loro, sentirsi rassicurato. Tecnicamente si chiamano crisi di panico. È allora che si comporta come una bestia braccata e diventa cattivo, perché si sente addosso un'oscura minaccia», proseguì l'avvocato.

«Appunto», riprese Soneri, «e con Boselli...»
«No», lo interruppe immediatamente l'altro, «diventa cattivo con se stesso. Semmai, in situazioni del genere, era Boselli che poteva fargli del male: il mio cliente ha sempre avuto una scarsa autostima, mi capisce? Di fronte al mondo com'è oggi si sente inadeguato e solo. Ci vuole del fegato per essere diversi. E se lo sei troppo, magari credi di avere un difetto. Ci metta l'età, le aspettative sfumate... Ci vuol poco a dar di matto.»
«Ma dov'è adesso?»
«Non glielo dirò mai.»
«Crede che sia così ingenuo da pretendere l'indirizzo?» si spazientì Soneri. «Intendevo dire dove si sta curando.»
«Abbiamo un 'soccorso rosso' anche per queste cose», rispose evasivo l'avvocato. «Glielo dico con sincerità e stima», proseguì, «non perda tempo con Maselli: non c'entra niente.»
«Perché cercava gli ex compagni, Boselli in particolare?»
«Quando vuoi sfuggire alla disperazione tenti di costruire qualcosa di comune. Ci sono coppie che fanno un figlio appena si accorgono di essere in crisi. Ciascuno di noi ha bisogno di riconoscersi, non si può essere sempre estranei a tutto. I ragazzi di oggi si riconoscono in una marca di pantaloni o in una giacca a vento, la nostra generazione in un'idea comune. Tutti noi ci ostiniamo ancora a credere in un'idea comune», concluse Schiavina.
«Eh, già!» mormorò il commissario comprendendo anche troppo bene quello che voleva dire l'altro. Aveva ragione: ci voleva fegato a essere diversi.
«Per quanto mi riguarda può stare tranquillo», lo rassicurò Soneri. «Ma non posso garantirle che il magistrato molli la presa, anche se adesso mi pare prevalga un'altra ipotesi.»
«Il magistrato non potrà far niente senza di lei», constatò l'avvocato salutando.
In quel momento, il cortile della questura si animò. La

pattuglia di cronisti che aveva scorto poco prima si muoveva al seguito di un poliziotto.

«Vanno in processione da Capuozzo?» domandò il commissario.

«Mi hanno detto che ha convocato un incontro informale per l'una», rispose Juvara. «Sa che il questore ha un debole per taccuini e telecamere.»

«Gli piace essere riconosciuto per strada: è un modo per sentirsi in vita», commentò acido Soneri.

Poi prese i giornali ancora intonsi sul tavolo e scorse i titoli che riguardavano il caso Boselli. In mancanza di notizie fresche sull'omicidio, teneva banco il dibattito politico. La destra parlava di «un rinascente pericolo del terrorismo comunista» a proposito della caccia a Maselli, accusando lo schieramento opposto di «atteggiamento ambiguo nei confronti di queste frange estremiste nate nello stesso alveo di una sinistra autoritaria e antidemocratica». Dall'altra parte, una difesa flebile e balbettante si limitava a «condannare ogni violenza» e a «ribadire la fiducia nella magistratura e nelle forze dell'ordine respingendo ogni strumentalizzazione politica».

Il commissario pensava a quello che sarebbe stato scritto l'indomani, dopo la chiacchierata dei giornalisti con Capuozzo, presagendo altre rogne.

«Chiacchierano sempre a vanvera», commentò buttando il giornale sul tavolo.

Juvara lo guardò interrogativo. «I politici», chiarì Soneri indicando i quotidiani. «Non si preoccupano mai di capire prima di parlare.»

«Da noi, invece», riprese l'ispettore piccato, «si aspettano sempre le prove di ciò che diciamo.»

«Si aspettano anche che andiamo dietro alle loro stronzate: pensa quanti agenti sacrifichiamo per la microcriminalità sottraendoli al controllo del grande crimine. E solo perché quella si vede e l'altro no», borbottò il commissario. «Vedrai domani cosa dichiareranno quando i giornali avranno riportato le dritte di Capuozzo su Boselli forse ammazzato per un debito.»

«Dottore, lei crede che sia andata così?»

«Non lo so», sbuffò Soneri. «Può essere. Come può essere che l'avvocato Schiavina, con cui ho appena parlato, mi abbia raccontato un sacco di balle e Maselli stia scappando dopo aver fatto fuori l'ex compagno. Il nostro è un mestiere complicato perché dobbiamo cercare senza avere certezze in un mondo in cui tutti sembrano avere la verità in tasca. Per questo diventa sempre meno praticabile. Se arrestassimo Maselli», continuò il commissario sfogandosi, «quelli di sinistra direbbero che la polizia è fascista gridando al complotto, alle prove fabbricate per incastrarlo e via di questo passo. Se lo scagionassimo, la destra griderebbe alla solita impunità per gli estremisti di sinistra accusandoci di debolezza. Nessuno si preoccuperebbe di capire, ma solo di giudicare: ognuno a seconda di come gli conviene.»

Juvara chinò la testa su alcuni documenti e tacque con aria contrariata senza reagire di fronte allo sfogo. In quell'istante squillò il telefonino del commissario.

«Ho seguito la Pezzani per tutta la mattina», annunciò Musumeci. «Quando è uscita dalla banca, ha fatto molti giri, presumo dai compagnucci creditori, e poi è entrata in un bar di via Mazzini e ha telefonato. Dopo, ha percorso via Garibaldi guardando le vetrine come una che va a far compere, quindi si è fermata di nuovo in un bar nei pressi del palazzo della Provincia e ha telefonato ancora. A quel punto si è diretta verso il Duomo imbucandosi in vicolo del Vescovado per poi fermarsi di fronte al Battistero. Ho avuto l'impressione che aspettasse qualcuno.»

«Ed è arrivato?» lo interruppe Soneri.

«No», rispose l'ispettore. «Non ho idea di cosa sia successo, ma ha girovagato per mezz'ora come una turista e poi se n'è andata a prendere un autobus in via Mazzini.»

«Probabilmente chi doveva incontrarla ha capito che era seguita. Forse ti ha visto», dedusse il commissario.

«Sono stato attento...»

«Non si sta mai attenti abbastanza. Poteva anche essere una prova per capire se la donna stava al gioco o no. Continua a tenerla d'occhio», raccomandò Soneri chiudendo la telefonata.

Rimase in silenzio finché non sentì Juvara battere una manata sul tavolo. «Ecco i dati che cercavo!» esclamò.

«Che dati?» domandò il commissario distrattamente.

«L'appartamento di Moneglia è stato concesso in usufrutto fino al '93», annunciò l'ispettore.

«A chi?»

«Indovini, dottore: ad Alessandra Motti.»

«E adesso?»

«Da allora è tornato al proprietario: Boselli.»

«Chissà cos'è successo nel '93?» si chiese Soneri riflettendo.

«Glielo dico io: la Motti è deceduta. C'è scritto qui: cessato usufrutto per decesso del beneficiario.»

Il commissario restò in silenzio per qualche istante, poi mormorò: «Adesso sappiamo che è sparita definitivamente».

Ebbe la sensazione di non capire più niente di quella storia che lo portava in giro come un cieco tra nostalgie, misteri, amori finiti male, lotte politiche e odi feroci. Ondeggiò per un paio di minuti con la testa immersa in un'apnea di contraddizioni, finché si lasciò andare all'istinto e alla curiosità. Fu allora che chiamò Ballero.

Il collega ligure lo ascoltò con il solito distacco.

«Vuoi sapere di questa Motti e di quell'appartamento? Hai detto via Cavour al 5?» si accertò il collega.

«Non solo», aggiunse il commissario, «vedi di capire se con la Motti ci abitava anche qualcun altro e che cos'è successo dopo il '93. Ma di cos'è morta 'sta donna?»

Ballero mugugnò: pareva che le richieste di Soneri l'avessero messo di cattivo umore. «Per quando ti servono queste informazioni?» domandò poi pigramente.

«È un'indagine per omicidio, fai tu... Prima possibile», rispose il commissario con un pizzico di impazienza.

Parlare con Ballero era come sentire il ritmo lento delle onde. C'era qualcosa di imperturbabile e di indifferente nella sua voce che lo faceva sempre sembrare altrove. Quando Soneri riattaccò si sentì più insoddisfatto di prima. Il contrasto tra la sua ansia e la quiete olimpica del collega ligure lo rese nervoso.

«Juvara, concentrati sulla Motti, sollecita l'archivio del ministero e fatti portare immediatamente il fascicolo personale», ordinò sbrigativo.

«Alcune notizie le ho già per quanto riguarda il periodo in cui abitava qui», replicò Juvara, «ma non dicono molto di più di quel che sappiamo: faceva parte del Movimento studentesco, ha poi aderito a Lotta continua ed è stata fermata quattro volte: tre per violenza, oltraggio e resistenza a pubblico ufficiale, una per possesso di sostanze stupefacenti.»

«Che cosa le hanno trovato?»

«Hashish. Trenta grammi.»

Il commissario alzò le spalle, ma l'ispettore non capì se perché la notizia non gli interessava o perché lo considerava un peccato veniale. In realtà, si trattava di delusione: non c'era niente di più di ciò che gli aveva già riferito Borriani. Forse quelle note erano state scritte proprio dal vecchio poliziotto. Allora afferrò il telefono e chiamò Musumeci: «Dove sei?»

«In via Palestro», rispose l'ispettore con voce da complotto. «La Pezzani è passata da casa. Forse vuole controllare la posta e la segreteria telefonica...»

«Stammi a sentire», continuò Soneri, «adesso la chiamo, se la vedi al telefono sai che è con me che parla.»

«Dottore, io non la vedo: lei è in casa e io sto in strada...»

«Va be', era per essere sicuro che è sola. Non vorrei che qualcun altro sentisse la telefonata che sto per farle.»

«In casa c'è entrata da sola...»

«A posto, allora: ci sentiamo più tardi.»

Il commissario riattaccò e fece il numero della Pezzani.

«Ah, è lei?» rispose la donna come se aspettasse la chiamata.

«S'è più fatto vivo il ricattatore?»

«Vuole centomila euro.»

«E le ha spiegato come farglieli avere?»

«No, non ancora. Mi ha dato un appuntamento a vuoto in piazza Duomo, forse per vedere se obbedivo.»

«Non si è più fatto sentire?»

«Ho appena ascoltato un suo messaggio nella segreteria. Mi ha minacciata. Dice che se faccio la stronza e parlo con voi, se si accorge che mi seguite mi capiterà qualcosa di brutto», confessò con ansia la donna.

«Non si preoccupi, e mi tenga informato su tutto quello che le chiede», si raccomandò il commissario, anche se sapeva benissimo che lei non l'avrebbe fatto.

«Era al corrente che Boselli aveva un appartamento a Moneglia?»

Ci fu qualche istante di silenzio, poi la voce della Pezzani riemerse lievemente angosciata: «No».

«Non gliene aveva mai accennato? Eppure ne ha beneficiato in usufrutto la sua ex compagna, Alessandra Motti. Di questa ha mai sentito parlare da Boselli?»

«Sapevo di una compagna d'università di cui era stato molto innamorato, ma niente di più. Io non volevo sapere dei sui trascorsi sentimentali oltre a quello che già conoscevo.»

«Dell'appartamento proprio nulla?» insisté il commissario.

«Le ho detto di no. Ma cosa c'entra adesso?»

«Niente», minimizzò Soneri, «è che devo avere chiaro tutto il quadro», concluse evasivo. «Lei comunque assecondi quell'uomo e rimanga in contatto con me, chiaro?» aggiunse infine.

«Va bene», rispose la donna con voce afflitta prima di riattaccare.

«C'è un lato oscuro della vita di Boselli», rifletté ad alta voce il commissario. E prima che Juvara potesse parlare continuò: «Qualcosa che forse non ha mai comunicato a nessuno».

Senza aspettare la replica dell'ispettore, si alzò e riafferrò il cappotto per uscire. Era giusto l'ora di pranzo, ma più della fame lo tormentava la curiosità. Così raggiunse piazzale Picelli ed entrò dal *Pàcio*. Individuò Gotti e Castellazzi al tavolo con un tizio dai lunghi capelli grigi che si presentò: «Roberto Ghirardi».

Il commissario ricordò di aver letto quel nome su una delle schede di Borriani a corredo delle fotografie. Il collega gli aveva anche parlato di lui con il consueto disprezzo: uno che aveva occupato un posto all'università per meriti politici. «Un pensionato della rivoluzione come ce ne sono a migliaia», l'aveva definito ed era stata una delle poche affermazioni che Soneri aveva condiviso.

«Credo che abbia avuto nostre notizie», cominciò Castellazzi.

«Schiavina, certo», confermò il commissario. «Mi ha chiamato.»

«Soddisfatto?» continuò l'altro.

Soneri alzò le spalle: «Devo essere scettico, me lo impone il mestiere».

«È così», insisté Gotti. «Maselli è messo male, ma lo cureremo. È già successo, anche se stavolta mi sembra più brutta.»

«Non basta che me lo diciate», ribadì il commissario. «Forse è così, ma non posso fidarmi.»

«Non ci crede?»

«No, vi credo, ma non è sufficiente la vostra parola. Dovrei vedere Maselli, interrogarlo, fare accertamenti… Solo a quel punto…»

«È impossibile», troncò il discorso Castellazzi indispettito. «La vedrebbe come una minaccia e in questo momento deve stare tranquillo. Lei non sa cosa significa sentirsi totalmente estraneo al mondo.»

«Lo so benissimo», ribatté Soneri tagliente.

I tre lo guardarono incuriositi e guardinghi, ma con più rispetto.

«Be', allora capirà cosa vogliamo dire», riprese Gotti. «C'è chi regge e chi è travolto sentendosi respinto dalla gente nella quale aveva creduto. È difficile vivere in un momento storico che nega tutte le tue convinzioni», concluse.

«In poche parole, commissario, la solitudine può essere una malattia mortale per un uomo d'azione poco dotato di quell'indifferenza che è l'antidoto migliore per non lasciarsi andare. Maselli potrebbe farla finita, capisce? Il coraggio non gli manca», tagliò corto Castellazzi.

«Se non vuole che succeda», intervenne Ghirardi, «girategli alla larga, non fategli sentire il vostro fiato.»

«Non decido io, ma il magistrato.»

«Lo convinca», insisté l'uomo.

Il Pàcio arrivò per le ordinazioni. Il menù si limitava a quattro salumi e alcuni vini in caraffa. Soneri si accontentò, ma fece aggiungere delle scaglie di grana.

«A me interessa Boselli», riprese. «C'è una parte di lui che non mi è stata raccontata.»

«Si vede che non la conosciamo», replicò Castellazzi. «Spesso non conosciamo fino in fondo nemmeno noi stessi.»

«Sapevate dell'appartamento a Moneglia ereditato dal padre?»

«Sapevamo che Elmo veniva da una famiglia benestante, ma di cosa gli ha lasciato suo padre…» precisò Ghirardi.

«Aveva una casa in viale Rustici e l'ha venduta…»

«Elmo non era il tipo che si teneva la roba. Alla prima idea che gli saltava in testa per cui bisognasse spendere, avrebbe venduto tutto. Che cercasse soldi lo sapeva, no?» intervenne Gotti.

«E allora perché non ha venduto l'appartamento di Moneglia?» domandò Soneri.

I tre si guardarono. «Non sappiamo niente di Moneglia e non ci risulta che ci andasse al mare», tagliò corto Castellazzi.

Il commissario li fissò: sembravano sinceri. Quindi cominciò a mangiare. Il salame e il culatello erano ottimi e il grana aveva il sapore della stagionatura paziente. Il menù del *Pàcio* stava in due righe, ma era buono.

«Di cos'è morta Alessandra Motti?» chiese Soneri troncando il silenzio di quel pasto in compagnia. E siccome nessuno rispondeva, insisté: «Non sapete nemmeno questo?»

«Ha idea di quanto tempo è passato?» si decise a parlare Ghirardi. «Se n'è andata nei primi anni Settanta, faccia un po' i conti.»

«Mettiamola così», s'intromise Gotti, «non abbiamo notizie precise, solo voci.»

«E cosa dicono?»

«Che è morta di Aids.»

«Credete che sia vero?»

«È probabile. I nostri compagni di Genova e Spezia ci hanno raccontato che si era messa su una brutta strada e anche loro l'avevano persa di vista. Si faceva delle pere e si era ridotta pelle e ossa. Una donna così intelligente... Lei non ha avuto qualcuno che la proteggesse come noi stiamo facendo con Maselli e ha scelto di uscire lentamente dal mondo. L'eroina è questo, commissario. Si altera il rapporto con la realtà fabbricandosene un'altra più sopportabile che a poco a poco ci porta via.»

«Cosa c'entra Boselli in tutto questo?»

«Come Sandra, è stato vittima della storia finita male, ma

ognuno reagisce diversamente. Non sappiamo che vita abbia fatto lei dopo che si sono lasciati.»

«Le aveva concesso l'usufrutto della casa di Moneglia», li informò Soneri.

«Abbiamo già spiegato», ribadì Castellazzi con puntiglio, «che 'sta casa neanche ce l'immaginavamo. Anche adesso che ce l'ha detto ci sembra strano. Boselli spendeva fin che ne aveva, non riusciva a tenere neanche gli spiccioli e se avesse avuto una casa l'avrebbe venduta. Non ci risultava avesse più niente», concluse perentorio.

Soneri tacque e terminò il salume. Lasciò per ultimo il grana e il bicchiere del congedo.

Appena fuori telefonò ad Angela. «Preparati», annunciò, «stasera partiamo e torniamo al mare.»

«Cosa stai dicendo?»

«Quello che hai appena sentito.»

«Sempre Levanto?»

«Questa volta Moneglia.»

«Ho un'amica lì. Ha una pensione. Vuoi che prenoti?»

«Aspetta, non si sa mai cosa s'incontra su quell'autostrada.»

Il commissario riattaccò e ritornò in questura. La luce che filtrava tra la nebbia già scemava. Appena apparve sotto il portone, l'agente alla guardiola lo chiamò: «Dottore, c'è un uomo che l'aspetta di là da lei», annunciò accennando col dito in direzione degli uffici della Mobile.

«E chi è?» chiese un po' infastidito dalla visita inattesa.

«Uno straniero», spiegò l'agente. «Mi ha lasciato anche il nome», aggiunse consultando un foglietto. «Si chiama Oliescu.»

16

Attraversò il cortile pensando al ragazzo rumeno impiccato e alla sua vicenda improvvisamente risorta. Era diviso tra la curiosità e la paura di perdere tempo. Così si avviò all'incontro con lo stato d'animo di chi incappa in un imprevisto. Si trovò di fronte un tipo massiccio dai capelli e dai baffi corvini che si presentò come Dimitri Oliescu.

«Sono cugino del ragazzo che si è ammazzato», precisò.

«Dalle nostre ricerche non risultavano parenti in Italia», si stupì un po' il commissario.

«Be', non avevamo tanti rapporti...» si giustificò l'altro, imbarazzato. «Siamo in Italia da poco e abbiamo girato molti Paesi...»

«Sapevate che abitava in Liguria?»

«L'abbiamo saputo solo quando ci siamo incontrati due mesi fa», rispose l'uomo.

«Come mai?»

«Le nostre famiglie non andavano d'accordo. Insomma, non ci parlavamo per questioni di eredità. Il padre di Giorgio e mio padre sono fratelli e hanno avuto da dire quando sono morti i miei nonni», spiegò Oliescu.

«Succede...» allargò le braccia il commissario. «E quindi

anche voi...» aggiunse con un gesto degli indici per rappresentare un litigio.

«Tra noi più giovani non c'è mai stato odio, ma sa come sono le famiglie in Romania... Se tuo padre dà un ordine non puoi tradirlo.»

«E lei intende rispettare gli ordini?»

«Mio padre è morto e anche Giorgio è morto», fece notare l'uomo. «Io sono più grande di mio cugino, ma abbiamo fatto in tempo a giocare nello stesso cortile.»

«Vuol dire che prova un po' di affetto per lui?»

«Non so», scosse la testa Dimitri, «ha avuto una vita molto sfortunata e la fine che ha fatto...»

Il commissario osservò l'espressione combattuta dell'uomo, che forse non riusciva a distinguere il sentimento prevalente che provava. Così restò in silenzio in attesa che si decidesse a continuare.

«Suo padre se n'è andato di casa lasciando la moglie e i figli. Ha preso la sua parte d'eredità e l'ha sperperata in bevute. Mia zia ha retto per un po' e poi s'è lasciata andare anche lei. Giorgio è finito in un istituto. Mia madre voleva prenderlo con noi, ma mio padre si è sempre opposto. Diceva che, da grande, avrebbe capito cosa significa avere un genitore degenerato. La faccenda dell'eredità non gli era andata giù ed è stato molto duro. Purtroppo, Giorgio non è mai diventato grande.»

«Capisco», intervenne Soneri, «ma perché è venuto a raccontarmi una storia di famiglia?»

«Vorrei poter seppellire mio cugino. Non ha avuto niente, che almeno abbia una tomba», disse infine.

«Suo cugino è in frigo all'obitorio e disperavamo di trovare qualcuno che potesse garantirgli un funerale», spiegò freddamente Soneri facendo l'atto di alzarsi.

L'altro rimase seduto con aria pensosa. Allora il commissario si risedette.

«Glielo devo anche per un altro motivo», riprese Dimitri alludendo al funerale.

«Vale a dire?»

«Le ho raccontato che due mesi fa Giorgio s'è fatto vivo con me», rispose l'uomo con voce addolorata. «Mi ha chiesto d'aiutarlo perché temeva di perdere il lavoro.»

«E lei?»

«Avrei voluto, ma mi sembrava di tradire la volontà di mio padre. Non volevo fargli uno sgarbo.»

«Se si sente in colpa, un funerale non è un bel rimedio», sibilò il commissario.

«Lo so», ammise Dimitri, «ho sbagliato a non aiutarlo, anche se non avrei saputo come. Lo faccio solo adesso che è morto. Giorgio non ha nessuno che possa pagare le spese, salvo un amico in Liguria anche lui squattrinato.»

«Conosceva questo amico?»

«Non so come si chiama: era con lui quando mio cugino è venuto a chiedermi aiuto.»

«Com'era? Alto, basso, biondo, scuro...»

«Un tipo abbastanza alto e ben piantato con l'aria trascurata e una vecchia Golf nera.»

«Le ha detto dove abita? A Levanto, forse?»

«Giorgio stava da quelle parti, ma non so l'altro...»

«Erano molto amici, che lei sappia?»

«Mi sembra di sì. Il fatto che fossero venuti insieme...»

Il commissario aveva perso del tutto l'interesse per la faccenda del funerale. Di colpo, la sua mente fu occupata dal misterioso amico di Oliescu. Si ricordò che anche il concessionario da cui il ragazzo aveva comprato la macchina usata gli aveva parlato di un tizio con una Golf nera vecchio modello. Pensò che tutto ciò che tornava con insistenza significava sempre qualcosa, nelle indagini come nella vita.

Lasciò a Juvara la parte burocratica della questione e uscì dall'ufficio. Appena fuori mandò un messaggio ad Angela scrivendo solo: «Preparati a partire». Quindi si mise in macchina e si diresse da lei.

Durante il tragitto telefonò Coriani. «Il pedinamento della Pezzani sta andando per le lunghe: comincio a dubitare. Non sarà un depistaggio?»

«Penso di no», rispose Soneri, «tutt'al più un buco nell'acqua.»

«Secondo lei quella donna è sincera?»

«Non ne sono sicuro. Forse racconta solo una parte di quello che sa. Ma penso che anche Boselli le abbia raccontato solo una parte di sé.»

«Ha scoperto qualcosa?»

«Una casa a Moneglia di cui nessuno conosceva l'esistenza, nella quale ha abitato Alessandra Motti fino al '93.»

«È strano che sia sopravvissuta allo sperpero», commentò il magistrato.

«Infatti è curioso», convenne Soneri. «E la Pezzani non sapeva niente.»

«Cosa pensa di fare?»

«Sto andando in Liguria.»

«Spero che abbia dato adeguate istruzioni a Musumeci e Juvara.»

«Hanno l'ordine di seguire la Pezzani e aspettare che chi la ricatta cada in trappola.»

«Aspettiamo, allora.» E Coriani chiuse la telefonata.

Soneri e Angela stavano attraversando l'ultimo scampolo di pianura prima dei colli contro i quali la nebbia sembrava premere più fitta.

«Non è stata una buona idea partire a quest'ora», borbottò lei scrutando davanti a sé il breve tratto di strada che i fari riuscivano a illuminare.

«Dici sempre che ti piacciono gli imprevisti... E poi fra poco torneremo a riveder le stelle», recitò il commissario.

«Da quando in qua vi fanno anche l'esame di italiano per diventare commissari?» lo prese in giro lei. «Amo gli imprevisti, ma non gli incidenti. Un altro genere di imprevisti... Di quelli che con te capitano raramente», concluse sarcastica.

Soneri lasciò cadere il discorso e si concentrò sulla guida. La nebbia fumigava irrequieta accarezzando con le sue ali grigie il parabrezza.

«Dentro la fumana nera sembra di essere soli al mondo», rifletté Angela. «Credi che sia questo a fare paura?»

«Siamo sempre soli al mondo, ma senza esserne consapevoli. La nebbia ce lo fa solo ricordare», replicò il commissario fissando di fronte a sé.

Improvvisamente la notte riacquistò il nitore del cielo di un presepe.

«Pietramogolana», annunciò Soneri, «è qui il confine tra i monti e la piana.»

«Il commissario poeta...» commentò Angela con sarcasmo.

L'autostrada della Cisa iniziò a contorcersi nel solco della valle del Taro, saltando da una sponda all'altra su grandi viadotti. Sospesi in aria tra cime bianche incombenti, si sentirono particolarmente fragili al punto da trovare rassicurante come una tana imbucarsi nelle gallerie. Si guardarono e furono convinti all'istante di pensare la stessa cosa.

«Ci accolgono maternamente», disse il commissario alludendo ai tunnel, «ci danno punti di riferimento.»

«Ne abbiamo bisogno», commentò Angela guardando intorno a sé l'oscurità densa dentro cui risaltava appena il profilo più chiaro dei monti lustri di gelo e qualche luce di casolare dove resisteva la vita.

«Abbiamo perso, dobbiamo ammetterlo», sbottò all'improvviso Soneri. «Culturalmente, dico. È stato un fallimento.»

«Abbiamo avuto troppa fiducia nelle nostre idee», constatò

Angela. «Pensare che la gente abbia la predisposizione a migliorarsi è la più grande coglionata che si possa immaginare. Così come non voler ammettere che gli istinti sono ben più potenti di tutto il nostro armamentario culturale. Invece la maggior parte delle persone ha in testa solo il sesso, il cibo e il desiderio di dominio. Pura e semplice biologia, come gli altri animali. Se ne avessimo preso atto non ci saremmo ostinati a predicare. Stare dalla parte delle idee significa vivere incazzati. Io», concluse, «ho deciso di fregarmene. Perché dovrei lottare? Sto bene, ho soldi e so difendermi. Tanto che oggi ho potuto dire: pianto tutto e me ne vado al mare col commissario.»

Soneri sterzò a destra e uscì dall'autostrada al casello di Berceto.

«Cosa fai?»

«Rispondo agli istinti: ho fame», rise lui inoltrandosi lungo la strada orlata da un argine di neve.

«Hai deciso che dobbiamo proprio immalinconirci?» riprese Angela pensando al *Tugo*.

«Macché!» la smentì Soneri. «Vedremo rappresentato quello che hai appena detto. Non ti lamentare se ti do ragione.»

«Che stronzo!» bofonchiò lei bonariamente. «Comunque solo la cena: ho chiamato la mia amica a Moneglia e ho prenotato una stanza.»

Il commissario fece un cenno rassicurante, mentre parcheggiava la macchina nel piazzale del *Tugo*. Il freddo stringeva il respiro e lustrava il cielo. Dalla pensione arrivava l'odore della legna bruciata e Soneri pensò subito al caminetto e a quanto avrebbe voluto starsene accanto al fuoco in un paese dell'Appennino a contare le ore nelle osterie.

Monti li fece accomodare in un tavolo d'angolo da cui si vedeva una delle sale riservate dove aleggiava un brusio insistente. Un paio di camerieri viaggiava portando vassoi e piatti.

«Prendo delle persone a giornata», spiegò Monti, «certe sere c'è un gran viavai», ridacchiò.

Di fianco a loro sedevano due coppie di signori di mezza età che parlavano in tedesco e avevano tutta l'aria di essere turisti capitati lì per caso sulla strada per la Liguria. Era l'unica presenza prevedibile in un posto come quello. Per il resto, un campionario di gente in fuga con il bisogno di infrattarsi e che si ritrovava tutta nello stesso luogo, ognuno col suo segreto da nascondere, ma molto spesso con la stessa intenzione.

«Sesso, cibo e affari. Hai la conferma», sogghignò Soneri.

Lei non rispose perché si avvicinò Monti con un piatto di tortelli di castagne imbiancati di grana.

«Stasera abbiamo una riunione di vertice», sussurrò indicando con lo sguardo la tavolata nella sala di fronte. «Costruttori», aggiunse. «I più grossi privati assieme alle cooperative. E di quelle ce n'è rosse e bianche, come le tagliatelle», ghignò.

«Chissà quale altro angolo di campagna stanno progettando di distruggere», sibilò il commissario.

«Ci manca il politico», constatò Angela.

«Quello viene dopo», replicò il commissario. «Prima devono stabilire quante parti toccano a uno o all'altro. Anche da questo si capisce la nostra sconfitta», aggiunse. «Abbiamo sempre pensato che a decidere fossero la politica, le idee… Invece vieni in un ristorante fuori mano e, tra gli adulteri che stanno per scopare, trovi quattro che si spartiscono la città. Poi uno va a votare e pensa di contare qualcosa.»

«Tanto c'è biada per tutti», alzò le spalle Angela. «E finché è così non succederà niente. Quelli hanno l'età di Elmo, li vedi?»

«Sicuramente quarant'anni fa erano contro il sistema e andavano a contestare la 'prima' al Regio tirando uova marce sulle pellicce delle loro mamme.»

In quel momento ricomparve Monti. «Non ho più una camera libera», annunciò. «Però per voi la trovo.»

«Non ce n'è bisogno», lo interruppe bruscamente Angela. «Fra poco ripartiamo.»

«Siete l'unica coppia regolare...» sorrise l'uomo.

«Lei andava a contestare alla 'prima' del Regio il giorno di Santo Stefano?» cambiò discorso il commissario.

«Come no!» esclamò Monti con un filo di nostalgia nella voce. «Ricordo l'inverno del '68: davano lo *Stiffelio* di Verdi. Avevamo panieri interi di uova e per un quarto d'ora li abbiamo bombardati. Poi la polizia ci ha caricato e qualcuno dei nostri è finito all'ospedale.»

«Adesso, invece, agli ex compagni, le uova le serve al tegamino», ridacchiò Soneri lanciando un'occhiata oltre la porta da cui si vedevano gli imprenditori a tavola.

Monti si fece serio. «Credevamo d'essere l'avanguardia e di poter guidare il movimento operaio dopo l'autunno del '69, invece il Partito comunista ci ha chiuso la porta in faccia e siamo rimasti soli. Così, la maggior parte s'è messa all'asta. Dai progetti collettivi si è passati al progetto individuale e alle idee si sono sostituite le cose. Gli anni Ottanta hanno spazzato via tutto. È stato allora che le cose hanno vinto del tutto, imposte dalla dittatura della televisione. Non abbiamo capito in tempo che le piazze dove continuavamo a ritrovarci erano archeologia politica. Le vere piazze erano quelle che riunivano milioni di persone all'ora di cena convincendole che la felicità è comprarsi una macchina o un televisore», terminò Monti.

Angela e Soneri annuirono. «Adesso se li ritrova qui invecchiati e pancioni... Cosa vi dite?»

«Prendo il personale anche per quello. Mando loro a servire. Io li vedo solo al momento del conto. Qualcuno mi saluta e tenta di attaccare bottone, molti fanno finta di non conoscermi. Forse si rendono conto che li disprezzo.»

«Sarebbe meglio non incontrarsi...» constatò Soneri.

«Qui, invece, c'è il rischio che si incontrino persone che non dovrebbero vedersi...» intervenne Angela.

«Ci sto attento», assicurò Monti. «Il locale ha due ingressi e le sale sono abbastanza appartate. Una volta sono riuscito a non far incontrare marito e moglie che erano venuti qui con i rispettivi amanti. E poi tutti hanno da nascondere qualcosa e quindi tutti hanno interesse a tacere.»

Il commissario tornò all'indagine: «Ha mai saputo di un appartamento di Boselli a Moneglia in cui ha vissuto per anni la Motti dopo che si sono mollati?»

Monti scosse la testa. «A me risulta che non avesse più niente. Ha bruciato tutto come hanno fatto molti di noi. Non abbiamo lasciato niente ai nostri figli. Nessun ideale, ma in molti casi nemmeno un po' di roba.»

«Eppure un appartamento ce l'aveva...»

«Non si sa mai abbastanza delle persone», considerò l'uomo. «Se ha conservato qualcosa vuol dire che non poteva fare davvero in altra maniera. Dev'esserci stato un motivo importante.»

«Lo credo anch'io», convenne il commissario.

A quel punto Angela si alzò con impazienza e Soneri pagò il conto. Tutto si svolse in silenzio, come se non ci fosse nient'altro da aggiungere. Solo al momento dei saluti Monti augurò loro buon viaggio.

«Se cambiate idea una camera per voi la trovo», li avvisò con una vena di malinconia. «Avervi qui mi farebbe sentire meno solo», aggiunse con un sorriso che sapeva di rammarico.

Invece il commissario e Angela affrontarono il freddo attraversando il parcheggio del *Tugo* rigato da creste di neve indurita dal gelo. L'Alfa passò sopra quelle bave scintillanti sotto i lampioni, cricchiando e saltellando. Il freddo aveva seccato anche i fossi e le piccole sorgenti, irrigidite nell'attesa della primavera. Eppure il suo tepore aspettava appena al di là del valico. Già a metà galleria si fece sentire il calore della terra, l'inguine della montagna li teneva stretti in un'intimità di roccia. Infine sfociarono dall'altra parte e quella tensione di gelo s'allentò sgocciolando. Scesero fino a Santo Stefano, accarezzarono il Magra ormai largo e tranquillo nel piano e percorsero un tratto di costa di levante discosti dal mare, su alture di olivi e pini marittimi, dove saliva l'alito del Tirreno. Scesero fino a Sestri e presero la strada litoranea.

«Speriamo di azzeccarci coi semafori», si augurò il commissario.

«Quali semafori?» domandò Angela.

«Non sai che la strada per entrare in paese è a senso unico alternato regolato dai semafori?» si stupì Soneri. «Passa sul vecchio percorso della ferrovia scavato in gallerie di roccia molto strette.»

«Sono sempre venuta in treno», disse lei.

«Moneglia è un caso da scuola di polizia», continuò il commissario. «Per arrivarci bisogna affrontare chilometri di gallerie a est e a ovest. A nord è chiusa dall'Appennino e per fuggire resta solo il mare o il cielo, ma entrambi sono spesso poco praticabili. Ecco perché in paese non c'è malavita: ti beccherebbero subito.»

«Finalmente un posto in cui l'argomento principale non è la sicurezza!» esclamò Angela.

Arrivarono alla pensione *Coccinella* verso le undici. Carla Roccella, la padrona, salutò l'amica e squadrò a lungo Soneri. Lui non capì se le appariva migliore o peggiore di come se l'era immaginato. Erano gli unici ospiti di quel piccolo albergo che aveva sul davanti un giardino in disarmo invernale con le sedie accatastate e le piante tropicali avvolte nel cellophane. La stanza era molto graziosa e dalla finestra si vedeva il mare che si frangeva contro gli scogli e una lunula di spiaggia grigia. Soneri non capiva che cos'era a farlo oscillare tra l'inquietudine e il torpore di fronte al mare.

Poi Angela lo raggiunse alla finestra. «Qui è molto meglio del *Tugo*», gli sussurrò.

Dopo poco un chiarore spuntò sopra una punta di roccia che sporgeva verso il largo. Attesero finché si affacciò sulla cresta la schiena della luna. La baia appariva già fosforescente, striata dalle onde.

«Cos'hai?» domandò Angela vedendolo nervoso.

«Mi sembra d'essere dentro un fotoromanzo», sbottò lui indispettito. «Il mare, la luna, noi alla finestra che ci baciamo... La televisione è penetrata anche nelle nostre teste coi suoi messaggi del cazzo e, senza accorgercene, ci comportiamo come quelli delle telenovele.»

«A forza di usare male le parole e i sentimenti sono riusciti a farci apparire banale anche quello che abbiamo di più prezioso. Niente ci sembra più autentico: è questa la distruzione più grave», ammise Angela.

17

Aveva dato appuntamento a Ballero sul lungomare Dante Alighieri, proprio sotto la rocca. Il collega si presentò con la solita aria distaccata e lo sguardo perso lontano come i marinai di coffa.

«Hai saputo qualcosa dell'appartamento di Boselli in via Cavour?» domandò Soneri.

L'uomo tardò qualche secondo a rispondere, poi aprì una cartella che aveva posato sul tavolo, inforcò gli occhiali a mezzaluna e cominciò a leggere: «Fino al '75 i proprietari erano Dario Boselli e Fernanda Corsini, i genitori di Guglielmo, che lo usavano come seconda casa. Poi risulta che vi abbia abitato Alessandra Motti con il figlio Filippo Cassinari. La Motti», continuò Ballero, «è diventata usufruttuaria quando è morto Dario Boselli e il figlio ha ereditato».

«Non sapevo che la Motti avesse un figlio», si stupì il commissario. «Quand'è nato?»

«15 aprile 1973», lesse ancora il collega battendo le nocche sul foglio.

«Qui in Liguria?»

«No, in India. A Nuova Delhi.»

Soneri rifletté per un po' nel tepore del sole già alto che sfolgorava sul mare.

«La Motti ha quindi avuto un bambino da un altro mentre era in India», ragionò.

«Evidentemente...» confermò Ballero, sottolineando con un gesto l'ovvietà della cosa.

«Sai dove vive questo figlio?»

«Ufficialmente è ancora domiciliato in via Cavour, ma di fatto non c'è mai. Una testa calda», lo informò il collega.

«Vale a dire?»

«Neofascista e ultras dello Spezia», aggiunse l'altro.

«Spesso le cose vanno assieme.»

«Sempre, caro mio. L'estrema destra sta conquistando le tifoserie di gran parte delle squadre di calcio. Una strategia, direi. Non c'è miglior allenamento allo squadrismo e alla guerriglia. I nostri superiori e il ministero non stanno considerando abbastanza questo rischio», spiegò Ballero con inaspettata passione.

«O forse lasciano fare, che è più facile», insinuò Soneri.

Il collega lo fissò senza replicare rifugiandosi immediatamente nel solito imperscrutabile, olimpico, distacco.

«Quindi non sapete dove dorme?»

«Da amici, qualche volta dal padre, qualche volta qui a Moneglia... Fa una vita disordinata.»

«Chi è suo padre?»

«Oreste Cassinari, un ex di Lotta continua, anche lui di casa al commissariato», riprese Ballero inforcando di nuovo gli occhiali e sfogliando dentro la cartella.

«Non penso per lo stesso motivo del figlio», intuì Soneri.

«Anche peggio», replicò il collega cercando il documento giusto. «È stato sicuramente un fiancheggiatore dei terroristi e negli anni Ottanta è finito dentro perché sospettato di far parte della colonna genovese delle Brigate rosse.»

«Quanto è rimasto in galera?»

«Poco. È finito assolto. Non sono riusciti a provare niente contro di lui», disse Ballero.

«E adesso cosa fa?»

«Sembra si sia messo calmo. Produce vino. Ha avuto in assegnazione un pezzo di collina a Framura. La Regione dà in comodato gratuito i vecchi vigneti abbandonati, a patto che uno se li tenga per vent'anni, li coltivi e sistemi le terrazze coi muri a secco. C'è gente che s'è rifatta una vita in questo modo.»

Il cameriere portò dello Sciacchetrà.

«Ecco cosa produce Cassinari», lo informò il collega alzando il bicchiere.

Bevvero. Il sole era salito ancora e la mattinata viveva il momento migliore. L'aria tersa, il riverbero del mare e la luce abbacinante confondevano la vista come appena svegli. Osservata dal lungomare, Moneglia appariva come un guscio di vongola aperto, con la polpa viva di case in fondo ai colli prima dell'orlo di sabbia su cui insistevano le onde. Veniva voglia di salire tra i ligustri e i pini, nell'odore forte della resina che trasudava dalle cortecce, e guardare l'orizzonte dove talvolta si scorgeva il profilo irto della Corsica. Poi Ballero tossì due volte per attirare l'attenzione e il commissario si riscosse da quella specie di ipnosi.

«Non so cos'altro potrei dirti», riattaccò il collega. «Ti trattieni molto?»

«Dipende.»

«Comunque sai dove trovarmi», concluse l'altro alzandosi.

Si salutarono, poi Soneri si appoggiò alla ringhiera del lungomare e chiamò Juvara.

«Dottore», lo investì l'ispettore, «la Pezzani ha ricevuto un'altra telefonata. Il tipo le ha detto che se continua a parlare con noi farà una brutta fine. È molto spaventata.»

«Avete sotto controllo il suo apparecchio?»

«Sì, ma le chiamate arrivano da luoghi pubblici, forse da cabine.»

«Siete riusciti a localizzarle?»

«Sappiamo solo che vengono dal distretto di Parma, ma non siamo riusciti a individuare da dove partono.»

«Di' a Musumeci che lasci perdere il pedinamento e si limiti a controllare i luoghi dove la Pezzani bazzica più spesso. Tanto è stato scoperto ormai.»

«Capuozzo ha raccontato ai giornalisti della storia dei debiti, ma ha ribadito che la pista politica è ancora in piedi», soggiunse Juvara.

«Non ci facciamo mancare niente», s'arrabbiò Soneri.

«Mi ha chiesto che terra batte: cosa devo rispondergli?»

«Che sto seguendo la pista del denaro, così si mette calmo», tagliò corto il commissario.

Subito dopo, si diresse al 5 di via Cavour. La casa aveva solo due piani e quattro appartamenti. La facciata era scrostata e la porta d'ingresso corrosa dall'umido salino del mare. Di fianco, su uno dei campanelli c'era scritto: Motti-Cassinari. Mentre stava per suonare, il portone si aprì e spuntò un'anziana signora.

«Stavo cercando Filippo Cassinari», disse il commissario rispondendo allo sguardo interrogativo e diffidente della donna.

«E chi lo prende quello!» esclamò lei con l'inconfondibile cantilena ligure. «Passa ogni tanto», continuò, «ma non si ferma molto. Del resto è meglio così», borbottò alla fine.

«Non ci va d'accordo?»

«Ero amica dei vecchi Boselli: brave persone. Ma quando tutto è passato a Guglielmo e c'ha messo dentro quei due...»

«Intende la Motti e suo figlio?»

«E chi sennò? Ne facevano di tutti i colori. Sa quante volte è arrivata la polizia? Per fortuna ogni tanto sparivano. Ultimamente lei era pelle e ossa: dicevano che si drogasse. Come vuole che sia venuto su quel ragazzo?»

Sembrava che la donna non vedesse l'ora di sfogarsi con qualcuno e non dava il tempo al commissario di fare domande: «Anche Guglielmo però si è comportato da farabutto. Pensare che da piccolo, quando veniva coi suoi d'estate, era così carino ed educato...»

«Perché farabutto?» riuscì infine a chiedere Soneri.

«Non ci ha mai risposto quando gli mandavamo le lettere di protesta per la gazzarra che succedeva in casa sua. Non ha mai pagato le spese comuni, non ha mai preso sul serio i solleciti dell'amministratore e solo dopo che gli ha scritto un avvocato ha sborsato qualcosa. Un po' di anni fa abbiamo dovuto aggiustare il tetto e lui non ha messo la sua parte.»

«Questo ragazzo, Filippo, lo vede ogni tanto?»

«Passa a ritirare la posta alle ore più impensate. Qualche volta dorme qui, ma penso abiti da un'altra parte.»

«Se rientra, mi avverte?» la pregò Soneri porgendole un biglietto da visita.

«Un poliziotto? Me l'aspettavo che prima o poi sareste tornati a cercarlo», commentò la vecchia.

«Mi dà il suo numero?»

«Non me lo ricordo a memoria. Guardi sull'elenco: Tartarini Luisa, ci sono solo io.»

Il cellulare squillò mentre Soneri attraversava le strade del paese dove la vita sembrava assopita, colta nel fermo immagine di quel chiarore che calava sui tetti come un flash al magnesio.

«Sono stata un'ora al sole sul muretto della spiaggia», spiegò Angela. «Tu dove sei sparito?»

«Sono andato a casa di Cassinari, ma non c'è. Questo sembra non avere un posto fisso.»

«La mia amica ha conosciuto sua madre e potrebbe raccontarti un po' di cose. Se pranziamo con lei ti spiega.»

«Presto però, poi devo andare a Framura.»

«E dov'è?»

«Un paesino tra Levanto e Moneglia.»

Passarono alcuni minuti e il cellulare tornò a suonare.

«Dottore, è arrivata un'altra lettera anonima», annunciò Juvara.

«Cosa dice?» replicò freddamente il commissario.

«È inutile che mi cerchi.»

«Tutto qui?»

«Solo questo.»

«Un messaggio infantile», commentò Soneri.

«Infantile?»

«Certo. I bambini, quando vogliono essere rincorsi, dicono più o meno la stessa cosa: non mi prendi. È un gioco. Il nostro uomo vuole che ci occupiamo di lui. Forse, inconsciamente, vuole che lo prendiamo.»

«È quello che faremo», assicurò Juvara.

«Speriamo», disse alla fine il commissario.

Gironzolò per le vie del paese che portavano nomi di ammiragli e marinai: Caveri, Lemeglio, Boeri, Bollo... La loro pronuncia evocava grovigli di sartiame e schiaffi d'onda in quell'abbandono alla sorte che da sempre accompagna la gente di mare. Si fermò a osservare l'orizzonte fin dove l'aria tersa consentiva di guardare, registrando la stessa impotenza che provava di fronte alla nebbia. Solo allora capì il disagio che lo prendeva nei paesi di costa da cui tendeva sempre a fuggire per rintanarsi dentro il vapore della pianura. Lì, dove lo sguardo sprofondava fino a che cielo e mare si toccano, in quella luce trasparente del mattino invernale, veniva meno l'illusione che la nebbia celasse qualcosa che si poteva immaginare vicino e sfuggente. Quella chiarezza cancellava la speranza di una familiarità, anche se percepita solo da ombre e sensazioni. Senza la nebbia, il mondo appariva vuoto, spietato, geometrico e troppo grande.

Si staccò con uno scatto dalla balaustra come se improvvisamente scottasse. Scese in via Burgo alla pensione *Coccinella*, dove l'aspettavano Angela e Carla. La sala da pranzo riassumeva i colori della Liguria, dall'azzurro del Tirreno al giallo delle mimose di marzo. Colori vivaci di primavera assieme ai colori stinti del tiepido inverno sottoripa. E sempre quell'insopportabile orizzonte alla finestra.

«Conosceva bene la Motti?» cominciò Soneri appena si furono seduti.

«Ero fra le poche persone con cui parlava in paese, ma si faceva fatica a esserle amica», rispose Carla.

«Brutto carattere?»

«Non per quello. Era una donna perennemente inquieta. Le parlavi, ma pareva che pensasse sempre ad altro. Sembrava avesse dentro una burrasca.»

«Qui abitava con il suo compagno?»

«No», scosse la testa la donna, «non sopportava che uno le girasse per casa.»

«La capisco», intervenne Angela sarcastica.

«Lui stava da un'altra parte», continuò Carla. «Vivevano come due randagi. Poi s'è scoperto il perché.»

«E il figlio?»

«Finché è stato piccolo se lo tirava dietro, ma poi ha cominciato a lasciarlo a casa. O andava dal padre, o dai genitori di lui che abitano a Sestri.»

«Com'è 'sto figlio?»

«Da bambino era timido, goffo e balbettava un po'. Da grande è diventato sbruffone e arrogante. Avrà saputo cosa combina...»

Soneri annuì. «Che lavoro faceva la Motti?»

«Per un po' ha insegnato italiano alle medie, poi s'è messa in aspettativa. Mi diceva che faceva traduzioni e altri lavori per l'editoria, ma non ho mai capito quali.»

«Le ha parlato degli anni in India?»

«A volte finivamo su quell'argomento e lei mi raccontava qualcosa. Mi diceva che era stata un'esperienza che l'aveva arricchita, facendole imparare molto da certi maestri che aveva incontrato là, però non ne parlava volentieri: dopo un po' cambiava discorso. Del resto le capitava spesso. Alla fine era fuggita dall'India quando era diventata una moda ed erano proliferati i ciarlatani.»

«Delusa?»

«Anche. Ma credo che ci fosse dell'altro. Una specie di sconfitta. Una delle tante.»

«Le raccontava di suo figlio?»

«A volte. Credo che gli volesse molto bene, anche se quando ne parlava le veniva la malinconia. Sembrava che le risvegliasse un ricordo doloroso», disse Carla.

«Ho saputo che si faceva di eroina: sa in che epoca ha cominciato?»

«Credo verso la fine degli anni Ottanta. In quel periodo sembrava ancora più inquieta e io pensavo che avesse problemi col lavoro. Un giorno mi ha detto: 'Non ho combinato niente, ho fallito in tutto', ed è scoppiata a piangere. Era la prima volta che si lasciava andare. Fino ad allora non le avevo mai visto una lacrima. Diceva sempre che piangere era una cosa sciocca. Penso che sia cominciata lì la storia dell'eroina. E quando uno c'è dentro… Però faceva sforzi enormi per tenerne fuori il figlio.»

«Un miracolo se non c'è cascato anche lui», considerò Angela.

«L'ha salvato il disprezzo per il mondo dei suoi genitori: ha iniziato a rifiutarlo da adolescente», riprese Carla.

«E col padre? Andavano d'accordo?»

«Ho poche notizie, ma non mi sembra che Filippo gli fosse molto affezionato. E poi anche lui non c'era quasi mai o perché via o perché in galera», sottolineò la donna. «Non sono riusciti a incastrarlo, ma credo che coi terroristi ci abbia bazzicato in più di una occasione.»

«Mi hanno riferito che vive a Framura e nel pomeriggio ho intenzione di andarlo a trovare», spiegò Soneri.

«Sa che ultimamente non stava più assieme ad Alessandra,

vero?» si accertò Carla. «L'eroina li aveva allontanati e Oreste ha sempre contestato quella scelta. Ma penso che lei avesse deciso di farla finita e non le importasse più niente.»

«Alla base c'è sempre la voglia di uscire dal mondo. Nel modo meno traumatico, cercando l'incoscienza», giudicò il commissario.

«Succede a chi è troppo sensibile: lei non ha retto», aggiunse Carla.

«E Filippo da che parte stava? Padre o madre?» domandò Soneri.

«Non saprei, ma penso che soffrisse per l'assenza di tutt'e due. Di Alessandra le ho detto e se conoscesse Cassinari...»

«Sa delle amicizie di Filippo? Per caso l'ha mai visto con un rumeno che frequenta lo stadio... È un ultras di destra anche lui.»

«Sì, ne ho sentito parlare», confermò Carla. «Non è quello che s'è ammazzato dalle sue parti?»

Soneri annuì.

«Li ho visti insieme», confermò la donna, «di sabato viaggiavano avanti e indietro sul lungomare in macchina con la musica che schizzava fuori dai finestrini. Tutto per farsi notare. Tra il rimbombo e quell'auto che sembra da corsa ci riuscivano sempre.»

«Ma che macchina è?»

«Una Golf nera piena di adesivi e con certi cerchioni lustri...»

Soneri ammutolì dopo quella conferma. Sentiva di possedere un elemento in più, ma non sapeva a cosa potesse servirgli.

«Ha incontrato Filippo di recente?» domandò.

«Veramente è un po'... L'ho incrociato quattro o cinque mesi fa.»

«Com'è? Fisicamente, intendo.»

«È sempre stato robusto più di suo padre Oreste. Non gli assomiglia proprio. È anche più alto. Ricordo che aveva un'aria trasandata sia per gli abiti sia per l'aspetto: già con un po' di pancia e i pochi capelli unti.»

Il commissario rimase in silenzio, poi riprese a mangiare il risotto ai ricci di mare mentre le due donne parlottavano tra loro.

A un tratto posò la forchetta e afferrò il cellulare: «Ballero, abbi pazienza, ma devo parlare con Filippo Cassinari. Rintraccialo e convocalo in commissariato».

«L'abbiamo già fatto», rispose il collega. «Dobbiamo notificargli un altro provvedimento di divieto per lo stadio ed entro stasera alle diciotto deve passare da noi. Gli è stata recapitata la convocazione a casa da una volante e abbiamo tentato di rintracciarlo, però ha il telefonino sempre staccato.»

«Quando viene, trattenetelo finché arrivo», raccomandò il commissario.

Finì il risotto e si alzò di scatto. «Devo andare», annunciò.

«Io resto a chiacchierare un po' con Carla», disse Angela lanciandogli un cenno d'intesa.

Soneri uscì e si mise in macchina. La strada correva a mezza costa, seguendo il profilo dei versanti a picco sul mare, imbucandosi di tanto in tanto in una galleria o nella penombra dei pini per uscire improvvisamente nel bagliore del sole. Framura è uno di quei posti in cui si sta per affinità e scelta consapevole. Lontana dal mare e dalle grandi strade, con solo una piazzetta e un bar, sembrava fatta apposta per tenere lontani i turisti in ciabatte e gippone. Appena sceso dall'auto, il commissario provò subito simpatia per quelle quattro case spaiate. Gli pareva che assomigliassero a una riserva dove sopravviveva qualcosa di autentico. Lo scorgeva negli sguardi diffidenti di contadini sul cui volto convivevano l'abbaglio del sole e gli schiaffi del vento.

«Cerco Cassinari», disse al barista.

L'altro lo fissò, attese qualche istante e poi accennò col mento verso l'unico tavolino occupato dove tre uomini fumavano silenziosi incuranti del divieto. Il commissario mosse alcuni passi nella loro direzione senza sapere chi fosse Cassinari, finché uno di loro lo individuò: «Cercano te, Togliatti!»

Si trovò addosso un paio d'occhi azzurri lampeggianti di scontrosa curiosità. Oreste era un uomo magro, non tanto alto ma nodoso come un olivo vecchio. Nell'insieme, esprimeva una fragile tenacia col suo corpo che pareva scavato a scalpello e percorso da nervature guizzanti simili a cordame di vela. Con un altro cenno, l'uomo gli fece segno di sedere.

«Meglio se parliamo in privato», disse il commissario restando in piedi di fronte ai tre.

Allora l'altro si alzò con rassegnazione, spense la sigaretta nel posacenere e si avviò per uscire. «Chi è lei?» domandò appoggiandosi al parapetto della strada dando le spalle al mare e al suo chiarore.

«Un poliziotto, mi chiamo Soneri.»

«E cosa vuole? Mi hanno già interrogato decine di volte... Ho fatto anche la galera per poi sentirmi dire che vi eravate sbagliati.»

«Niente di tutto questo», lo rassicurò il commissario. «Vorrei parlare di Alessandra Motti. Sto indagando sull'omicidio di Guglielmo Boselli a Parma. Penso che lo conoscesse...»

«Certo, era un compagno. Siamo stati in India assieme.»

«Era il compagno della Motti che poi è diventata sua compagna», giocò un po' con le parole Soneri.

«Se pensa che tra me e Boselli ci sia stata una rivalità si sbaglia», partì minaccioso Oreste.

«No», lo stoppò il commissario. «Mi interessa sapere della vostra vita là e del perché s'è rotto il rapporto tra la Motti e Boselli.»

Cassinari si avviò verso monte uscendo dal paese tra le terrazze dei vigneti e i loro muri inclinati a scaldarsi al sole. «Cercavamo un altro modo di vivere», borbottò, «abbiamo sempre e soltanto cercato quello. Qualcosa che fosse lontano dalla ferocia di questo mondo.»

«Ma non l'avete trovato...»

«Eravamo già troppo intossicati dai vecchi concetti. Bisognerebbe andarci con la mente vergine. Da piccoli, forse. L'India ti insegna l'interiorità, ma noi avevamo dentro la voglia di agire. Ha presente l'azione rivoluzionaria?»

«È su questo che Boselli e la Motti hanno rotto?»

Oreste alzò le spalle e sorrise. «Avrebbero rotto comunque.»

«Perché?»

«Troppo diversi. A essere sincero, Boselli non mi è mai piaciuto. Per me era una falsa coscienza. Era rimasto un borghesuccio che a un certo punto si era stufato dell'India e di tutte le sue scomodità. Desiderava tornare in Italia a giocare alla rivoluzione. Sandra, invece, aveva le palle. Lei sì avrebbe voluto andare fino in fondo. Era la mente rivoluzionaria di tutti noi, una trascinatrice. Ma il suo rigore l'ha uccisa. Se fossi stato coerente avrei dovuto fare la stessa fine, ma nemmeno io ho avuto le palle come lei. Allora eccomi qui a coltivare la vite», sospirò infine indicando le file di tralci che rigavano la schiena dei colli salendo paralleli alla costa.

«Capisco», rifletté Soneri. «Se si guarda alla vita in modo differente... C'è dell'altro?»

«Quello che le ho detto è uno dei motivi: forse il più importante», rispose l'uomo sibillino.

«Quali erano gli altri?»

«Cose private.»

«Posso sapere quali?»

«No», ribatté seccamente Cassinari.

«Perché?»

«Non c'è motivo per cui lei debba conoscerle. E io voglio rispettare un patto con Sandra.»

Il commissario registrò la fermezza dell'uomo e rimase

zitto per qualche secondo. Poi riprese: «Quindi Boselli voleva tornare in Italia e la Motti no?»

«Le donne sono molto più radicali degli uomini», ricominciò Cassinari. «Spesso per seguire una passione, ma nel caso di Sandra per una convinzione ideale. Lei non si sarebbe fermata di fronte a niente.»

«Si ricorda quando Boselli ha mollato l'India?»

«Più o meno tra la fine del '72 e l'inizio del '73.»

«Si erano appena divisi o era già finita da un po'?»

«Da qualche mese non stavano più insieme, ma i distacchi non sono facili. Il loro è stato un grande amore. E l'agonia dei grandi amori è straziante se si continua a vivere vicini. Così Boselli ha deciso di tornare. Si sono detti addio e non si sono mai più rivisti.»

«Nemmeno dopo che anche lei era tornata?»

«No. Col tempo s'era accumulato del rancore. Nessuno dei due perdonava all'altro la fine della loro storia e l'occasione mancata.»

«Poi avete avuto un figlio...»

L'uomo lo guardò con aria sorpresa, come si fosse accorto in quel momento di una minaccia. «Quello, forse, è stato uno sbaglio...»

Soneri pensò a quanto avrebbe voluto avere accanto quel figlio che era morto prima di nascere. «Sbaglio? Perché?»

«Non siamo stati capaci di fare i genitori. Ci illudevamo che la nostra condizione di ragazzi non potesse finire. Così ci siamo sempre e solo considerati figli, mai padri e madri», spiegò con lucidità Cassinari.

Il commissario non si era accorto che adesso camminavano tra le viti, mentre il sole spioveva ormai obliquo proiettando una luce color zabaione senza più slancio e vigore.

«La Motti è diventata usufruttuaria di una casa di Boselli, ma lei dice che i due non si sono mai più rivisti», obiettò Soneri.

«L'atto è stato stipulato prima da uno e poi dall'altro senza che s'incontrassero», chiarì l'uomo.

«Non le pare strano? Perché avrebbe dovuto concederle l'uso di un appartamento dopo che si erano lasciati?»

«Eravamo sempre tra compagni», replicò l'uomo con puntiglio. «E tra compagni i bisogni dell'altro vengono comunque prima del fatto privato.»

Giunsero a una piccola casa che un tempo doveva essere stata una stalla o un deposito per gli attrezzi. Cassinari l'aveva ristrutturata ricavandone quattro stanze e una piccola rimessa. Quando furono davanti alla porta, si voltarono a guardare il mare. L'orizzonte si era chiuso con l'oscurità crescente e per questo appariva a Soneri più sopportabile.

«Mi consola ogni sera constatare che la nostra piccolezza fa parte di una cosa così grande», sussurrò Cassinari accennando allo spazio immenso ormai buio e per questo di nuovo misterioso.

Il commissario fu attratto da quel discorso in cui intuiva una vaga religiosità, ma la paura di perdere il filo lo trattenne. Già quella giornata sapeva di vacanza al punto che da qualche ora si chiedeva cosa ci facesse lì a rovistare tra le macerie di famiglie sbriciolate dal mal di vivere. Restò quindi in silenzio. Allora Cassinari si mosse e fece per entrare. «Vorrei che le mie ceneri fossero sparse dentro quest'aria, così sarò nel tutto», mormorò. E prima di chiudere la porta, con un sorriso amaro, aggiunse: «Ma a chi lascio detto?»

18

Soneri restò solo nel buio. Il mare, in fondo al pendio, era ormai un rumore roco. Quando riapprodò nella piazzetta di Framura, squillò il cellulare.

«Mi hanno detto che sei in vacanza», esordì Nanetti sarcastico.

«Non è corretto: indagini a vasto raggio, collega.»

«E il vasto raggio va sempre a finire al mare, o ai monti… Come i convegni dei politici.»

«Perché non chiedi di passare ai Ris dei carabinieri? Loro viaggiano.»

«Mentre tu viaggi qui c'è gente che lavora», lo rimbeccò Nanetti tagliente.

Il commissario ripensò alla giornata, al suo trovarsi in quel posto fuori dal mondo, e cominciò a sentirsi in colpa. «Domani sarò di nuovo lì», replicò serio.

«Oh! Scherzavo, eh!» rise l'altro.

«No, è che…» balbettò.

«Sei fortunato che non sono il questore, altrimenti, dal tono, sembrerebbe davvero che ti abbiano beccato in flagrante. Non hai un minimo di faccia tosta e questo, al giorno d'oggi, è gravissimo», sghignazzò Nanetti. «Comunque», tagliò corto tornando all'indagine, «poco fa ho parlato a lungo col medico legale perché sul corpo di Boselli ha trovato una ferita che sembrerebbe più vecchia di quelle che lo hanno ucciso.»

«Più vecchia? E di quanto?»

«Presumibilmente di qualche giorno», continuò il collega. «Una lesione superficiale, forse di una lama. Come se uno avesse inferto una coltellata e l'altro l'avesse schivata. La pelle risulta tagliata per un breve tratto e poi solo graffiata.»

«Potrebbe essere una cosa accidentale?» chiese Soneri. «Cadendo, per esempio, o strisciando contro una sporgenza...»

«Potrebbe essere», replicò Nanetti. «Non necessariamente si deve pensare a un'aggressione, se è quello che intendi dire.»

«Dov'è questa ferita?»

«Sulla schiena. Parte sotto la scapola destra e percorre una linea obliqua verso il basso per una quindicina di centimetri.»

«Questa storia s'ingarbuglia sempre più», borbottò il commissario.

«Non è una novità, lo sai: più ci entri dentro più si complicano», ribatté Nanetti. «Arrivarci in fondo, con il responsabile, il movente e tutto il resto, non è altro che una grossolana semplificazione.»

«È come se mi chiedessero chi sei tu e io rispondessi leggendo i dati della tua carta d'identità», confermò Soneri.

«Ecco», concluse Nanetti, «questa è la risposta giusta da parte di un poliziotto.»

Soneri chiuse la telefonata e guardò l'ora. Erano già le sei di sera e per arrivare a Levanto avrebbe impiegato almeno mezz'ora tra quei tornanti schiacciati tra i monti e il mare. Allora chiamò Ballero. «Sono in ritardo», lo avvertì, «mi ci vorrà mezz'ora.»

«Non correre», replicò il collega con la consueta calma, «il nostro amico non si è ancora presentato e ho paura che non lo farà proprio.»

«Ma mi hai detto...»

«Finora è sempre stato puntuale... Ma una volante ha constatato che almeno da tre giorni non si fa vivo in via Cavour e il suo telefonino è sempre staccato.»

«Dev'essere successo qualcosa...»

«Non gli conviene fare il furbo: sa di essere nel mirino. Comunque lo stiamo cercando.»

«Se arriva dimmelo», si congedò Soneri. «Nel frattempo torno a Moneglia.»

«Senti», lo trattenne Ballero imperturbabile, «se vuoi parlare con uno degli ultras dello Spezia, cerca Roberto Rovaglio, viale Bollo 12. È un capo del tifo organizzato e fa parte della Spingarda.»

Soneri prese distrattamente nota e salutò.

Poco dopo, una chiamata di Angela lo riscosse dalle sue riflessioni: «Ti sei perso?»

«In un certo senso sì», rispose lui guidando tra rocce e parapetti.

«Sono sul lungomare e si sente solo il fragore delle onde: in questo paese c'è un gran buio.»

«La luna sale tardi.»

«Non siamo abituati al buio. Se stai in città te ne dimentichi.»

«La cosa più oscura è questa storia», mormorò Soneri. «Filippo non si è presentato al commissariato ed è irreperibile.»

«Quel ragazzo ha un gran talento per le stupidaggini.»

«Per i salti nel buio, appunto...»

«Ti aspetto», concluse Angela con voce calda e complice.

Soneri la immaginò avvolta nell'oscurità com'era lui in quel viaggiare e pensò che li accomunava lo stesso modo di guardare il mondo attraverso il gioco di specchi dell'immaginazione. Per questo amavano la nebbia e la notte. Solo in quelle condizioni potevano far vivere se stessi in una dimensione sopportabile.

Guidò con la mente confusa fino a Moneglia e si diresse in via Cavour. L'unico segno di vita al numero 5 era la luce a fessura che traspariva dalle imposte. Il portone, solo accostato, si aprì grattando sul pavimento. Svuotò la buca delle lettere di Cassinari con un filo di ferro. C'erano numerosi dépliant pubblicitari, due bollette, una lettera dell'Inps e l'avviso del commissariato. Il ragazzo non era passato da casa da un po' di tempo. Tutto questo gli suggeriva l'idea di latitanza tra i boschi dell'entroterra, in quell'Appennino via via più aspro e irto che s'abbraccia alle Alpi.

Camminò nel paese deserto, nell'aria ancora tiepida della prima notte. S'immaginava Angela che faceva lo stesso: due solitari che attraversavano il buio sfiorandosi senza incontrarsi. Arrivò in via Bollo al 12 e suonò a Rovaglio. Quando dichiarò d'essere un commissario, l'altro rimase in silenzio per qualche secondo prima di replicare: «Mi aspetti, scendo».

Sentì scattare l'apriporta e si trovò davanti un tizio vestito come un bancario con un viso severo e lo sguardo tagliente.

«Le va se parliamo in un bar?»

«No», replicò seccamente l'altro. «Cosa vuole da me?» chiese duro e ultimativo.

«Informazioni su Cassinari Filippo. Abita in una casa di proprietà di un uomo assassinato a Parma.»

«Che tipo di informazioni?»

«L'ha visto in questi giorni?»

«No.»

«Eppure faceva parte del tifo. Non vi incontrate ogni tanto?»

«Non è obbligatorio venire alle riunioni.»

«Alla domenica era però molto attivo: gli avevano proibito lo stadio...» insinuò Soneri.

«Noi non facciamo della violenza, reagiamo se siamo attaccati. I teppisti li cacciamo fuori», replicò indispettito Rovaglio.

«E Cassinari è uno che reagisce o è un teppista?»

«È uno da tenere a bada, un indisciplinato. Però è generoso

e fedele. Con un po' di caserma, voglio dire di addestramento, sarebbe diventato un buon elemento per i ruoli esecutivi.»

«Doveva presentarsi al commissariato di Levanto e non l'ha fatto. Lei sa dov'è?»

«No. E se anche lo sapessi non sono tenuto a dirglielo. Questo non è un interrogatorio», tagliò corto l'uomo. «Se lei ha scambiato la nostra organizzazione per una banda di tifosi qualsiasi si sbaglia. Noi abbiamo degli ideali e li esprimiamo allo stadio. È uno dei pochi posti dove ci è consentito», precisò. «Inneggiamo a una bandiera che per noi è un credo. Gli scontri avvengono solo quando siamo chiamati a difendere l'onore. Noi», s'infervorò Rovaglio, «non spacchiamo le vetrine e incendiamo le automobili, noi combattiamo a viso aperto l'avversario quando ci attacca.»

«Ma a volte soccombete contro un nemico dentro di voi, come Oliescu», buttò lì il commissario al quale era venuto spontaneo citare il rumeno.

«Oliescu l'avevamo espulso di recente perché indegno.»

«Indegno? Per quale motivo?» si stupì Soneri.

«C'è chi mette nei guai gli altri per salvarsi il culo. Questa gente a noi non piace. E nemmeno chi non ha fegato.»

«Oh, il fegato!» sospirò il commissario con insofferenza. «A volte ce ne vuole meno ad attaccar briga che a capire.»

«Lasci stare», lo liquidò Rovaglio con uno scatto della mano. «Affrontare la lotta vuol dire mostrare a sé e agli altri quello che siamo. Solo se entri nel territorio inesplorato che ti schiude la vertigine della violenza riesci a capire dove sono i tuoi confini di uomo.»

«Impiccarsi è un gesto di estremo coraggio», lo interruppe Soneri.

«Il coraggio emerge nel confronto, non nel gesto solitario. Oliescu ha dato ripetute prove di incapacità e di codardia.»

«Quali?»

«Non sono tenuto a spiegarle», replicò seccamente l'uomo.

«E poi non capirebbe la nostra idea di fedeltà», aggiunse squadrando Soneri con una punta di disprezzo. «La fedeltà è l'unico rimedio contro il disordine degli istinti. Tutti hanno bisogno di amare, ma anche di odiare. Facciamo finta di dimenticarcelo, sommersi dalla melassa dei buoni sentimenti. Ci teniamo dentro l'odio, che però schizza fuori nei modi più vigliacchi avvelenandoci a tradimento nei tanti affronti che ogni giorno riceviamo col sorriso sulle labbra, come in un rituale codificato. Il nostro odio è invece diretto, franco, proclamato, digrignato. Noi lo liberiamo dandogli una cittadinanza, ma al tempo stesso lo raccogliamo intorno a un'idea, a una bandiera. È a questo punto che l'odio del branco primitivo si sublima nel concetto di fedeltà e cameratismo.»

Soneri rimase muto fissando l'altro col sospetto che fosse pazzo e non replicò. Dopo qualche istante, trattenendo l'ironia che gli nasceva spontanea di fronte a quelli che si prendono troppo sul serio, cambiò discorso: «Cassinari era molto legato a Oliescu?»

«Sì. Ma gli avevamo ordinato di lasciare perdere quel rumeno.»

«E lui?»

«Ha puntato i piedi. Diceva che ci sbagliavamo, che Oliescu era un ottimo elemento, ma per noi la decisione era già presa.»

«Quindi?»

«O lo mollava o mollava noi. Gli avevamo dato un mese per riflettere, ma Oliescu s'è tolto di mezzo da solo.»

Seguì un'altra pausa silenziosa, quindi Rovaglio indietreggiò di qualche passo e con un cenno di entrambe le mani fece capire che era tutto. Il commissario lo lasciò tornare verso il portone di casa, dentro cui sparì un attimo dopo. A quel punto anche lui decise di muoversi per andare a cercare Angela.

Mentre camminava chiamò Musumeci. «Hai saputo della novità dal medico legale?»

«Mi ha informato il dottor Coriani.»

«Vedo che avete grande confidenza...»

«Mi telefona in continuazione. Per me vorrebbe chiamare lei, ma ripiega su di me. Mi sembra così insicuro e siccome sono più giovane...»

«Lasciamo perdere», tagliò corto Soneri. «Visto che siete culo e camicia, fatti autorizzare e ritorna a perquisire casa Boselli. Se c'è una ferita precedente, forse se ne trova traccia in qualche vestito.»

«Magari la Pezzani ha già fatto sparire tutto...»

«Forse», ammise il commissario, «mente su tante cose... Ma in questo caso Boselli ha subìto il reato, mica ha commesso niente.»

«Però non posso agire subito», anticipò Musumeci.

«Certo, coi tempi di Coriani...» valutò il commissario.

«Non è solo per quello: c'è in ballo qualcosa che deve succedere presto. Ci sono certi movimenti... La Pezzani è più agitata del solito. Aspettiamo e vediamo come va a finire.»

«Chiamami appena sai qualcosa, anche di notte», raccomandò con voce accorata il commissario.

Quando chiuse la telefonata provò la bruciante sensazione d'essere tagliato fuori. Dall'oscurità giungeva il rantolo del mare a ricordargli il suo bizzarro esilio. Sbucò su viale Dante Alighieri e scorse Angela ferma sotto un lampione in una posa volutamente provocatoria.

«Non è una buona serata, vero?» le chiese lui pensando anche a se stesso.

«Sei il primo cliente, ma mi basta se mi prendi per tutta la notte.»

«Ho idea che sarà una notte agitata.»

«Meglio. Vorresti passarla a russare?»

Risalirono verso la *Coccinella.* Adesso il buio appariva meno denso nell'aria vivace della notte.

«La tua amica ti ha raccontato qualcosa?»

«Mi ha parlato per sensazioni. Sai che noi donne abbiamo intuito. Certe situazioni le annusiamo senza che ce le dicano.»

«Che sensazioni? Può capirle anche un uomo?» domandò ironico il commissario.

«Forse», scosse la testa lei sorridendo e fingendosi dubbiosa. «La prima cosa che mi ha detto non è però una sensazione: Filippo stava tentando di riallacciare un rapporto stabile col padre. Si era appassionato alla viticoltura e tutto sommato gli piaceva quel lavoro sulle terrazze in faccia al mare e al sole.»

«E c'era riuscito?» incalzò Soneri.

«Pare di sì. Almeno ci provavano. Filippo ha passato gran parte dell'infanzia coi nonni paterni e la figura del padre non si era mai eclissata. Ma erano agli inizi della riconciliazione. Carla dice che Filippo stava meditando di trasferirsi a Framura e lasciare la casa di Moneglia dove pare non volesse più abitare.»

«Perché?»

«Non lo sa. Magari voleva cambiare.»

«Dopo tanti anni e dopo esserci cresciuto?» si chiese dubbioso Soneri.

«Arriva sempre il momento di lasciare e quando si ha l'età di Filippo non è ancora doloroso», osservò Angela.

Il commissario le lanciò un'occhiata d'intesa e preferì glissare.

«Cos'altro ti ha detto?»

«È a questo punto che si entra nel mondo delle sensazioni.»

«Tue o della tua amica?»

«Di tutt'e due. Quando la Motti parlava di Filippo, sembrava che quel figlio fosse solo suo. Carla aveva l'impressione che il padre non esistesse anche se era sulla famiglia di Cassinari che pesava maggiormente la cura del ragazzo. Questo le è sempre risultato strano. Una lontananza mentale che si accompagnava a una lontananza fisica: padre e figlio non si assomigliano proprio.»

«Che cosa significa secondo te?»

«Di per sé niente», rispose Angela. «Ma il modo in cui la Motti lo diceva... Carla ci sentiva un'ambiguità che nascondeva qualcosa. Qualcosa che non voleva rivelare.»

Il commissario stette in silenzio. Sapeva che non bisognava mai trascurare l'intuito femminile, tanto più quello di Angela che spesso equivaleva a una radiografia. Allora s'immaginò la casa di via Cavour 5 e quello che doveva essere successo lì in tanti anni di vita assieme tra madre e figlio: le liti, la sofferenza di lei, le assenze... Doveva assolutamente entrarci, era certo che avrebbe capito qualcosa di più. Così afferrò il telefonino e fece il numero di Ballero.

«Ti è possibile trovare un fabbro per entrare in casa di Filippo Cassinari?» chiese.

«Stasera? Ci vorrebbe un mandato...» replicò il collega con la solita voce imperturbabile.

«Eh, magari sì... Ma se facciamo uno strappo... Ho visto che la serratura è vecchissima e con un apriporta si fa in un attimo. Non sarà la prima volta, no? Al massimo diciamo che avevamo paura che Cassinari fosse morto in casa. È vero o no che non lo vedete da tempo?»

«Faccio due telefonate...» annunciò un po' più duro l'altro evidentemente molto scocciato. Dopo qualche minuto, che Soneri e Angela trascorsero camminando rasenti il parapetto e sospesi sull'incessante borbottare dell'acqua, Ballero si rifece vivo: «Incontriamoci lì fra un quarto d'ora. Ho trovato un artigiano di cui mi fido».

Lasciarono il viale e risalirono il paese. Il fabbro era già davanti a casa di Filippo appoggiato all'Apecar sul quale aveva un'intera officina. Strinse la mano a Soneri e Angela biascicando a malapena il suo nome, poi si avviò aprendo il portone. Di Ballero nemmeno l'ombra.

Ci volle poco per averla vinta sulla serratura. Non era stato necessario nemmeno usare la forza, ma un semplice grimaldello. Il fabbro spalancò l'uscio e si tirò da parte per farli entrare, poi li seguì senza chiedere il permesso. Il commissario non ci fece caso perché davanti ai suoi occhi c'era uno spettacolo che non si aspettava. La casa era totalmente devastata. Aveva visto parecchi appartamenti visitati da ladri meticolosi e lasciati in un sordido disordine, ma in quel caso la distruzione sembrava solo fine a se stessa. I mobili fracassati, gli specchi in frantumi, le sedie azzoppate, il divano tagliato e sventrato, i pensili della cucina con gli sportelli divelti, i lampadari strappati via e sui pavimenti un tappeto eterogeneo di cocci e schegge. Il fabbro brontolò qualcosa stupito, mentre Soneri si chiedeva cosa significasse quello sfracello.

«Quanta rabbia!» mormorò Angela.

Solo allora il commissario si rese conto che le macerie esprimevano proprio quello, come un corpo sanguinante e oltraggiato. Avanzò nel corridoio, dove una specchiera, spezzata nei supporti, era riversa contro la parete di fronte e aprì la porta della camera da letto. Il materasso era tagliato a metà con la lana sparsa in giro. Passò al bagno e in questo caso, appena scostato l'uscio, fu investito da una zaffata maleodorante. La tazza era in condizioni immonde come se lo sciacquone non fosse stato tirato da mesi. La vasca da bagno conteneva pezzi del mobilio e le tende pendevano strappate come le vele di una barca incappata in un tifone.

A quel punto tornò indietro per uscire, seguito da Angela e dal fabbro che continuava a borbottare parole in dialetto ligure da cui Soneri capiva vagamente che si trattava di valutazioni economiche del danno.

«Se Dario vedesse 'sta roba!» bofonchiava l'uomo.

«Erano i mobili dei vecchi?» s'informò Soneri.

Il fabbro annuì e passò oltre. Richiusero l'appartamento e scesero in strada.

«Ma chi poteva avercela così tanto da combinare quel macello? E poi contro chi?» domandò Angela.

«Mah!» replicò Soneri. «Un disastro di cui non si è accorto nessuno. Nemmeno i vicini.»

Si avviarono verso la *Coccinella* attraversando le strade deserte di Moneglia. Aveva rinfrescato e dai monti alle spalle delle case scendeva il fiato delle valli che sapeva d'inverno. Il cellulare squillò di fronte all'ingresso della pensione.

«Dottore», urlò trafelato Musumeci, «l'abbiamo beccato!» Era così eccitato che aveva il fiato corto. «Abbiamo beccato il ricattatore!»

«Quando? E chi è?» chiese Soneri quasi con rabbia. Detestava sentirsi tagliato fuori e in quel momento lo era del tutto.

«Cremonini», sbuffò nel telefono l'ispettore. «Lo tenevamo d'occhio da un paio di giorni finché s'è tradito. Un coglione, commissario! Ha dato un paio di appuntamenti a vuoto alla Pezzani pensando che noi mollassimo. Ma al terzo gli siamo saltati sul collo.»

«E chi è 'sto Cremonini?»

«Un altro dei compagni di Boselli. Comunista pure lui.»

«Dove l'avete preso?»

«Piazzale Sicilia. Ha presente la scuola professionale? Quel posto che di notte si riempie di spacciatori?»

«E adesso dove l'avete portato?»

«Siamo in questura, ma questo sembra paralizzato. Continua a ripetere che è rovinato. Che Boselli l'ha rovinato. Dottore, per me è stato lui.»

«Senti», lo avvertì il commissario perentorio, «fra due ore sarò lì. Tu, intanto, cavagli fuori quel che puoi.»

Riattaccò con stizza. E il disappunto crebbe quando lesse la delusione negli occhi di Angela.

«Tu rimani», le disse. «Appena mi sbrigo torno qui.»

«E cosa torni a fare? Non è tutto chiaro adesso?»

«Non mi sembra proprio», la smentì lui con decisione.

19

L'Appennino sulla Cisa appariva ancora più impervio salendo dal mare. In prossimità del passo, la valle si stringeva e i monti si avvicinavano come ombre minacciose di sicari. Poi il ventre della montagna l'aveva inghiottito e all'uscita lo aveva accolto un mondo di vetro con la trasparenza opaca del ghiaccio. La vita si era rifugiata accanto alle stufe di casolari spersi o nei grumi di luce dei paesi, dentro un bar dove qualcuno s'attardava a discutere respingendo il freddo col vino. Attraversò l'immobilità di quel paesaggio, percorrendo i curvoni scintillanti di brina di Berceto e Borgotaro finché, venti chilometri più a valle, tutto cambiò di nuovo: il profilo delle colline s'impastò e le prime insegne luminose delle fabbriche di Fornovo sfocarono in aloni, in strane chiazze chiare di radiografia. Poche centinaia di metri ancora e tutto si richiuse intorno a lui in un soffice, protettivo appannamento. Continuò a passo ridotto fino a che gli apparve la galassia fosforescente della città. Quando scese nel cortile della questura, tutti quei passaggi di clima e paesaggio lo avevano sbalestrato come un fuso orario. Sentiva freddo e le orecchie ronzare, intoppate dai salti di quota. Juvara e Musumeci lo videro entrare un po' barcollante.

«Dov'è?» chiese immediatamente il commissario per evitare fastidiosi convenevoli.

«Di là», accennarono gli ispettori.

«Ha parlato?»

«Qualcosa...» disse Musumeci. «Ma è sconvolto, farfuglia. Abbiamo deciso di lasciarlo tranquillo finché non arrivava lei.»

Soneri rifletté per qualche istante, posò il cappotto e tentò di fare ordine, ma subito dopo capì che era inutile. Allora si alzò e si diresse nell'altra stanza.

Adelmo Cremonini era seduto col busto piegato in avanti, i gomiti appoggiati alle ginocchia, il capo chino e le mani intrecciate. Quando il commissario entrò, si rialzò di scatto con un'espressione spaventata. Quel viso, colto disarmato in un momento di fragilità, ricordò qualcosa a Soneri. Ci pensò mentre i loro sguardi si sfioravano incuriositi e timorosi, finché gli vennero in mente le foto di Borriani. Era lì che aveva visto quella faccia non ancora aggredita dagli anni e dalla volgarità della vita.

«Si rende conto della cazzata che ha fatto?» cominciò il commissario.

L'uomo annuì gravemente. «Non avevo scelta», mormorò.

«Cosa vuol dire?»

«Ho un'azienda e sto fallendo. Senza quei soldi...»

«Che azienda?»

«Due negozi di abbigliamento.»

«E pensava di uscirne ricattando la Pezzani?»

«Ma quale ricatto!» sbottò con rabbia Cremonini. «Quel denaro era mio! Reclamavo solo ciò che mi spettava.»

«Una cifra così alta?»

«Crede a quella donna? Mente da sempre. Le ho chiesto di restituirmi la somma che Boselli mi doveva. Ma è una spilorcia come tutti gli arricchiti di questa città. Se non l'avessi minacciata, non mi avrebbe mollato un centesimo. Eppure io di soldi gliene ho dati tanti al compagno Elmo.»

«Non è il primo. La lista è lunga...» commentò Soneri.

«Mi aveva fatto delle promesse», riprese l'uomo. «Avrebbe dovuto farmi avere forniture di abiti firmati. E invece voleva rifilarmi schifezze invendibili del commercio equo e solidale. E nemmeno di prima qualità. Io di quella roba me ne fotto. La mia clientela vuole le *griffe* mica gli straccetti. Ma lui aveva sempre in testa dei progetti... che poi finivano in niente. Boselli ha distrutto tutto quello che gli è capitato fra le mani. E ogni volta se n'è fregato degli altri. Però per nobili scopi! Sai che soddisfazione! Giornali, riviste, cooperative, iniziative per il terzo mondo: tutto fallito in una montagna di debiti.»

«Quanto le doveva?»

«Cinquantamila, forse di più», brontolò l'uomo. «Con quelli avrei almeno turato una falla.»

«Mi risulta che la Pezzani abbia pagato parecchi debiti. Perché con lei si è tirata indietro?»

«Ha pagato solo ciò che era rimasto in sospeso al momento della morte di Boselli, ma il grosso no», continuò Cremonini con espressione sdegnata. «La maggioranza dei creditori tace per non sputtanarsi, anche se per motivi diversi. Chi perché ha una posizione e magari adesso è lui a spillare soldi agli altri, chi per ragioni ideologiche: non è granché bello mostrare i fallimenti di un branco di pirla che dicevano di battersi per l'umanità», rise a denti stretti. «Be', io non ho più niente a che spartire con quel mondo. Bisogna fottersene degli altri altrimenti sono gli altri a fottere te.»

«Se è riuscito a perdere cinquantamila euro con Boselli si vede che ci aveva ancora a che fare...»

Cremonini rialzò per un attimo lo sguardo con un certo disagio.

«Si sbaglia. La militanza non c'entrava niente. Per me era

un affare. C'erano di mezzo partite di abbigliamento, non uno dei suoi progetti del cazzo.»

«Allora perché ha pagato merce scadente?»

«Commissario, la faccenda è più complicata», ricominciò faticosamente l'uomo. «Boselli non aveva i soldi per comprare e mi chiedeva di anticiparglieli. Diceva che conosceva un canale per far arrivare roba buona dall'estero saltando le tasse, ma il suo spallone voleva quattrini in contanti. Mi garantiva molta merce griffata a costo bassissimo fabbricata in Vietnam e Thailandia in cambio di una parte del guadagno. Gli ho dato i soldi in due tranche per l'acquisto: non avrei mai pensato che mi fregasse. In fondo, se la cosa avesse funzionato, anche per lui sarebbe stato un bel guadagno. Invece, dopo una settimana arriva e mi dice che il suo contatto è sparito e s'è imboscato il grano. O fingeva o s'era fatto inchiappettare come un pollo. Poi mi scongiura che mi ripagherà e dopo qualche giorno capita con quei cenci da terzo mondo... È cominciata così la mia rovina.»

«Quando è successo?»

«Tre anni fa. Allora si vendeva ancora e per un po' ho assorbito il colpo. Ma poi è arrivata la crisi... Ho licenziato due commesse, ho venduto tutto quello che potevo vendere e sono piombato in mano alle banche...»

«Avete finito per ingarbugliarvi coi soldi», commentò Soneri con una punta di sarcasmo, «proprio voi che volevate farne a meno...»

«Lo gridavamo nei cortei, ma nessuno ne era convinto», reagì Cremonini. «E appena si è spento il clamore si sono tutti seduti al caldo. I più ricchi sui velluti, gli altri là dove si può. Io da proletario mi sono arrangiato. Non dovevo farlo? Se vuole proprio saperlo, avevo tanta rabbia da attaccarmi proprio al denaro. Era la mia rivalsa. Il denaro è la vera rivoluzione», alzò la voce Cremonini con ilarità isterica, «ma di quelle che ognuno fa per sé. Dovevo lasciare che quei due stronzi mi impedissero anche questa?»

Il commissario scrollò la testa in silenzio. Poi si rifugiò nell'inchiesta: «Il magistrato le imputerà l'estorsione, ma potrebbe indagarla anche per omicidio volontario».

L'uomo sbiancò. «Non ho ucciso Boselli.»

«Allora sia convincente quando verrà interrogato: lei è la persona che ha il movente più forte», constatò Soneri.

«Non l'ho ammazzato», tremò tutto Cremonini avvicinandosi. «Crede davvero che possa essere stato io?»

«Non so. Non credo più a niente. Proprio come lei e quelli che facevano cagnara quarant'anni fa», mormorò il commissario sarcastico. Si sentiva davvero sbigottito. «Però conta poco quello che penso io», aggiunse. «So come ragiona il magistrato e suppongo che la incriminerà. Gliel'ho detto fin dall'inizio: ha fatto una grande cazzata.»

«Abbiamo sempre fatto solo cazzate», sussurrò Cremonini fra sé.

Soneri ebbe un moto di insofferenza e avrebbe voluto riprendere il passo, immergersi di nuovo nel nitore del gelo, nel silenzio, nella prevedibile saggezza di un vecchio montanaro e nell'abbraccio di Angela, lo specchio dove avrebbe potuto guardare riconoscendosi.

Ma si limitò a lasciare la stanza per tornare nel suo ufficio. «Domattina va' a perquisire casa Boselli prima che i giornali e la radio diano la notizia dell'arresto di Cremonini», ordinò a Musumeci.

«Dottore, crede che sia vera la storia del debito?» domandò Juvara.

«Penso di sì. Sono due cretini», rispose Soneri alzandosi. «Quando viene il magistrato?» chiese poi accennando alla stanza in cui si trovava Cremonini.

«Domattina alle nove», lo informò Musumeci.

«Tu, però, sarai già in via Palestro. E magari faccio un salto anch'io.»

Uscì nella nebbia che galleggiava sui tetti dei borghi e sprofondava negli slarghi e nelle piazze seminando galaverna sui marciapiedi. Camminò nelle strade pacificate dalla notte. Parma gli pareva conservasse un segno di ogni vita che l'aveva attraversata, come un fondale marino che tutto accoglie ispessendosi negli anni. Aveva un rapporto ormai onirico con la città e per questo l'amava, chiusa nel buio d'inverno, quando si poteva ancora aspirare ad avere un rapporto esclusivo con le sue pietre, quelle non ancora stuprate dalle immobiliari. Poi prese il cellulare e chiamò Angela descrivendole il suo cammino come se lo raccontasse a uno straniero. Alla fine provò il desiderio pungente di lei e avrebbe voluto essere contemporaneamente da una parte e dall'altra di quei monti che li separavano.

«Questa è voglia di vivere», rise Angela. «È una cosa che si prova quasi sempre da bambini.»

«È il mio modo di reagire di fronte a tutti i falliti che ho incontrato», considerò Soneri.

«Caso risolto?»

«Non credo. Però Cremonini mi sembra così sprovveduto... E quel delitto sa di sprovvedutezza.»

«Come molte cose fatte d'impulso se si guardano con occhio razionale.»

«Col fallimento addosso, potrebbe aver perso la testa quando ha capito che da Boselli non avrebbe ricavato niente», continuò Soneri. «E a quel punto s'è messo a minacciare la Pezzani già sconvolta e impaurita dopo aver visto la fine di Elmo. Cremonini sa che è ricca e perdipiù non lo conosce.»

«Credo che Coriani farà lo stesso ragionamento. Ha una gran voglia di dimostrare che lavora sodo...»

«Capuozzo se la venderà subito 'sta notizia. Sgommerà come un'auto da corsa», disse il commissario.

«Anche Coriani vuol fare carriera», proseguì Angela. «E un magistrato che non finisce sui giornali o in televisione non se lo fila nessuno.»

«Facciano pure, ma non mi convince», rifletté scettico Soneri.

«Non ti convince che lo abbia ucciso per vendicarsi dei soldi spariti?»

«I soldi c'entrano sempre, ma quello che non torna è il coltello. È un'arma che non si sposa nemmeno con Cremonini.»

«Carla mi ha confidato che anche Cassinari aveva dato del grano a Elmo», lo informò Angela.

«Quanto?» domandò sospettoso il commissario.

«Non lo sa, non gliel'ha detto. Credo poco, visto che non è ricco.»

«Non si arriva mai in fondo al pozzo di debiti che ha scavato», mormorò il commissario guardandosi intorno senza più parlare.

Anche Angela rimase zitta e il silenzio che calò tra loro poco dopo dissipò del tutto l'intesa sognante di prima.

«Ogni tanto ci stacchiamo da terra e voliamo», riprese Soneri, «ma brevemente, come le galline. E adesso è tornato il tempo di riprendere a razzolare», concluse con una punta di delusione.

Si salutarono. Quella notte avrebbero dormito soli e infreddoliti.

La mattina seguente, appena giunse in questura, il commissario cercò Musumeci.

«Sei già in via Palestro?»

«Da un'ora.»

«Niente?»

«Ancora no.»

Riattaccò di nuovo in ansia, mentre Juvara lo scrutava guardingo.

«Dottore, sapeva che Oliescu sarebbe stato espulso?»

«Me l'ha detto Ballero.»

«È la legge. Se non hai più un lavoro, dopo tre mesi te ne devi andare. Forse è anche per quello che...» Non finì la frase perché si accorse che il commissario era distratto e perché in quel momento era entrato il legale di Cremonini, che venne accompagnato da un agente nella stanza dove l'attendeva il suo cliente. Poco dopo arrivò anche Coriani con addosso una gran frenesia.

«L'ha già sentito?» chiese a Soneri.

Lui annuì: «Ieri notte».

«Cosa ne pensa?»

Scosse il capo: «Stava fallendo e voleva riprendersi i suoi soldi. Una discreta somma: cinquantamila».

«Anche qui c'è di mezzo un prestito?»

«No, merce», riassunse stancamente Soneri. «Ma Boselli ha perso tutto in uno strano giro sottobanco per schivare le tasse. Non si capisce se c'ha marciato o se s'è fatto fregare.»

«E il derubato cosa ne pensa?» domandò Coriani.

«Non credo ci capisca niente nemmeno lui. Dice che voleva solo i suoi soldi e che Boselli gli proponeva come risarcimento abbigliamento del commercio equo e solidale invendibile per la sua clientela abituata alle *griffe*. E siccome è sull'orlo del tracollo...»

«E morto Boselli, voleva che glieli restituisse la Pezzani», proseguì Coriani interrompendo il racconto del commissario.

«Di fatto è l'unica che poteva averli», constatò lui.

Il magistrato annuì e fissò Soneri: «Disperato per il fallimento imminente, incazzato perché si è sentito preso in giro... Considerando la modalità del delitto, un sospetto al di là dell'estorsione mi viene».

«Non lo nego», ammise il commissario indovinando il

ragionamento del magistrato. «Al suo posto mi verrebbe da pensare la stessa cosa.»

«Non è convinto?»

«Non del tutto.»

«Perché?»

«Questo non glielo so dire: è una sensazione. Proprio perché il delitto è improvvisato, poteva capitare o no. Non c'è una spiegazione razionale. È stato casuale che accadesse lì, in quel momento. Deve aver prevalso un impulso scatenato da una parola di troppo, da un gesto, da un'espressione del viso... Certo, ci sono i rancori precedenti, un accumulo di rabbia, non c'è dubbio. Ma se non ci fosse stata la scintilla... Tra la morte e la vita, tra l'assassinio e la normalità molto spesso passa un niente, uno spessore impalpabile.»

Coriani corrugò la fronte e riordinò le carte. «Andiamo a sentirlo», decise alzandosi.

Soneri lo seguì. Forse il magistrato lo considerava un pazzo o uno sventato. Percorsero il corridoio, ma a metà squillò il cellulare del commissario.

«Dottore, ci siamo!» annunciò Musumeci.

«Cos'hai trovato?»

«Una camicia strappata con macchie di sangue. Ma non era qui», rispose imbarazzato l'ispettore.

«E dove, allora?»

«Alla Scientifica, dottore. Se l'era portata via Nanetti quando ha perquisito l'appartamento.»

Il commissario trattenne la stizza: «E tu l'hai saputo adesso?»

«Ho chiamato per chiedere alcuni dettagli. Mi era venuto un sospetto riconoscendo la mano dei colleghi nel disordine di questi cassetti.»

«Be', l'importante è il risultato», tagliò corto Soneri. «Me la sbrigo io con Nanetti», concluse.

Quando entrarono nella stanza dov'era Cremonini, l'avvocato si alzò presentandosi, collaborò a quella sorta di celebrazione burocratica che presiede agli interrogatori e poi annunciò che il suo cliente si avvaleva della facoltà di non rispondere. Coriani, molto contrariato, replicò disponendo il trasferimento in carcere. Tutto fu parecchio rapido e Soneri ne provò quasi un sollievo. Aveva in testa la camicia strappata e tutto ciò che poteva significare. Mentre cercava di collocare quella novità nel posto giusto, squillò ancora il cellulare.

«Collega, abbiamo trovato Filippo Cassinari», esordì Ballero, come sempre asettico.

«Dove?»

«All'ospedale di Levanto.»

«E cosa ci fa?»

«Ha avuto un incidente. È grave. A naso», azzardò con voce complice, «mi sembra un garbuglio.»

«Perché?»

«Ha una ferita al collo proprio sotto il mento e vari graffi sulla nuca. Esofago e trachea sono lesi, ma in modo non irreversibile. Il problema è che ha rischiato il soffocamento.»

«Com'è successo?» chiese Soneri.

«Proprio la modalità mi fa pensare», rispose Ballero. «Il padre ci ha riferito che stava scendendo con il motocoltivatore dalla carraia di una vigna molto ripida e che improvvisamente il mezzo è scivolato sull'erba bagnata finendo contro i fili di ferro che servono a reggere i tralci rimanendovi incastrato. Uno di questi era proprio all'altezza del collo.»

«E come ha fatto a liberarsi?»

«Oreste Cassinari era lì vicino e ha tagliato i fili. Il motocoltivatore ha proseguito rovesciandosi di sotto mentre il ragazzo è caduto ai piedi delle viti.»

«È credibile? Avete fatto un sopralluogo?»

«Sì, può capitare. Anche se è uno di quegli incidenti in cui la sfiga deve entrarci di brutto. Ho una piccola vigna anch'io e mi sono immaginato l'accaduto.»

«Appena posso sarò lì», promise Soneri. Chiuse e compose il numero di Nanetti.

«Cosa fai? Giochi a nascondino?» ringhiò.

«Non lo farei mai con un commissario sagace come te, mi scoveresti subito», ironizzò il collega.

«Infatti ti ho scovato: perché non mi hai detto di quella camicia?»

«Credi che non sappiamo come passare il tempo qui? L'avremmo esaminata appena avessimo avuto un po' di calma», protestò Nanetti. «Ci ha insospettiti subito per via di quel sangue, ma solo dopo aver parlato con il medico legale ho capito che poteva significare qualcosa di molto più importante.»

«Appunto», confermò Soneri. «Per esempio un'aggressione subita da Boselli qualche giorno prima della morte.»

«Stai attento. Come tu stesso hai ipotizzato, la lacerazione del tessuto è compatibile anche con uno spigolo o una sporgenza appuntita. Insomma, con un incidente.»

«Sì, sì... Lo so. Ma mi sembrava di aver capito che l'anatomopatologo propendesse per una lama...»

«Comunque», assicurò Nanetti, «siamo già al lavoro.»

«Procedi», lo incoraggiò il commissario. «Io provo a farmi raccontare qualcos'altro.»

Quando riattaccò si rivolse a Juvara: «Verifica se qualcuno delle volanti ha notizia di un'aggressione avvenuta due o tre giorni prima della morte di Boselli. Senti anche dai carabinieri. Magari hanno verbalizzato qualcosa... E poi», aggiunse, «bisognerebbe capire cos'ha fatto in quei giorni Cremonini. Se lui non vuole parlare, prova con l'avvocato: di fronte alla minaccia di un'accusa per omicidio forse si convince».

Quindi prese il cappotto e decise di uscire. Mentre camminava lungo via Repubblica telefonò alla Pezzani. «Ho bisogno di lei con urgenza», esordì perentorio.

«L'avete preso?»

«Sì», replicò seccamente, «ma non è di questo che voglio parlarle.»

«E di cosa allora?»

«Si faccia trovare tra mezz'ora a casa sua», le ordinò il commissario senza spiegare.

20

Arrivò in via Palestro poco prima di mezzogiorno. Il cielo si era aperto lasciando trapelare un diafano sole invernale. Dagli alberi cadevano ciuffi di galaverna e nei giardini raffiche di gocce. La nebbia restava in agguato appena sopra l'orizzonte assediando le periferie in attesa della notte.

«Le dispiace se chiacchieriamo in un posto qui vicino?» domandò Soneri mentre la Pezzani stava già scegliendo la chiave.

Lei annuì e gli si mise di fianco mentre camminavano verso viale Solferino.

«Allora, di cosa vuole parlarmi?» domandò la donna con un po' d'insofferenza.

«Il fatto è che non so come chiamarla: un'aggressione? Un incidente? Una rissa? Dovrebbe spiegarmelo lei.»

«Non capisco a cosa si riferisca», replicò l'altra.

«A una ferita sulla schiena di Boselli. Sa benissimo cosa intendo», alzò leggermente la voce Soneri. «Un taglio che risale a due giorni prima della morte», precisò. «Questa volta non menta», l'avvertì subito dopo con voce minacciosa. «A casa abbiamo trovato la camicia strappata.»

«Non ha saputo dirmi chi fosse quello che gli è saltato addosso», mormorò la donna.

«Dov'è avvenuto?»

«In via delle Rimembranze, davanti al parco Cittadella. Elmo tornava in bicicletta da casa di amici quando ha ricevuto una telefonata. Un uomo ha chiesto di incontrarlo e lui ha accettato anche se quel posto, di notte, è buio e isolato.»

«Boselli ha riconosciuto la voce di chi gli ha telefonato?»

«No. Ma non era la stessa di chi l'ha poi aggredito.»

Il commissario continuò a camminare in silenzio.

«Quello che l'ha assalito ha pronunciato solo alcuni insulti», riprese la donna.

«Le ha spiegato altri particolari dell'aggressione?» chiese Soneri.

«Ha presente l'entrata del parco? Lo slargo prima del ponticello che supera il fossato e porta all'ingresso? Lì c'è un angolo buio tra le siepi e quando è passato Elmo qualcuno gli è saltato addosso. Prima uno spintone che l'ha fatto cadere sul prato, poi quel tizio si è avventato su di lui col coltello, ma è scivolato nella melma. Elmo si è difeso usando la bicicletta come scudo, ma si è preso una coltellata di striscio sulla schiena.»

«E poi cos'è successo?»

«Di preciso non me l'ha detto. Mentre scappava, ha però visto un'auto delle guardie giurate. Forse per quello…»

«Non c'era nessuno nei paraggi?»

«E chi lo sa?»

«Cos'altro le ha riferito?»

«Era molto turbato. Non sapeva come spiegarsi quello che era successo. Alla fine ha pensato che fosse uno di quei tossici scoppiati che ti accoltellano per pochi euro. In quella zona ce n'è parecchi.»

«Ha chiamato la polizia?»

«No, non ha voluto. Sa che quelli come Elmo con la questura e i carabinieri… Io ho cercato di convincerlo, ma lui, il giorno dopo, mi ha detto che pensava fosse una stronzata da delinquentelli e ha lasciato perdere.»

Erano giunti di fronte a un bar di viale Solferino, ma nessuno dei due pareva aver voglia di entrare.

«Vorrei sapere di Cremonini», cambiò rapidamente discorso il commissario. «Sostiene che Boselli gli doveva cinquantamila euro e si era rivolto a lei per farseli restituire.»

«Me ne chiedeva molti di più», rispose la donna, di colpo dura.

«Può darsi», riprese il commissario senza dare granché peso alle sue parole. «Ma lei, così attenta che la reputazione di Boselli non fosse compromessa... perché non ha tentato un accordo? I soldi non le mancano. Le sarebbe costato, ma avrebbe evitato che domani i giornali parlassero dell'ex leader del Sessantotto come di un truffatore. E per fortuna non sanno che avrebbe voluto far soldi trafficando merce fabbricata sfruttando dei poveracci in Vietnam e Thailandia.»

«Se avessi pagato Cremonini, mi toccava pagare tutti», sbottò la donna. «Mica sono una banca io! E nemmeno sapevo del mucchio di debiti che aveva Elmo. Dopo la sua morte è stata una processione! E che cosa dovevo fare? Sborsare sulla fiducia? Che certezza potevo avere che le cifre reclamate erano davvero dovute? Cremonini mi chiedeva centomila, capisce? Mi avevano presa per una vacca da mungere. Tutti 'sti comunisti», proseguì con sdegno, «sempre pronti a dire che la roba è un furto, per poi arraffare quello che capita a tiro. Guardano ai soldi come gli uomini alle puttane: le disprezzano, ma poi ci vanno volentieri a letto.»

«Lo stesso rapporto delle donne ricche di questa città con il comunista Boselli...» insinuò Soneri.

«Lo dica all'ex moglie», ringhiò la donna. «Con me era cambiato. Aveva smesso di fare l'estremista: era solo una persona colta, brillante e ancora piena di fascino.»

«Il passato si alimenta della nostra vita, ci divora. Non

creda che si possa annullare. E a un certo punto comincia a pesare», disse il commissario.

«Non ho ancora quell'età», replicò acida la donna e Soneri si sentì urticare da quelle parole.

«Non disperi, arriverà», contrattaccò. «O forse è già arrivata. L'avverto che i giornali non ci andranno leggeri con Boselli. Quelli di destra non vedono l'ora di tirar martellate ai simboli degli avversari.»

«Cosa vorrebbe dire?» riprese torva la Pezzani. «Che ho tradito Elmo perché mi sono rifiutata di sottostare al ricatto di un branco di pezzenti? Se c'è un tradimento è il suo. Le ripeto che non sapevo di tutti quei debiti. Come pensa che l'abbia presa?»

«Lei però sapeva com'era fatto e che rapporto aveva coi soldi», le ricordò il commissario.

«Sì, d'accordo, era infantile. Non ha mai pensato che il denaro comportasse delle responsabilità. E nemmeno che fosse un valore. A farmi schifo è quella folla di creditori che un tempo mi facevano la morale e adesso m'inseguono con la bava alla bocca esosi, disonesti e spudorati.»

«Certe volte la scelta tra la ragione e gli affetti non è facile», constatò Soneri. «Poteva pagare i debiti a quei brocchi in cambio del loro silenzio oppure far valere la giustizia e tenersi i suoi soldi. E lei ha scelto di tenersi i suoi soldi. Le è stato insegnato così. Vede quanto conta il passato?» concluse Soneri.

La Pezzani lo guardò con il livore freddo di chi è abituato dall'etichetta a controllarsi. Il commissario le lanciò un'ultima occhiata trionfante e si augurò di non incappare nella sua vendetta. Poi la donna scartò di lato e lo superò allontanandosi con passi rabbiosi.

Soneri afferrò il telefonino e chiamò Juvara. «È ancora lì Cremonini o l'avete già portato in carcere?»

«È ancora qui, aspettiamo che sia a disposizione una macchina.»

«Allora aspettate anche me: arrivo tra mezz'ora.»

Stava per chiudere quando l'ispettore lo trattenne: «Ho fatto un po' di ricerche su quel che è successo nella notte tra il mercoledì e il giovedì prima che venisse ucciso Boselli».

«Allora dimmi», lo incitò Soneri a cui davano sui nervi le premesse di Juvara.

«Non risultano denunce, ma c'è una chiamata da via delle Rimembranze alle 22.47 di mercoledì. Un tizio ha segnalato due individui sospetti di fronte al civico 31.»

«Qualcuno è andato a controllare?»

«Una volante, ma è risultato tutto tranquillo.»

«Hai il nome di chi ha chiamato?»

«Sì, l'ha lasciato: geometra Carlo Pongolini.»

Il commissario riattaccò e puntò su via delle Rimembranze. Al 31 c'era una villetta dall'aspetto bizzarro che ricordava le costruzioni di montagna, con tanto legno e pietra a vista. Suonò e dopo qualche secondo vide scostarsi le tende del pianterreno dalle quali fece capolino il viso di un vecchio. «Chi è?» chiese guardingo aprendo appena la finestra.

«Commissario Soneri!» urlò immaginando che fosse sordo.

Dopo un tempo piuttosto lungo, si aprì la porta e scattò il cancello.

Soneri, entrando, notò l'uscio blindato e i piccoli sensori d'allarme che solo un occhio competente avrebbe individuato. Il giardino doveva essere pieno di telecamere.

«Lei ha chiamato mercoledì sera per un paio di persone sospette qua sotto», cominciò a dire il commissario.

«Sì, due tizi che non mi parevano ben intenzionati», confermò il vecchio. «Sa, sono già stato derubato tre volte e adesso quando vedo qualcuno...»

«Saprebbe descriverli?»

«Uno era piuttosto grosso, molto stempiato e coi capelli lunghi sulla nuca. L'altro mi è sembrato più basso e magro.

Però non l'ho visto bene perché è rimasto quasi sempre in ombra.»

«Come mai si è insospettito?»

«Guardavano dentro i cortili, sembrava cercassero qualcosa. A un certo punto li ho visti discutere e quello più grosso s'è allontanato verso viale Solferino.»

«L'altro cos'ha fatto?»

«È rimasto per un po' nei paraggi, poi è sparito anche lui.»

«Vuol dire sparito dalla sua vista?»

«Esatto, se n'è andato.»

«Non ha notato nient'altro? Qualche particolare?»

«Quello grosso mi pareva goffo nei movimenti.»

Soneri registrò in silenzio l'informazione e salutò. Attraversò viale Martiri della libertà e s'infilò in via Padre Onorio. Il sole già impallidiva mentre la nebbia saliva lenta e densa come la polvere degli stradoni d'estate. Una leggera spossatezza gli ricordò che erano le due e aveva saltato il pranzo.

Quando arrivò in questura si sentì senza benzina. Entrò trascinandosi fin nel suo ufficio, si liberò del cappotto e s'infilò in bocca il toscano spento.

«I colleghi sono pronti, dottore», lo avvisò Juvara accennando a un'auto ferma nel cortile che avrebbe portato in carcere Cremonini.

«Non preoccuparti, me la sbrigo presto», rispose uscendo.

Cremonini, segnato dalla notte passata in questura, era nella stessa posizione della prima volta. Qualcuno gli aveva portato una borsa con i vestiti che teneva accanto a sé come un viaggiatore che aspetta il treno. Fissò Soneri con occhi imploranti e in quello sguardo il commissario riconobbe la paura del carcere che aveva già visto tante altre volte sulle facce di gente normale finita per caso dentro un vortice di follia.

«Con un bravo avvocato non ne avrà per molto», cercò di rassicurarlo. «Però le conviene raccontare tutto al magistrato.»

Cremonini abbassò gli occhi in segno di resa.

«È importante che lei risponda, capisce?» alzò leggermente la voce Soneri per scuoterlo.

L'uomo rialzò allora lo sguardo e sembrò aspettare con disponibilità.

«Mercoledì sera, tra le 22.30 e le 23, dov'era?»

«In Sardegna», sussurrò.

«Può provarlo?»

«Ho i biglietti aerei. Mercoledì ero a Cagliari, a cena con Ascanio Garau, un grossista a cui ho cercato di vendere una quota della mia attività. Se vuole può chiamarlo.»

«E quando è tornato?»

«Venerdì, nel pomeriggio.»

«E gliel'ha vendute le quote?»

«No, quel porco mi dava una miseria. Se fiutano che sei in difficoltà cercano di scannarti.»

«È vero che chiedeva centomila euro alla Pezzani?»

Cremonini alzò le spalle: «Tanto lo sapevo che non mi avrebbe dato un centesimo».

Soneri trattenne un gesto di stizza che sfogò poco dopo scattando fuori dalla stanza. Si calmò quando sedette alla scrivania del suo ufficio osservando il sole pallido sparire dietro la nebbia fluttuante sopra la città che lo riduceva a un innocuo disco bianco come una luna diurna. Quindi i suoi pensieri si appannarono allo stesso modo e tutto scivolò definitivamente nel buio. Quando riaprì gli occhi, ritrovò lo stesso buio, ma stavolta fuori, mentre nell'ufficio tutto gli parve abbacinante.

«Juvara, ho dormito?» domandò stranito.

«Solo un po', dottore», minimizzò l'altro, ma dal suo imbarazzo si vedeva che mentiva.

Soneri batté una mano sulla scrivania con stizza. «Perché non mi hai svegliato?» protestò.

«Si capiva che era molto stanco e doveva riposare», allargò le braccia l'ispettore, che poi si avvicinò e gli porse una busta. «Dia un'occhiata: s'è rifatto vivo», disse.

Il commissario l'aprì e trovò il solito foglio a quadretti con incollate delle lettere ritagliate da un giornale: *Vi verrà la nausea a forza di girare*. Lui aveva davvero la nausea, ma per via dello stomaco vuoto.

«Spiritoso...» commentò. Poi voltò il foglio e lo guardò in trasparenza contro la lampada del tavolo. Le lettere erano quelle di un titolo di giornale e contenevano spezzoni di testo sul retro.

«Consegna questo foglio a Nanetti», ordinò a Juvara.

Quindi chiamò subito il capo della Scientifica.

«Fammi un favore», esordì, «guarda urgentemente il messaggio che sto per mandarti e cerca di capire se è possibile risalire alla testata da cui hanno preso le lettere.»

«La solita sfida?»

«Sì, ha una gran voglia di giocare.»

«Si dà il caso che avrei da fare...»

«È urgente», protestò il commissario.

«Collega, non prendo ordini da te, è chiaro? L'urgenza si paga.»

«Stasera al *Milord*, va bene?»

«È un buon incentivo.»

Si sentiva stordito e per snebbiare il cervello uscì in corridoio e arrivò alla macchinetta del caffè. Vide Juvara tornare dall'ufficio di Nanetti, il viavai degli agenti e si sentì in preda a una sorta di disagio. Cercò di riprendere le fila dell'indagine, ma venne interrotto dal telefonino.

«L'ho cercata più volte nel pomeriggio», cominciò Coriani. «Il suo ispettore mi ha riferito che era occupato.»

«Ho fatto un paio di accertamenti», rispose vago Soneri.

«Come intende procedere? Le confesso che sono molto confuso», disse il magistrato.

«Nemmeno io ho le idee chiare.»

«Mi ha già spiegato che non vede Cremonini nelle vesti di assassino... E anch'io non ne sono molto convinto. E quella precedente ferita sulla schiena? Cosa ne pensa?»

«Con quella Cremonini non c'entra: era in Sardegna.»

«Questo cambia ancora le cose», constatò Coriani.

«La Pezzani mi ha raccontato che Boselli è stato aggredito dopo che qualcuno gli aveva dato appuntamento chiamandolo al cellulare», spiegò il commissario. «Ma chi l'ha assalito non era la stessa persona. Capisce il casino? È probabile che sia stata una trappola, ma così mal congegnata da far pensare anche a un assalto casuale: il posto è frequentato da tossici.»

«È una storia che non segue un filo logico», brontolò il magistrato, «e se c'è si spezza di continuo.»

«Sono le indagini più difficili», confermò il commissario. «Quelle dove non c'è uno schema meditato a far da traccia. Dove predominano le passioni. È in casi del genere che bisogna seguire l'istinto», lo avvertì Soneri.

«Va be', ma non trascuriamo gli strumenti tradizionali», si raccomandò Coriani. «E poi», aggiunse, «forse siamo noi che non riusciamo a capire qual è il filo logico, ma ciò non esclude che ci sia.»

Il commissario trattenne l'insofferenza per il tono professorale del magistrato. Non riusciva a sopportare chi saliva in cattedra. «Aspetto l'esame del tabulato del telefonino di Boselli e altri accertamenti che ho chiesto alla Scientifica. Il nostro uomo si diverte a sfidarci», lo informò.

«Oggi Capuozzo ha tenuto una conferenza stampa», cambiò discorso l'altro. «Temo che abbia calcato molto la mano su Cremonini spingendosi troppo in là in congetture accusatorie. E anche alla luce di quel che abbiamo appena detto mi sembrano inopportune.»

«Chi lo tiene quello! Ma i giornali nascono al mattino e

muoiono alla sera», si consolò Soneri. «Il fatto è che il questore è un ingenuo», aggiunse.

«Un ingenuo?» mormorò il magistrato leggermente allarmato.

«Come le ho detto prima, ci sono indagini che non si risolvono con la logica», spiegò il commissario. «Invece Capuozzo è vittima del vecchio pregiudizio delle scuole di polizia secondo cui i fatti sono sempre una catena consequenziale che scaturisce da un movente e mira a uno scopo. Si pensa sempre al progetto di un delitto, alla pianificazione della morte e per questo ci attrezziamo con tutte le nostre congetture ragionevoli. Ma l'agire è spesso irriflessivo o addirittura casuale, ed è allora che ci spiazza. Non ce ne facciamo niente della nostra razionalità: bisogna inoltrarsi nel ginepraio delle passioni e tentare d'indovinare la strada d'istinto.»

In quel momento Soneri si accorse che Juvara gli stava facendo dei cenni con una certa urgenza. Il commissario chiese scusa e infilò in tasca il cellulare. «Cosa c'è?» domandò infastidito.

«Dottore, hanno preso il tipo che ha accoltellato Boselli in Cittadella: è un tossico che spaccia, una vecchia conoscenza. Aveva pure un coltello in tasca. Ha confessato alcuni colpi e i colleghi sono certi che sia lo stesso dell'aggressione davanti al parco.»

Soneri annuì e riprese a parlare con Coriani.

«Gli uomini delle volanti hanno fermato quello che è saltato addosso a Boselli davanti alla Cittadella: un balordo», annunciò. «Questa è la dimostrazione dei discorsi che abbiamo appena fatto.»

«Invece mi pare che i fatti reggano anche l'ipotesi della premeditazione», ribatté Coriani. «Poco fa mi ha riferito che qualcuno l'aveva attirato lì con una telefonata. E che la voce era diversa da quella dell'accoltellatore. È possibile che questo abbia assoldato quel tizio per pochi spiccioli: in crisi di astinenza i tossici farebbero di tutto per un po' di roba. Può essere benissimo un piano prestabilito.»

«Lei pensa che per far fuori Boselli uno si serva di un sicario così sgangherato? E non consideri gli orari delle ronde dei metronotte? Non regge», concluse il commissario.

«Spero che si riesca a chiarire. Bisogna lavorare, lavorare molto», tirò le fila il magistrato a mo' di predicozzo.

«Lei è giovane», replicò con pazienza Soneri, «col tempo si accorgerà che tutte le vicende, anche dopo essere state risolte, conservano sempre molti lati bui che alla fine risulta inutile tentare di illuminare. E quell'oscurità ce la portiamo dietro, diventa parte di noi.»

«Non sia esoterico, commissario», rise con un certo fastidio Coriani salutando.

Soneri non ribatté: sapeva che era inutile e che solo gli anni avrebbero mostrato al magistrato lo spessore consistente dell'irrisolto.

«Juvara, a che punto è l'analisi del tabulato telefonico di Boselli?» chiese poi.

«Il gestore non ci ha ancora consegnato il materiale. Ho sollecitato più volte.»

Stava per imprecare, ma si fermò. Nell'oscurità del cortile vide sbucare una figura oscillante avvolta in una specie di tabarro da cui spuntava una tunica bianca. Quando fu quasi sotto le finestre, riconobbe suor Donata. Si alzò e le andò incontro aprendo la porta a vetri in fondo al corridoio della Mobile.

«Cercavo lei», disse la suora, che lo seguì in silenzio tra le occhiate incuriosite dei poliziotti. Entrando in ufficio, si tolse il mantello, si sedette e lo fissò intensamente. Il commissario ne fu un po' imbarazzato.

«Mi dica...» fece lui per stornare quello sguardo.

«L'ultima volta che ci siamo visti», cominciò suor Donata, «non le ho detto tutto.»

«Cosa non ha detto?»

«C'era qualcosa che premeva molto a Boselli e che non mi aveva ancora spiegato bene. Qualcosa che sarebbe dovuta accadere o che lui doveva affrontare, non so.»

«Messa così non credo possa servire granché», obiettò il commissario.

«Lo so», ammise la suora, «ma ho avuto l'impressione che fosse un fatto estremamente importante. Parlava di riallacciare dei rapporti, di sanare qualcosa rimasto in sospeso nel passato.»

«E non ha capito se si riferiva a una persona, a un gruppo o a una vicenda?»

«No, non l'ho capito. Ma doveva avere a che fare coi giovani. Mostrava sempre una grande urgenza di parlare coi ragazzi. Diceva che non eravamo stati in grado di trasmettere loro niente della nostra esperienza, che c'era un taglio netto e che avrebbero dovuto ricominciare da capo commettendo gli stessi errori. Ripeteva che se i giovani non avevano memoria, la colpa era tutta nostra. Io gli obiettavo che non era del tutto vero, che noi religiosi tentavamo di comunicare il più possibile dei valori, ma lui rispondeva che noi, suore, preti, clero, non contavamo più niente perché non avevamo nessun potere sulle menti dei giovani. Invece lui si sentiva colpevole e avrebbe voluto rimediare. Ecco quella che era la sua ossessione: rimediare a qualcosa al più presto. Ma non so a cosa.»

«Nemmeno lo immagina?»

«Doveva essere un problema che riguardava molto da vicino la sua persona. Col tempo me l'avrebbe detto, ma se n'è andato prima.»

«Forse c'entrava suo figlio?» azzardò il commissario.

«Con suo figlio stava spesso e parlavano per ore», riprese suor Donata. «Litigavano anche. Sa che la pensavano in modo molto diverso, vero? Elmo non condivideva, ma lo consolava il fatto che il ragazzo avesse comunque in testa alcune idee in cui credere. Mi diceva che non importava se erano cose che quelli come lui avevano sempre combattuto. L'importante è che credesse in qualcosa. Il pericolo, insisteva, non è tanto che i ragazzi siano fascisti, ma che abbiano il vuoto dentro e siano senza memoria. Spesso sono fascisti, diceva, proprio perché sono vuoti. Provava tardivamente l'urgenza di comunicare, raccontare. Certe volte mi ricordava il fervore dei missionari che partono verso Paesi lontani scomparendo per sempre. Aveva la pazienza della saggezza. Di fronte al figlio che controbatteva rabbiosamente, lui non si scomponeva mai. Mi confidava che la furia passa col tempo, poi mi scuoteva leggermente la spalla e sorridendo complice, alludendo all'età, mi diceva che noi lo sapevamo bene.»

«Forse doveva confessare a suo figlio qualcosa che gli costava dire?» azzardò ancora Soneri.

«Chi lo sa?» mormorò suor Donata. «Le ho raccontato queste cose perché da quando ci siamo visti ne sentivo il bisogno. Il giorno che lei è venuto a trovarmi ho taciuto per una specie di pudore, ma istintivamente sentivo che quell'uomo aveva un'urgenza. Forse non ha nessuna importanza», scosse la testa la donna, «però le motivazioni sono così vive dentro di noi... Sono quelle che ci muovono nel bene e nel male.»

«Vero», confermò il commissario pensando a tutto quello che aveva appena sentito.

Silenziosamente, suor Donata si alzò, si rimise il mantello e porse al commissario la sua piccola mano ruvida.

«Prego sempre per Elmo», mormorò, «malgrado tutto, era un uomo che aveva buone intenzioni.»

Soneri restò a guardare la sua minuscola figura sparire nel cortile nebbioso e una malinconia angosciosa lo invase. Dopo qualche istante sentì il bisogno di telefonare ad Angela.

«Quando arrivi?» chiese immediatamente lei.

«Domani», rispose il commissario. «Non so a che ora.»

«Pensavo fossi già in viaggio», soggiunse delusa.

«Qui c'è il nebbione. E poi devo una cena a Nanetti.»

«Hai un motivo molto valido per startene a Parma», fece lei ironica. «Dovendo decidere tra una serata con me e una con Nanetti, preferisci il tuo amico. Non c'è donna al mondo che non la considererebbe un'offesa.»

«Non è solo per quello», si difese Soneri. «Aspetto gli esiti del tabulato telefonico di Boselli, quelli di un esame che ho chiesto alla Scientifica...»

«Peccato, qui è una serata splendida. Il cielo è terso, c'è un filo di luna e non fa nemmeno tanto freddo...»

Il commissario guardò il muro di vapore fuori dalla finestra e faticò a immaginare che a un'ora e mezzo d'auto esistesse un mondo limpido e tiepido.

«Hai notizie di come sta Filippo?» domandò.

«Ha ripreso a parlare. C'è mancato un pelo che l'asfissia non lo rendesse scemo.»

«La tua amica Carla cosa pensa di 'sto incidente?»

«Girano strane voci», spiegò Angela. «Anche per questo credo che sarebbe opportuno tu venissi qui.»

«Che voci?»

«Che non si tratterebbe di un incidente. Non ti pare una dinamica molto strana?»

«Ballero mi ha detto che è plausibile.»

«Ma sì, plausibile può esserlo...» considerò lei scettica. «Ma dimmi quante probabilità ci sono che sia andata davvero come l'hanno raccontata?»

«Succedono cose anche più complicate», rifletté Soneri, «cose che non avresti mai creduto possibili.»

«D'accordo, ma perché non pensare alla soluzione più probabile?»

«E quale sarebbe?»

«Perdio, sei un commissario o no? Se trovi uno con una ferita semicircolare al collo, per giunta proprio sopra il pomo d'Adamo, e dei graffi profondi dietro, cosa pensi? Che abbia sbattuto contro un filo di ferro teso o che ci abbia infilato il collo dentro?»

«Dici che può aver tentato... Come il suo amico Oliescu?»

«Non lo so, ma me lo chiederei. Penserei che è una possibilità. E poi, sentite 'ste voci...»

Soneri mugugnò e cominciò a bollire come un soffritto.

«Chi assiste il ragazzo?»

«Il padre. Non lo molla un momento e tiene lontano tutti. Ha tentato di cacciare via persino Ballero che gli ha notificato l'avviso di reato per non essersi presentato a firmare.»

«Credo che dovrò parlare soprattutto con lui», mormorò il commissario.

«Perché soprattutto con lui?»

«Ho idea che abbia molte cose da raccontare.»

21

Verso le sette, Soneri stava ancora seduto immobile alla scrivania senza dare segni di irrequietezza. Juvara lo osservava stupito e diffidente verso quell'inconsueta inerzia. Il commissario vide spegnersi una dopo l'altra le luci alle finestre dei piani superiori, dov'erano gli uffici del questore, e il cortile interno oscurarsi a poco a poco. Ebbe l'impressione che quel buio avanzasse anche dentro di lui come un cattivo presentimento. Poi la porta si aprì di scatto ed entrò Musumeci col tabulato. Soneri sfogliò quella fitta serie di numeri, date, orari e durata delle chiamate, ma naufragò fra le righe spazientendosi. Allora seguì l'ordine cronologico scorrendo i fogli finché arrivò alla notte del mercoledì precedente l'assassinio e individuò la chiamata delle 22.07, quella che aveva attirato Boselli in Cittadella. La sottolineò con la matita e ordinò: «Voglio sapere di chi è questo telefono».

Solo allora si alzò barcollando leggermente per la spossatezza. «Guardate bene anche il resto, poi ci aggiorniamo. Intanto io sento cos'ha da dirmi Nanetti.»

Quindi s'infilò il cappotto e uscì rigirandosi in bocca il sigaro spento.

Camminare nel freddo tra le vie sgombre all'ora di cena gli fece bene. Gli sembrò di tornare a possedere un peso dopo aver attraversato una bolla di vuoto e, coi piedi di nuovo per terra, ricominciò a riflettere. Sentiva che quella sera qualcosa sarebbe cambiato. Magari di un niente, ma sufficiente a suggerirgli la strada da prendere. Pensò a tutto questo fendendo la nebbia che si abbatteva contro le case frangendosi in vortici come mulinelli d'acqua. Doveva decidere se restare in città o spostarsi al di là dei monti. Spesso, per vedere meglio, occorreva allontanare le cose come fanno i presbiti.

Nanetti era già seduto al *Milord* con davanti un piatto irto di stuzzicadenti conficcati in scaglie di grana e piccoli assaggi di salumi.

«Stai già disboscando?» domandò ironico il commissario.

«E tu stai diventando inappetente? Un po' di anni fa saresti arrivato prima di me», considerò il collega.

Soneri osservò con un certo disprezzo quel piatto da degustazione dozzinale che gli rinnovava l'antipatia per i bar fighetti dove la vecchia tradizione parmigiana del bianchetto di Malvasia si era trasformata in ridicoli happy hour senza più gusto né vera convivialità.

«Cos'è 'sta roba?» si meravigliò Soneri rivolto ad Alceste.

«È per i turisti», si scusò lui. «Era sul banco e l'ha voluta...» allargò le braccia accennando con lo sguardo a Nanetti.

«Lo vedi che non sei più quello di una volta?» riprese il collega. «Arrivi tardi e non fai altro che brontolare. Mangia, piuttosto.»

«Solo perché sennò va buttata via», mugugnò il commissario.

Nel giro di pochi minuti restò solo un mucchietto di stecchini. «Adesso passiamo a qualcosa di serio», disse Soneri appena l'oste si ripresentò.

Il tempo era da anolini in brodo e da trippa e loro furono fedeli alla tradizione. A un certo punto Nanetti annunciò: «Non è stato difficile capire da dove venivano quelle lettere di giornale».

«Aspettavo proprio che me ne parlassi. Anche per dare respiro alle tue ganasce», approvò il commissario. «Che giornale è?»

«*Il Secolo XIX*», grugnì il collega guardandolo storto.

Di colpo comprese che quel niente tanto atteso era arrivato.

«Da cosa l'hai capito?»

«Chi le ha ritagliate è stato molto ingenuo: un paio le ha prese dal titolo alto della seconda pagina e dietro sono rimaste alcune parole della gerenza.»

«Cos'è la gerenza?»

«Nemmeno io lo sapevo: è quella parte di giornale, spesso sotto la testata, che ti dice chi è il direttore, dov'è la redazione... Hai presente?»

«Ah, sì...» confermò Soneri.

«Ecco, dietro quelle lettere c'erano parole che potevano essere solo nella gerenza del *Secolo XIX*. Non c'è voluto molto a capirlo», spiegò Nanetti.

Nella testa di Soneri balenavano immagini della Liguria che aveva fugacemente conosciuto in quei giorni. E al centro di quello scenario l'ex compagna di Boselli, il figlio, Oliescu, Cassinari e persino Ballero, dritto, ispido e rigido come un ginepro.

«Allora? Cosa ne pensi?» lo incalzò il collega cercando di scuoterlo da quella apatia meditabonda.

«Che devo partire», rispose trasognato Soneri.

«Detta così pare che tu debba imbarcarti per un altro continente. La Spezia è a un centinaio di chilometri.»

«Non è la distanza che conta, è il nostro stato d'animo che muta col mutare del luogo», replicò il commissario. «E dall'altra parte dei monti anche questa storia cambia prospettiva, come se fosse raccontata da due persone differenti.»

Nanetti lo fissò annuendo con l'aria di chi ha capito. «Quando parti?»

«Domattina.»

«Anch'io farei lo stesso. Ovviamente a naso, mica ho in mano niente. Tu ne saprai di più.»

«Nemmeno io ho in mano niente», constatò sorridendo amaro Soneri. «Ma quello che mi hai appena detto mi ha convinto. C'è così poco in questa storia che basta un niente per farti decidere per un verso o per l'altro.»

Alceste arrivò con la zuppiera fumante di anolini. Li travasò col mestolo nelle fondine non prima di aver chiesto: «Con poco brodo o ben bagnati?»

Il commissario amava gli anolini fitti e se li fece servire piuttosto asciutti, mentre Nanetti li preferiva che nuotassero. Sul grana, invece, c'era accordo pieno nel metterne fino a farne una crosta galleggiante.

«Secondo te chi è che manda 'ste lettere?» domandò Soneri.

«Non è certo un delinquente scafato», rispose Nanetti. «Chiunque sa benissimo che non deve far sapere da dove le ha prese. Questo è un bel coglione.»

«Anche a me pare così», convenne Soneri. «Uno che fa dei pasticci.»

Gli anolini erano memorabili. Il ripieno risaltava per il grana stravecchio di cui era impregnato e grazie al brodo nel quale era stato imbevuto il pangrattato dell'impasto. Ogni volta che il commissario ne metteva in bocca uno sentiva la pasta leggermente dura aprirsi e liberare quella miscela di sapori che aveva imparato a conoscere fin da bambino e che rappresentava una delle poche continuità della sua vita.

«Che consolazione!» esclamò scegliendo gli anolini a uno a uno.

«Se non ti ci portassi io, ogni tanto...» borbottò Nanetti alludendo al *Milord*. «Ti mancherà quando sarai in Liguria.»

«Mica voglio stabilirmi lì», ribatté Soneri. «Noi terragni non resistiamo più di una settimana. Dopo un po' abbiamo bisogno di orizzonti piatti e di respirare la nebbia.»

A quel punto squillò il suo cellulare e Nanetti s'arrabbiò:

«E no, eh! Stavolta non mi freghi. Non si va via dopo il primo nemmeno se s'è suicidato Capuozzo nell'ufficio del sindaco».

Soneri rispose leggermente scocciato.

«Dottore, sono Juvara.»

«Dimmi...» lo sollecitò con la bocca piena.

«Abbiamo trovato a chi appartiene il telefono che ha chiamato Boselli alle 22.07 di mercoledì.»

«Chi è?» tagliò corto Soneri.

«Oliescu», rispose l'ispettore. «Il numero corrisponde a una scheda intestata a lui.»

Quasi lasciò cadere il cucchiaio dentro la pozza di brodo al centro della fondina. Ripensò alla descrizione dei due sospetti in via delle Rimembranze fatta dal vecchio geometra, alla Renault trovata parcheggiata in piazzale Volta e a quel ragazzo che penzolava dentro il cantiere dell'ex hotel *Milano*. Una folla di pensieri che trottava disordinatamente in tondo come una mandria spaventata.

«Risultano altre telefonate con quel numero?» domandò.

«No. È l'unica.»

«Domani continuate a lavorare sul tabulato. Voglio sapere con chi ha parlato negli ultimi tempi.»

Juvara mugugnò un assenso e si accomiatò, mentre Soneri si ributtava su quel che restava degli anolini.

«Ad attirare Boselli nell'agguato davanti alla Cittadella pare sia stato quel rumeno che s'è impiccato», annunciò poi all'amico.

«Sei proprio sicuro che si sia trattato di un agguato? Considerando l'aggressore, un tossico scoppiato che ne combina di tutti i colori...» insinuò Nanetti.

«Sì, è una cosa molto ambigua», ammise il commissario. «Il tossico potrebbe essere un'interferenza, un incidente.»

«Potrebbe», considerò l'altro. «O forse no. Forse qualcuno gli ha chiesto di dare una lezione a Boselli in cambio di un paio di dosi.»

Soneri sentì il profumo della trippa appena Alceste uscì dalla cucina e si girò ancora prima che arrivasse da loro.

«Che segugio!» lo prese in giro Nanetti. «È col naso che risolvi i casi?»

«Proprio così», confermò serio il commissario. E solo dopo qualche istante si accorse di quanto fosse vera quell'affermazione fatta soprappensiero. «Sai che cos'ha detto Capuozzo nella conferenza stampa?» domandò poi.

«Uno dei miei mi ha riferito che ha menato il can per l'aia ricordando almeno una dozzina di volte che si tratta di un'inchiesta molto difficile, ma da marpione ha lasciato trapelare che le indagini puntano molto su Cremonini. In fondo, tra i possibili indiziati, è l'unico con un movente molto forte per ammazzare Boselli.»

«È vero, ma non mi convince», replicò Soneri con la bocca piena. La trippa, invece, lo convinceva appieno.

«Tu non sei mai convinto di niente...»

«La realtà è molto ambigua e per questo è pericoloso essere sicuri.»

Nanetti scoppiò a ridere per quel bisticcio di senso: «Se raccogliessi tutti i tuoi paradossi potrei farci un libretto: 'Breviario di un commissario dubbioso'. Come ti pare il titolo?»

«Tutto ciò che è umano, nel suo complesso, non è né lineare né razionale», ribadì serio Soneri.

«Anche questa me la segno», ghignò il collega che poi, non vedendo nessuna reazione da parte del commissario, aggiunse: «Dai, scherzo. Lo so bene che è così: sai quante minchiate che facciamo e quanto ci lasciamo coinvolgere da sentimenti o passioni sciocche...»

«Appunto», riprese Soneri. «In questo caso dev'essere successa una cosa del genere.»

«Forse il movente è un fatto molto privato», ipotizzò Nanetti.

«Chissà...» mormorò il commissario. «Sarebbe davvero

beffardo per uno come Boselli che considerava il privato pubblico.»

«Ma tu credi a queste cazzate? Non ci credevano nemmeno loro mentre le dicevano», affermò sprezzante il collega.

«Il Sessantotto in questo Paese è stata una sterile ribellione tardo adolescenziale contro il mondo dei padri. Il vero scrollone l'hanno dato gli operai un anno dopo», dichiarò Soneri. «Ma questo c'entra poco con la nostra storia. Qui, più che di privato, sento puzza di un'intimità vergognosa e forse inconfessabile.»

«Cosa te lo fa pensare?»

«L'inconsistenza delle altre ipotesi, solo quello.»

«È un po' poco», scrollò il capo Nanetti.

«Anche alcune stranezze.»

«Tipo?»

«Le ingenuità come quella che mi hai appena riferito», replicò il commissario. «Quando uno agisce d'impulso è facile che poi continui ed è allora che si tradisce. Ci vuole pazienza con storie così, come a pesca.»

«E hai deciso di andare a pescare in mare?» chiese il collega.

«Mi hai convinto tu stasera. E anche uno strano incidente...»

«Gli incidenti svelano sempre qualcosa. Rompono l'ipocrisia dell'apparenza. Cos'è successo?»

«Filippo, il figlio della Motti, ha una ferita semicircolare al collo e il padre ha riferito che il ragazzo è finito contro un filo di zinco della vigna. Ma ha dei graffi anche dietro e ci sono chiacchiere sul fatto che non sia andata così.»

«E come sarebbe andata, allora?»

«Tentato suicidio.»

«Merda! Col filo di ferro, se il salto è alto, si tagliano la gola fino all'osso del collo», spiegò Nanetti.

«Non è il suo caso. Si salverà, ma ha rischiato l'asfissia.»

«Allora è per quello che vai. Non c'entrano le lettere», insinuò il collega.

«C'entrano, c'entrano», lo rassicurò Soneri terminando la trippa e sbarazzandosi del piatto. Poi si versò un bicchiere di Bonarda e lo bevve in poche sorsate. Si sentiva lucido, euforico e al tempo stesso appagato. Tutto gli sembrava più facile. Avrebbe voluto trattenere quello stato di grazia, ma conosceva la disillusione dei risvegli nel buio del mattino con davanti un intero giorno da attraversare.

Allora si alzò. «Vado a letto», annunciò.

Nanetti, che lo conosceva, non gli credette e si limitò a sorridere: «Fa' pure, basta che paghi il conto».

Appena fuori dal *Milord*, Soneri si accese il sigaro e iniziò a camminare nella città deserta dove ogni tanto si levava tra le case l'urlo straziante di un ubriaco. Parma gli appariva come una quinta fantastica dove il tempo si sovrapponeva, il passato e il presente, e ogni angolo era un mucchietto di suggestioni entro le quali si dibatteva la sua personale commedia. Molti anni prima gli pareva di vivere nel disordine vitale di una città adolescente, mentre adesso si affacciava sempre più frequente l'angoscia dello sfacelo accuratamente celato nell'eleganza fredda dei palazzi e nei cortili vuoti delle periferie. Nemmeno l'Oltretorrente, ormai popolato dal nuovo proletariato di immigrati, una legione straniera in perenne, brutale, contrasto, cancellò quell'impressione di dolce decadenza. Fu a quel punto che il suo cammino lo portò in piazzale Picelli.

Dal *Pàcio* Castellazzi e Gotti stavano più che a casa. Ruminavano politica d'antan abbarbicati al loro tempo, sopravvissuti infelici.

«Le nostre indagini sono finite», annunciò il primo.

«Le mie no», replicò Soneri. «E quali sono le conclusioni?»

«Che i compagni non c'entrano niente.»

«Avete già chiuso la pratica, quindi.»

«Quando dico compagni», precisò Castellazzi, «intendo quelli che sono rimasti fedeli. Dei venduti non so niente, per noi è roba sua.»

«Vi siete limitati a Maselli?»

«Non ci sottovaluti», intervenne Gotti. «Maselli non sta ancora bene e penso che stavolta ne abbia per un po'. Se le diciamo che la politica non c'entra, almeno la nostra, deve crederci.»

«E del fatto di Cremonini cosa sapete?»

«Uno schifoso!» ringhiò Gotti con disprezzo. «Stava col partito solo per succhiarci il sangue, quel pidocchio! Se non fosse uno sfigato avrei dei sospetti su di lui.»

Castellazzi fece cenno al Pàcio di portare da bere e anche Soneri accettò. Di tanto in tanto gli arrivava addosso il fiato dei due già greve di vino. Avevano gli occhi acquosi e stanchi di chi, col bicchiere, rivive ogni sera sogni lontani. Cominciò a provare disagio e una certa pena. Soli, sconfitti e senza eredi, gli sembrarono anime perdute. Mentre beveva assieme a loro nel più fiacco dei brindisi, pensò che erano i primi, dopo tanto crescere, a lasciare agli altri un mondo dove si sarebbe stati peggio.

Restarono in silenzio finché la bottiglia finì. Il Lambrusco liberava dentro di loro reazioni differenti. Soneri pensava alla partenza, a quel che avrebbe trovato a Levanto, gli altri, all'apparenza, non si muovevano nemmeno col pensiero.

«Cerchi altrove, commissario», suggerì infine Castellazzi. «È inutile che frughi tra noi.»

L'uomo gli parve sincero, pieno di disarmata franchezza. Si guardò intorno, si soffermò sulle immagini cariche di storia alle pareti e fu travolto dal vociare, dalle bestemmie e dalle imprecazioni. Malgrado il vino, l'euforia di prima s'era dissolta. Allora si alzò, pagò la bevuta e uscì scivolando in silenzio accanto ad altri solitari clienti persi in un deliquio alcolico e immobili come relitti incagliati in qualche cattivo pensiero.

Percorse velocemente la strada fino a casa senza guardare in giro. Prima di andare a letto mandò un messaggio ad Angela col telefonino: «Arrivo domattina».

22

Coriani aveva ragione. I giornali, forzando le dichiarazioni di Capuozzo, si erano spinti a definire Cremonini «il presunto assassino». Quasi tutti ospitavano un commento poco lusinghiero su Boselli, bollato con disprezzo «il Guevara affarista» o più esplicitamente «il truffatore rosso». La destra ci era andata di vanga nel fare a fette quanto restava della reputazione del leader della contestazione cittadina. La vergogna post mortem sembrava definitiva anche nei titoli di prima pagina: «Una sordida storia di soldi alla base dell'omicidio Boselli», titolava il giornale più diffuso.

Capuozzo, con stolida ingenuità e una buona dose di perfidia nei confronti di una parte politica che non amava, aveva replicato l'omicidio distruggendo l'immagine di un uomo per il quale nessuno avrebbe mai più speso una parola in difesa. Nemmeno una sinistra balbettante, per cui Boselli era un «extraparlamentare che nulla aveva a che fare col partito». Nemmeno il figlio, stretto tra l'affetto umano e la condanna politica, che, per ironia, alcune pagine più avanti, compariva quale nuovo segretario di un circolo di estrema destra.

Soneri richiuse i giornali e li buttò sul sedile a fianco immaginando i commenti sarcastici di Borriani e della numerosa congrega di fascisti che abitava la questura. Partire, dopo quello che aveva letto, gli dava sollievo. Così viaggiò nel silenzio del primo mattino ancora identico alla notte. Uscì dalla città, imboccò via Spezia e finalmente si sentì liberato mentre correva verso l'Appennino tra due file di platani bianchi di galaverna. A Fornovo cominciò a far chiaro e l'aria densa divenne inquieta, vorticando tra cielo e terra. Pochi chilometri dopo, il sipario di nebbia si levò di colpo sull'alba invernale lasciandolo stupefatto: i colli innevati lambiti dal sole basso luccicanti dell'iridescenza del cristallo, i monti con le loro ombre immobili, i valloni tagliati dai viadotti che attraversavano l'aria trasparente come un volo. E infine le gallerie del valico, fuga e rifugio verso una salvezza tiepida e accogliente. Da Pontremoli, scivolando al mare come per gravità, aveva incontrato gli olivi e a Santo Stefano il profumo salino dell'acqua senza scorgerla. Nemmeno viaggiando in direzione di Genova riuscì a vederla. Per un po' l'autostrada correva a mezza costa tra un rosario di gallerie e boschi di lecci come in un percorso alla macchia. Il mare e la sua vastità si mostrarono solo scendendo a Levanto dopo alcuni gomiti di strada e un paese dal nome di un poeta: Montale. Quando scese dall'auto, la luce lo fece barcollare. Angela gli andò incontro e lo guardò incuriosita. Quindi lo prese sottobraccio e lo trascinò dentro l'albergo. Al riparo dal luccichio abbacinante dell'acqua, il commissario cominciò a riprendersi. Dalla piccola finestra del soggiorno, guardava le onde sbattere pigramente sul molo e un gruppo di pescatori lavorare attorno a una barca. Gli sembrava che tutto avesse rallentato, come in un preavviso di sonno.

«Un brutto viaggio?» azzardò Angela.

«È sempre così quando vengo da queste parti», disse Soneri osservando assorto, coi sensi ovattati, quel mare dai movimenti placidi e la sua silenziosa potenza. Sentiva affiorare la solita inquietudine. «Mi sembra di aver fumato una canna», confessò, «sono intontito, ma finalmente ho capito perché qui provo disagio, curiosità e paura.»

«È già un bel risultato», osservò lei.

«Penso a tutti quei fondali.»

Angela lo guardò con ironico compatimento: «Stai per dirne una delle tue?»

«Ci dev'essere di tutto laggiù, le risposte a un mucchio di domande, ma l'acqua seppellisce più della terra. Non puoi scavarci dentro. E poi questi orizzonti profondi impauriscono noi bassaioli.»

«Sei il solito cerebrale. Un cacadubbi», tagliò corto Angela. Che poi virò sul concreto: «Fossi in te andrei a fondo sulla questione dell'incidente di quel ragazzo. Più passa il tempo più le voci si fanno insistenti... Mi hai capito?»

Il commissario annuì.

«Ti conviene andare a parlare con Filippo. Se è vero quello che dicono, dev'essere molto fragile e quindi parlerà», proseguì.

Soneri scosse la testa. «Andrò a Framura dal padre», annunciò. «Voglio rendermi conto del posto e sentire cos'ha da raccontarmi Cassinari. Chissà, magari riesco a sondare un fondale e a trovarci qualcosa.»

«E allora continua a lavorare sott'acqua», concluse lei indispettita. «Ci andrà Ballero e magari farà un pasticcio.»

«Non ci andrà. E se lo facesse, Filippo non gli direbbe niente.»

«Sei sicuro?»

«Lo sai che non lo sono mai. Mi hai appena dato del cacadubbi. Però a naso credo che sia così. Filippo è il tipo che capisce se di lui sai qualcosa e se sospetta che non hai niente in mano fa scena muta. Ma se trovi un varco, crolla. Per questo vado prima da suo padre.»

Angela aggrottò la fronte scettica. «Fa' come vuoi», commentò infine.

A quel punto il commissario si alzò come se quella frase fosse stata il colpo di sparo del via. Dopotutto, ciò che stava cominciando si poteva considerare una gara. Uscì, e prima di arrivare alla macchina lo sorprese il cellulare.

«Commissario», cominciò Juvara, «abbiamo verificato il contenuto del tabulato telefonico di Boselli.»

«Trovato qualcosa?»

«Poca roba, ma significativa.»

«Vieni al dunque!» lo esortò Soneri impaziente.

«Cinque telefonate di Cremonini della durata dai sei ai diciassette minuti», annunciò con entusiasmo.

«Va be'... Altro?» minimizzò il commissario.

«Sembrerebbe che fra i due, pochi giorni prima della morte...» insinuò l'ispettore. «Capuozzo stamattina era raggiante. Pensa di aver trovato un'altra prova a favore del movente dell'interesse.»

«Quelle chiamate non cambiano le cose», lo smentì Soneri. «E poi non sappiamo nemmeno cosa si sono detti. Con chi ha parlato Boselli oltre a Cremonini?»

«Sì, però...» tentò di obiettare Juvara, che tuttavia desistette subito appena sentì un mugugno minaccioso. «Conversazioni senza grande importanza», riprese. «Col figlio, con la Pezzani, con la ex moglie, con alcuni laboratori di sartoria. Solo un paio di telefonate non rientrano nel giro abituale di Boselli.»

«Quali?» domandò bruscamente il commissario.

«Due chiamate a un cellulare che è risultato appartenere a Oreste Cassinari.»

«Quando le ha fatte?»

«Il mercoledì e il giovedì precedenti la sua morte.»

«Durata?»

«La prima ventidue minuti, la seconda solo quattro.»

«Grazie, Juvara», si congedò Soneri. «Sei stato molto utile», concluse senza che l'ispettore capisse perché.

A quel punto salì in macchina e partì. Tutte le strade passavano a mezza costa in un continuo saliscendi ubriacante tra curve interrotte solo dall'irruzione improvvisa del mare o abbuiate da una galleria nel chiarore opaco da turno di notte. O ancora dalla penombra di frasche di pino che sapeva già un po' d'Alpe. Poi Framura, grumo di case nascosto in fuga dal mondo. Cassinari era al bar e non aveva una bella cera. Stava seduto al tavolino in solitudine con davanti una bottiglia di bianco e un bicchiere che quasi gli scompariva in mano. Senza parlare, il commissario gli si sedette di fronte e restò in attesa. Non voleva forzare, avrebbe lasciato che tutto fluisse e giungesse a una conclusione con naturalezza.

«Lei ha la faccia di un creditore», disse a un certo punto Cassinari insofferente.

«In un certo senso lo sono», ammise Soneri. «Ma come tanti creditori non posso costringerla a pagare. Posso solo suggerirle che le conviene.»

«È una minaccia? Mica ho fatto niente di male, io. Magari gli altri lo hanno fatto a me.»

«Gli altri chi?»

L'uomo, con un cenno di stizza, invitò a lasciar perdere. «Sto per diventare vecchio, ho perso una moglie e quando avevo ritrovato un equilibrio... Quando Filippo si era deciso...» Si interruppe deglutendo più volte. Poi alzò il bicchiere e buttò giù di colpo il vino.

Non doveva essere il primo che beveva. La bottiglia era meno di metà e la fissità del suo sguardo mostrava che l'alcol lo stava offuscando.

«Cos'è successo a Filippo?» chiese il commissario.

Oreste mosse appena lo sguardo girandosi. «Non gliel'ha detto il suo collega? Un incidente. Una cazzata d'incidente.»

«Non ci crede nessuno», replicò immediatamente Soneri. L'uomo sembrava soffrire per l'incalzare delle domande e nei suoi occhi chiari si manifestò un lampo di panico. «La gente non si fida più di niente...»

«L'amico di Filippo, il rumeno... Dicono che anche suo figlio...»

Cassinari scoppiò in una risata isterica: «Mio figlio! Non è mio figlio!» urlò pieno di rabbia ammutolendo prima di abbandonarsi a un pianto silenzioso. Il suo viso era una maschera cangiante di emozioni. Il commissario aspettò che si calmasse e che la sua espressione tornasse decifrabile.

«Cosa vuol dire che non è suo figlio?» sussurrò tranquillo.

«Che non lo è.» Di nuovo proruppe in un'altra improbabile risata e la sua faccia tornò un ghigno folle. «Mi è stato rubato tutto, non mi è rimasto niente. Nemmeno l'illusione di essere padre. O di sentirselo dire. Fa bene, sa? Quando non si ha che quello...»

«Di chi è figlio, quindi?»

«Di Boselli», mormorò Oreste con gli occhi bassi fissi sul tavolino.

«Lei lo sapeva fin dall'inizio?»

Cassinari annuì. «Quando mi sono messo con Alessandra, era già incinta. Me lo ha detto subito. Avrebbe voluto abortire, ma eravamo in un Paese straniero e povero, c'erano troppi rischi. Così l'abbiamo tenuto decidendo insieme di non raccontargli mai la verità. Alessandra, piangendo, ha scritto una lettera a Boselli chiedendogli di dimenticarla per sempre e senza informarlo della sua gravidanza. Però, lei non si è mai ripresa da quella rottura. Anche se eravamo giovani, anche se era arrivato Filippo, continuava a soffrire. E quella sofferenza, con gli anni, anziché sparire, si è approfondita fino a renderle insopportabile la vita. Poi si è aggiunta la fine di tutto quello in cui avevamo creduto e la consapevolezza che il nostro tempo era passato. Ci siamo ritrovati poveri e non abbiamo saputo offrire granché a Filippo. Di questo mi sento molto responsabile. Adesso stavo dandogli l'affetto...»

Oreste si versò un altro bicchiere e lo trangugiò d'un fiato come poco prima. Quei ricordi l'avevano come risvegliato, reso di colpo vigile.

«Gli avrei dato tutto quello che potevo, avrei tentato di

risarcirlo. Poca roba, mi rendo conto. Anche per lui molte porte si erano chiuse ormai», riprese in preda a una sorta di febbrile frenesia.

«Continuerà a stargli vicino...» si sentì in dovere di rassicurarlo il commissario.

«Non posso più!» urlò l'altro mentre due clienti si alzavano e uscivano in silenzio. «Adesso lui sa. Non immagina che pasticcio...»

«E chi gliel'ha detto?»

«Boselli. Mi ha spiegato che era in crisi, che desiderava cambiare... Che per questo avrebbe voluto riprendere i rapporti con Filippo. L'ho scongiurato di non farlo, l'ho avvertito che è un ragazzo fragile, ma lui era convinto che avrebbe capito. Diceva che aveva un peso sulla coscienza, che aveva saputo poco dopo essere tornato in Italia che quel bimbo era suo. Era stato un amico fidato a dirglielo. E poi i conti non tornavano, se n'erano accorti tutti: quando nacque Filippo, Alessandra stava con me da meno di sette mesi. Ma allora Elmo pensava ad altro. Possedeva anche la dispensa morale: quella lettera di addio sulla quale pure lui aveva pianto. Forse desiderava davvero rimediare ai suoi torti, o forse era solo un lurido egoista. Ma lei sa quanto male si può fare con le migliori intenzioni e quanto sia sciocco voler riprendersi il passato. Noi il passato l'abbiamo sprecato», ringhiò Oreste. «Ci siamo trastullati con le nostre seghe mentali, siamo stati irresponsabili verso tutto, da eterni ragazzi. Poi ti accorgi di cos'hai perso e ti restano solo pochi affetti, quelli che un po' di tempo prima disprezzavi. Ma adesso io li ho persi tutti.»

«Boselli ha quindi cercato Filippo?»

«Sì, una quindicina di giorni fa. 'Papà, mi ha telefonato un tizio di Parma che vuole parlarmi di cose personali', mi ha detto. Ho pensato a quel 'papà' e ho capito che sarebbe stata l'ultima volta che mi chiamava in quel modo.»

«Dove si sono visti?»

«Qui», accennò Cassinari indicando i tavoli vuoti davanti a sé.

«Com'è andata?»

«C'è mancato poco che Filippo lo picchiasse. Non ci voleva credere e si è sentito preso in giro. È un ragazzo instabile che ha rischiato di finir male più di una volta. Ha visto sua madre morire a poco a poco d'eroina e recentemente un amico andarsene dal mondo perché disperato. Mi diceva, come se fosse un avvertimento, che lui non era messo meglio.»

«Quindi non c'ha creduto? Lei poteva smentire Boselli e farlo facilmente passare per un mitomane, no?»

«Non c'è niente di peggio che insinuare il dubbio in una persona fragile. Filippo, pur diffidente, capiva che Boselli conosceva molti particolari su sua madre e su di lui e questo gli dava l'idea che ci fosse qualcosa di vero in ciò che raccontava. Poi quella casa in usufrutto...»

«È l'argomento che l'ha convinto?»

«Convinto no, ma è stata la cosa che ha reso verosimile la storia di Boselli. Filippo mi ha chiesto spesso il perché dell'usufrutto lasciato ad Alessandra e dell'assenza di quel padrone di casa che non si è mai fatto vedere nemmeno dopo che lei era morta. Gli abbiamo sempre detto che era un compagno, che capiva la nostra difficoltà, ma lui sembrava accettare quella spiegazione più per paura di approfondire che per vera convinzione. E quando Boselli gli ha rivelato tutto, i suoi sospetti hanno avuto conferma.»

«Ma cosa voleva Elmo da Filippo dopo tanto tempo?» domandò il commissario. «Prenderlo con sé come se fosse un bambino? Fargli conoscere il fratellastro? Sulla politica si intenderebbero.»

«Non lo so», scosse la testa Oreste rabbiosamente rassegnato. «Al telefono mi ha detto che voleva solo togliersi un peso, rimediare a una vigliaccata, chiedere perdono e aiutare Filippo. Non sopportava l'idea di avere due figli così diversi:

uno tra i padroni e uno tra i poveracci. Nell'ultima chiamata l'ho pregato di lasciar perdere. Che andasse a fare in culo con le sue smanie di mettersi a posto la coscienza. Ho urlato e lui, sempre pigolante, con la sua nuova voce da prete penitente, a ripetermi che Filippo avrebbe capito e mi avrebbe ringraziato di averlo cresciuto con affetto pur sapendo che non era mio figlio. L'ho odiato. E con lui ho odiato me stesso e tutti quelli come me che vedevo riflessi e riassunti in Boselli. Tanti bambocci parolai, egoisti e servili, capaci solo di rinnegare ogni cosa o pentirsi troppo tardi e in modo ridicolo. Abbiamo distrutto tutto quello che abbiamo toccato», concluse Cassinari fissando il commissario con un sussulto di rabbia impotente, «persino i nostri figli.»

Soneri pensò a com'era il mondo adesso e non poté dargli torto.

«Se sono fascisti è perché in fondo ci disprezzano», riprese l'uomo alludendo a Filippo e a quelli della sua età. «Non abbiamo mai avuto l'umiltà di trasmettere loro qualcosa, salvo la nostra immagine di perdenti e disillusi. Così hanno dovuto ricominciare da capo, dai loro istinti.»

«Cos'è successo dopo?» chiese il commissario.

«Filippo è venuto da me furioso. Non sapeva più chi fosse. Mi ha urlato addosso: 'Che cazzo avete fatto!' e per la prima volta ho visto davanti a me un uomo, non un figlio. Nel suo sguardo c'erano solo indifferenza e rabbia, nemmeno un briciolo di comprensione. Lo capivo. Ma io? Cosa dovevo dire io, azzerato più di lui, dopo aver perso anche l'illusione della paternità. Potevo confessargli che tutto era ormai basato su quella bugia che avrebbe dovuto restare sepolta per poi sparire quando saremmo morti io e Boselli? Mi ci ero attaccato come una vongola! E anche Filippo ci riposava dentro inconsapevole, ma finalmente più sereno.»

«Invece l'ha presa male...»

«S'è sentito trattato come un oggetto. Mi ha accusato di

non avergli detto niente, ma a sconvolgerlo è stata la perdita della sua identità senza aver più la possibilità di ricostruirla, tra un padre fasullo e uno vero che appare all'improvviso come una disgrazia o una vincita alla lotteria. Però troppo tardi per riuscire ad amarlo. Ecco, le ho spiegato tutto», terminò Cassinari stremato. «Adesso siamo soli al mondo e viviamo da estranei.»

«Questo fatto...» balbettò Soneri esitando, «l'incidente, vi riavvicinerà. Lei gli starà accanto e il ragazzo capirà che a contare non sono i geni, ma i legami vissuti.»

L'uomo scosse la testa scettico: «In realtà, non abbiamo vissuto tanto assieme. Filippo è cresciuto più con i miei che con me e Alessandra. La nostra assenza ha accompagnato la sua infanzia. Eravamo talmente impegnati che l'abbiamo perso per strada».

A quel punto Oreste sollevò lo sguardo verso il commissario come per implorare pietà. Quindi i suoi occhi divennero di vetro e poi colarono lentamente come un sudore di condensa.

«Se ne voleva andare...» mormorò con una voce strozzata da grumi di rimorso e pena.

Soneri lo lasciò sfogare per un po', finché il respiro cessò di gorgogliare. «Dov'è successo?»

«Lì, nella vigna.»

«L'ha salvato lei?»

«Non io, il caso.»

«Mi spieghi.»

«Il ramo dell'olivo a cui aveva attaccato il cappio s'è spezzato. Per fortuna Filippo è pesante.»

«Quanto tempo è passato prima che lo trovasse?»

«Poco. Lui non sapeva che io ero nel casotto degli attrezzi. Ho sentito il ramo schiantarsi di colpo e sono corso fuori. Era in terra e rantolava. Aveva il filo di zinco ancora al collo. Credo sia salito in piedi sul motocoltivatore e quand'è stato il momento ha dato un calcio alla leva del cambio facendola scattare in folle così il mezzo ha cominciato a muoversi lasciandolo senza appoggio. Pareva volesse offrirmi la possibilità, con pochi ritocchi, di allestire un messinscena e simulare un incidente. Fino all'ultimo ha voluto apparire un'ombra discreta. Un'apparizione fugace che nessuno ha preso sul serio.»

«E dopo? Cos'è successo dopo?»

«Mi sono sentito lucido, come molti anni prima negli scontri di piazza. Volevo a tutti i costi salvare la reputazione di Filippo allontanando da lui il sospetto di suicidio. Così l'ho portato subito in ospedale, poi sono tornato qui per mettere a posto le cose e rendere tutto verosimile. Lei sa che non c'è mai benevolenza verso chi tenta di ammazzarsi.»

«Girano comunque voci. Qualcuno l'ha vista?»

«Quelle ci sono sempre. È la cattiveria...»

«Le ha detto qualcosa Filippo, dopo?»

«No, e questa è la cosa più terribile. È muto, assente. Sembra che gli sia entrata in testa l'idea di essere morto, di non avere più niente a che fare con questo mondo. E visto come ci si è trovato, forse ha ragione.»

«Non c'è dell'altro?»

Cassinari scosse la testa: «Filippo avrebbe voluto che io gli raccontassi tutto. Ha sempre sofferto per il poco affetto che ha avuto, ma è stata questa bugia a farlo sentire indegno di rispetto e attenzione».

Soneri annuì e guardò Oreste. «Non è che ha combinato qualche altra cazzata?» chiese.

«Non le sembra che questa basti?»

23

Uscito dal bar, Soneri si diresse alla vigna. Nel sole, osservò la gradinata di terrazze parallele digradanti e gli parve impossibile che uno potesse suicidarsi lì di fronte al mare, dentro quella luce che accecava e invocava la vita. Pensò a quanto Filippo dovesse essere disperato e, riflettendo sulla sua vicenda, gli ritornarono in mente ancora una volta, in ordine sparso, i particolari dell'indagine: la Renault parcheggiata in piazzale Volta, la telefonata partita dal cellulare di Oliescu che aveva dato appuntamento a Boselli davanti alla Cittadella, la segnalazione del geometra in via delle Rimembranze, i mobili sfasciati nella casa di Moneglia, il biglietto del bus di La Spezia nel giardino dov'era avvenuto l'omicidio, le lettere del messaggio prese dal giornale di Genova… Tutto questo lo portava vicino a una conclusione per la quale, tuttavia, non possedeva una parvenza di prova.

Il racconto di Oreste l'aveva toccato nel profondo, ricordandogli quel senso di mancata paternità che ogni tanto continuava ad agitarlo. Per questo si sedette su un muretto a secco e da quella specie di balconata sul mare chiamò Angela.

«Va' da quel ragazzo», ribadì subito lei. «Se è arrivato al punto di farla finita, significa che non gliene frega più niente. Davanti alla morte si è nudi e sinceri. Va', prima che senta di nuovo la necessità di mentire come hanno fatto tutti gli altri con lui.»

Soneri fu ancora più scosso da quelle parole. Erano forti al punto da suggerire l'idea che Angela ci avesse pensato a lungo forse rasentando gli stati d'animo che descriveva. In preda a un insidioso allarme, salì in macchina e si diresse all'ospedale di Levanto.

Filippo Cassinari era seduto sul letto con la schiena appoggiata alla testiera e le gambe incrociate sotto come un capo indiano. Aveva il collo fasciato, una flebo al braccio e l'aspetto sciupato che lo faceva sembrare molto più vecchio. Quando il commissario si avvicinò, girò gli occhi e lo fissò con indifferenza.

«Sono il commissario Soneri della questura di Parma», si presentò.

L'altro continuò a fissarlo assente, forse sotto l'effetto di sedativi, e non replicò. Era il solo paziente in quella stanza a due letti. Dalle finestre entrava la luce del sole e tutto pareva calmo, assorto, immobile.

«Cosa vuole da me?» sussurrò improvvisamente Filippo.

«Capire», rispose Soneri anche lui a bassa voce.

L'altro scosse la testa, senza che fosse chiaro se lo faceva per negare qualcosa o per commiserarsi.

«Capire, per esempio, perché il suo amico rumeno s'è ucciso in quel modo», continuò Soneri tentando di avviare una conversazione che gli risultava penosa. Non sapeva perché era partito da Oliescu, ma l'intuito lo portava a prenderla alla larga. «Ancora non conosciamo le ragioni...» insisté.

«Si sentiva inutile», saltò su Filippo. «Non gli interessava più stare al mondo.»

«Per il lavoro? L'aveva perso, sarebbe diventato clandestino, lo so...»

L'altro alzò le spalle. «Per quello e per molto altro», disse.

«Cosa?» lo incalzò il commissario sempre sottovoce.

«Lei che farebbe se suo padre fosse sparito, sua madre morta, i suoi fratelli in giro non si sa dove... E se tutti la prendessero a calci e la facessero sentire come un cane con la scabbia? Il padrone che la licenzia, gli amici che l'accusano e la sbattono fuori dal gruppo, i parenti che fanno finta di non conoscerla...»

Adesso Cassinari era scosso a tratti da una leggera agitazione.

«Aveva lei come amico...» buttò lì il commissario.

«Non basta. E poi mica potevo tirarlo su più di tanto.» E scrollò di nuovo la testa.

«S'immaginava che si sarebbe impiccato?»

«Se me lo fossi immaginato avrei provato...» rispose Filippo lievemente irritato. «Era disperato. Non trovava un lavoro e l'idea di tornare in Romania in mezzo a quella miseria lo angosciava. Peggio di quando era partito perché si sentiva sconfitto.»

«Era andato anche da alcuni parenti», ricordò Soneri.

Cassinari si girò con un'espressione schifata: «Che stronzi! È colpa loro se è finita così. Gli hanno chiuso l'ultima porta. Giorgio non aveva più nessuno, tanto valeva che sparisse. Mica puoi stare al mondo a prendere solo dei vaffanculo».

«Quando l'ha visto per l'ultima volta?» domandò il commissario.

«Il giorno stesso che l'ha fatta finita.»

«E com'era?»

«Molto agitato. E incazzato.»

«Per un motivo preciso o per quello che abbiamo appena detto?»

«No, c'era ancora dell'altro.»

«Cosa?»

«Aveva saputo da alcuni connazionali che suo padre viveva

in Germania con una nuova moglie e gestiva un'attività che gli fruttava. Se ne sbatteva di lui», alzò lievemente la voce Filippo che adesso respirava rapido, ancora più agitato.

L'argomento del padre doveva creargli ansia e angoscia. Sul viso gli era comparsa una piega di rancore e tutto il corpo un po' goffo si era come caricato di un'energia minacciosa.

Soneri percepì quel nervo scoperto e decise di toccarlo. «Certo, se un padre ti rifiuta...» ricominciò in tono commiserevole, mentre Filippo stringeva le mascelle fino a far vibrare i muscoli delle guance. «Lei, però, un padre l'ha avuto», insisté.

Come risposta, sentì la boccetta della flebo sbattere contro il supporto e il letto cigolare.

«All'anagrafe», sbottò poi sarcastico Cassinari. «E forse nemmeno lì!»

«Cosa intende dire?»

«Ho passato l'infanzia a contare la gente che arrivava e ripartiva. Io stavo un po' con l'uno, un po' con l'altro... Mia madre aveva dentro un verme che le mangiava il fegato... Difatti, poi...» disse con voce carica di tensione e guardandosi l'ago della flebo piantato nel braccio. «Ma era da molto tempo che non si occupava più di me. Ne aveva abbastanza della politica e dei suoi guai.»

«E suo padre?»

Filippo lo fissò con occhi vividi e un'espressione sbigottita. Tutta la tensione stava sciogliendosi in una frana di parole rimasta in bilico, appesa a un ultimo baluardo di timore e vergogna.

Fu allora che il commissario continuò: «Si è riconosciuto nel suo amico Oliescu? È questo che le fa male? S'è sentito come lui buttato nel mondo senza nessuno che le offrisse un po' d'affetto e dedizione... Così è difficile trovare la strada. È più facile smarrirsi, non capire perché si è lì, in mezzo a un viavai dove tutti ti urtano e spintonano senza rivolgerti la parola...»

Cassinari ascoltava in silenzio, sempre fissandolo con occhi che adesso sembravano quelli di un bambino.

«Vi siete illusi più di una volta attaccandovi a qualcuno che poi s'è dileguato», proseguì Soneri immedesimandosi. «Finché non avete più retto e a quel punto avete ceduto, anche se in due modi diversi, però figli della stessa causa.»

Si fece di nuovo silenzio. Il commissario aspettò paziente finché udì di nuovo la voce rotta di Filippo: «Per me è stato anche peggio», mormorò. «Passati gli scazzi politici, avevo trovato un padre e un posto dove stare. Ero finalmente tranquillo, facevamo anche progetti… Come starebbe lei se un giorno arrivasse qualcuno e le rivelasse che la sua vita fino a quel momento è stata solo un'illusione? Non andrebbe tutto a rotoli? Non me ne importava un cazzo che Oreste Cassinari non fosse mio padre naturale. Io ci credevo! Questo è quel che contava. Perché Boselli s'è fatto vivo? Perché non mi ha lasciato in pace? Mi ha detto che non voleva che cambiasse niente, che restasse tutto come prima. Merda! Come faceva a restare tutto come prima? Intorno a me vedevo solo balle e il mondo intero a prendermi per il culo. Così per una vita. Basta e avanza a convincerti che non vali niente. È stato lì che ho cominciato a odiare. Avrei voluto spaccare tutto per dimostrare di esistere. Distruggo voi e le vostre cose, così imparerete a considerarmi. Ecco come mi sentivo. Non mi restava che la rabbia.»

Soneri pensò alla violenza gratuita, alle corse in macchina, ai graffiti sui muri, ai mille gesti vandalici di cui si era occupato nella sua vita di poliziotto ed ebbe davanti un solo grido disperato, quello di una generazione negata, ridotta al ruolo di spettatrice del tempo.

Avrebbe voluto porre subito una domanda diretta, ma preferì non forzare. La prese ancora alla larga chiedendo di Oliescu: «Giorgio è venuto con lei a Parma tre giorni prima che si suicidasse. È stato lui a chiamare suo padre dandogli appuntamento davanti al parco Cittadella. Perché non l'ha fatto lei?»

«Ha insistito per darmi il suo telefonino», mormorò Filippo. «'Tanto a me chi ci arriva?' mi ha detto. Credo che immaginasse tutto.»

«Tutto cosa?»

«Quello che è successo dopo.»

«Il suicidio?» azzardò il commissario.

«Anche», rispose sibillino Filippo.

«Che intenzioni avevate?»

«Oliescu non c'entra: ero io che volevo parlare a Boselli.»

«Solo parlare?»

«Be', non ero tranquillo. Lei lo sarebbe stato dopo tutto quello che era successo?»

Soneri scosse la testa. «Quella sera cercavate la casa dove abitava?»

«Sì, ma non eravamo pratici di Parma e ci siamo persi», rispose Filippo. «Poi ho deciso di chiamarlo.»

«E dopo cos'è accaduto?»

«La cosa ha preso una piega imprevista. È sbucato un tizio ed è saltato addosso a Boselli prima ancora che ci vedesse. Pensavamo che lo ammazzasse perché pareva fuori di testa.»

«E voi non avete fatto niente?»

«Sono rimasto paralizzato senza provare nessun sentimento. Poteva ucciderlo che non me ne sarebbe fregato niente. Poi mi sono allontanato quando ho visto Boselli risalire in bici e scappare via. A quel punto l'unica preoccupazione era per la telefonata di poco prima: avevo paura che risalissero a Oliescu. Quando gliel'ho detto, lui si è messo a ridere con un'espressione falsa che non gli avevo mai visto e mi ha risposto che non dovevo stare in pensiero, tanto ci avrebbe pensato lui. Avrei dovuto capire cos'aveva deciso di fare», si rammaricò Filippo.

«Lei invece no, vero? Non aveva ancora deciso. Le restava Giorgio, l'ultimo appiglio, l'amicizia... Aveva persino continuato a frequentarlo anche dopo che era stato messo al bando dal vostro gruppo.»

«Che andassero a fare in culo quelli con la loro disciplina!» esclamò Filippo. «Dovevano andare a fare in culo tutti: genitori falsi e veri, quelli della Spingarda e il mondo intero! Eravamo io e Giorgio, in due ce la saremmo cavata in qualche modo!»

«Non si aspettava che la facesse finita», riprese Soneri. «Che anche lui se ne andasse lasciandola solo...»

«Quando l'ho saputo ho pensato che aveva più fegato di me», sussurrò il ragazzo. «La nostra situazione non era molto diversa. Ci capivamo per questo.»

«E tutto ciò l'ha esasperata ancora di più?»

«Gliel'ho detto: mi ha fatto rabbia non aver capito», rispose l'altro. «Come quando abbiamo rubato la valigia. L'idea era stata sua, ma non mi è passato per la testa che lo facesse per vestirsi bene in quel momento... In un certo senso, anche lui mi ha tradito.»

Filippo aveva accentuato l'espressione infantile, disarmata, di prima. In quel corpo tozzo e arcigno da grosso cinghiale sopravviveva un fanciullo che nessuno aveva fatto crescere.

«Quello e basta?»

«Mi sono sentito più solo e ancora più stupido. Com'era che non mi accorgevo mai di niente? Non avevo più voglia di essere manovrato dagli altri. Avevo un bisogno tremendo di fare qualcosa da solo.»

«Ha deciso allora?»

«No. Non ero sicuro di avere il coraggio», rispose Filippo. «Pensavo di continuo che quello era mio padre vero. E anche se non me ne fregava più niente, sentivo dentro qualcosa che mi metteva in ansia. Forse perché non avevo mai avuto niente di certo in casa.»

«Però è andato a cercarlo...» lo imbeccò ancora il commissario.

L'altro ormai sembrava aver definitivamente ceduto. Parlava anche con un po' di ingenua affettazione. Doveva essere la prima volta che si sentiva davvero protagonista.

«Sì, il sabato», confermò. «Sono venuto a Parma assieme a Giorgio per fare un altro giro di perlustrazione in via Palestro. Poi, però, appena arrivati in un piazzale dove c'era un cinema, ci siamo divisi. Lui mi ha detto che doveva fare un salto alla stazione per consultare l'orario dei treni, ma era una balla. Un'ora dopo, quando l'ho cercato e ho trovato il telefonino spento, mi sono immaginato che doveva essere successo qualcosa. Ho cominciato ad avere paura. E con la paura uno diventa più aggressivo.»

«È stato a quel punto che ha deciso di uccidere?»

«Con me avevo un coltello», continuò Filippo. «Tutti noi della Spingarda ce l'abbiamo, ma non avevo in testa un piano preciso. Volevo insultarlo, rinfacciargli l'abbandono. Ero molto agitato, ma mi faceva bene. Pensavo e mi muovevo veloce. La paura e tutto il resto si mischiavano con l'odio che provavo...»

«Mi spieghi com'è andata», disse il commissario con dolcezza, quasi suadente.

«Ho bevuto un po' in un bar, poi sono andato da lui e gli ho suonato. Mi ha aperto il cancello e quando ho visto dove abitava, il lusso e tutto quanto, mi ha preso l'incazzatura. Pioveva, ero fradicio e dovevo avere un brutto aspetto, ma non m'importava niente. Non sentivo più nulla intorno a me. Dalla veranda mi ha detto di venire avanti, voleva che andassi in casa e magari presentarmi alla sua nuova donna. Gli ho risposto che in casa sua non c'avrei mai messo piede e allora ha preso l'ombrello è m'è venuto incontro. Siamo rimasti un po' a fissarci. Lui deve aver capito com'ero agitato perché ha sorriso. Cazzo! Come poteva sorridere? Pretendeva che gli saltassi al collo e lo chiamassi papà, come se fosse tornato dalla guerra? Anche in quel momento mi è sembrato l'egoista di sempre. Voleva morire tranquillo, senza rimorsi... Se avesse fatto lo sforzo di pensare alla mia serenità, mi avrebbe lasciato in pace dentro la mia illusione. No, voleva anche me, il mio perdono, la mia comprensione! Mi ha persino detto che stava vendendo la casa di Moneglia per chiudere tutti i debiti che aveva e stare in pace. Voleva la pace, lui! Gli ho chiesto come poteva starci in pace, dopotutto. È stato in quel momento che mi è uscita di bocca un'accusa improvvisa come un raptus: 'Hai ucciso la mamma!' gli ho gridato sui denti e lì per lì non mi sono accorto che per la prima volta gli avevo dato del tu e che gli parlavo come se fossimo sempre stati figlio e padre. Subito dopo mi sono sentito travolto da tutta la tristezza di una vita di merda e mi sono messo a piangere. Piangevo per quello che non era stato tra me e lui, per mia madre, per le occasioni sprecate, per la miseria alla quale mi aveva condannato, per la perdita di ogni speranza. In quell'istante avevo bisogno di qualcuno che mi stringesse tra le braccia proprio come si fa con un bambino che piange. Lui sembrava aver indovinato cosa pensavo e si è avvicinato tentando proprio di abbracciarmi, ma quel gesto mi è sembrato un contatto orrendo e schifoso. Mi sono tirato indietro di scatto, mentre in tasca stringevo il coltello. Lui è rimasto per qualche attimo a guardare sorpreso la mia faccia incazzata fino a che ho visto la paura sul suo volto. D'istinto avevo mostrato la lama. A quel punto deve aver capito tutto. Ha buttato l'ombrello da una parte e ha cominciato a correre verso casa, ma quella fuga ha risvegliato in me l'istinto di inseguirlo com'ero abituato in tanti scontri tra bande di ultras. L'ho raggiunto in due passi e gli ho sferrato il primo colpo, poi un secondo mentre si girava con un'espressione di atterrita sorpresa. Quindi si è lasciato andare per terra senza nemmeno tentare di difendersi. Così ho continuato a sfogare la rabbia con tanti colpi da stancarmi. Dopo ho buttato il coltello nel primo cassonetto che ho trovato e non ho pensato più a niente. Anche adesso non penso a niente. Non me ne frega un cazzo delle conseguenze e forse in galera troverò più amici che fuori. Almeno lì mi sentirò dentro una comunità. Quanto alla cattiveria, non sarà molto differente da quella che c'è nel mondo.»

Il commissario rimase in silenzio per un tempo che non avrebbe saputo definire. Poi si alzò con una certa solennità sentendo le ginocchia vacillare come dopo uno sforzo intenso. Il sole, più vivido di prima, si rifletteva sul pavimento formando un grande fascio di luce accecante. In quel bagliore, Cassinari era solo un'ombra nera, immobile. «Verrà il mio collega e si occuperà di lei», gli disse Soneri uscendo.

«Faccia arrivare anche i giornalisti e la tv», gli gridò dietro Filippo con voce isterica. «Voglio che mi vedano al telegiornale, voglio la mia foto in prima pagina. Voglio che si sappia che ho le palle per ammazzare un uomo!»

Il commissario scappò fuori e fece il numero di Coriani: «È stato il figlio, dica a Ballero che se ne occupi. Lui sarà contento».

«Il figlio? L'avvocato?»

«No, quell'altro.»

«Quale altro?»

«Filippo Cassinari. Il padre naturale è Boselli. Quando la Motti si è messa con Oreste Cassinari era già incinta. Fino a due mesi fa nessuno sapeva niente, poi è stato proprio Boselli...»

«E perché l'ha ammazzato?»

«Perché non ha voluto fare il padre.»

Dall'altra parte, sentì il magistrato trattenere una risata. «E che motivazione sarebbe?» domandò.

«Non vale meno di tante altre», ribatté Soneri serio. «Un affare tra generazioni.»

«Oddio, commissario, si mette a fare della sociologia?»

«È molto più semplice: Boselli è rimasto sconosciuto a suo figlio fino a una quindicina di giorni fa e quando si è rivelato ha fatto più danni che se fosse rimasto nell'ombra. Per Filippo la verità è stata sconvolgente. Ha perso anche le poche certezze che aveva e la rabbia per il destino che gli è toccato si è concentrata su quel padre sbucato dal nulla. Aveva un bisogno disperato di essere considerato e per far sapere che esisti, a volte, si usano mezzi estremi. Il confine tra il desiderio di amore e l'odio profondo è sottile come il filo di una lama di coltello.»

«Capisco...» borbottò Coriani. «Quindi è lui il colpevole», soggiunse a bassa voce, quasi incredulo.

«No, non mi sembra che sia colpevole più di tanto», replicò il commissario.

«Cosa intende dire?»

«Niente, niente... Pensavo alle tante attenuanti. Al fatto che si tratta di una questione più generale. Che, insomma, non è un problema solo di Filippo e suo padre... È che si è interrotta la continuità fra generazioni, che è stato azzerato tutto e persino i figli dei rivoluzionari sono di destra.»

«Va be', commissario, ma che discorsi sono? Cosa c'entriamo noi con la politica e tutto il resto?» protestò infastidito Coriani.

«Niente, niente...» ripeté Soneri deluso e amareggiato. «Noi siamo soltanto quelli che alla fine raccolgono i cocci.»

1

Il rinculo della frenata lo svegliò dal torpore nel quale aveva indugiato per buona parte del viaggio. Sotto la pensilina cercò con lo sguardo l'avvocato Tobia senza trovarlo. Aveva voglia di mangiare al *Milord* e avrebbe preferito farlo in sua compagnia. Fuori dalla stazione si accese un toscano dopo averlo passato tra le labbra. I giornali gridavano: «Novità sulla famiglia scomparsa». Comprò una copia e se la mise sotto il braccio avviandosi al ristorante.

Lesse l'articolo dopo aver ordinato. Un industriale giurava di aver incontrato Mario Rocchetta, l'uomo svanito nel nulla con moglie e due figli.

«Che ne dice, Soneri?» domandò Alceste servendolo.

Alzò le spalle scettico. La gente era pronta a giurare di tutto per puro protagonismo. Divorò le crêpes ai porcini, poi uscì. Riaccese il sigaro e passeggiò nella nebbia. Quando aprì la porta di casa inciampò in una busta bianca. Conteneva le foto dei Rocchetta ritagliate dalle pagine dei giornali e un foglio anonimo scritto con le lettere di stampa: VENGA DOMATTINA ALLE OTTO IN VIA MARSALA, AL NUMERO DIECI. L'indirizzo della famiglia scomparsa.

Pochi sapevano di quelle due stanze dove abitava di rado.

Il numero telefonico non era in elenco, sul campanello nessuna indicazione. Da anni risiedeva altrove e, soprattutto, nessuno era al corrente del suo arrivo. Schiacciò il sigaro nel posacenere e andò a letto, ma non riuscì a dormire più di tanto. Si alzò verso le quattro e decise che, per placare la sua inquietudine, in via Marsala ci sarebbe andato subito. L'appartamento era al primo piano di una casa piuttosto tetra. Forzò la serratura ed entrò. Accese la torcia perlustrando le stanze permeate da un'aria di abbandono simile a quella delle case di villeggiatura. In cucina c'era un mobile spaccato e Soneri pensò alla perquisizione: dovevano aver avuto la mano pesante.

In salotto, un pannello di legno nascondeva a malapena lo sportello della cassaforte, anch'esso forzato. Ma, nonostante tutto, in quella casa riusciva a vederci in movimento gli abitanti. Il ragionier Mario, irreprensibile capocontabile della ditta Verre, alto, stempiato, imponente e silenzioso come una statua. Sua moglie Maria Carli, una donna afflitta con un perenne sorriso triste d'intercessione. E i due figli: Roberto, tossicodipendente in eterna disintossicazione, e Rinaldo, perdigiorno con la passione delle armi.

Nel corridoio una fila di ciabatte era in attesa, in bagno la doccia gocciolava e su un'anta dell'armadietto a specchi era rimasto il pezzo di nastro adesivo del sigillo. Tutto normale, insomma. Estrasse dalla tasca del montgomery una manciata di fogli: era passato dalla questura portando con sé il fascicolo Rocchetta.

Soneri non aveva mai creduto alla storia del rapimento, della disgrazia. Quella era stata una fuga, ne era certo. Ciò che restava da chiarire era: una fuga da chi? Una fuga per dove? Immaginava la partenza. Il camper già carico in strada, gli ultimi saluti, le raccomandazioni al figlio che sarebbe partito in seguito. «Il frigo è pieno... hai la macchina... i soldi... semmai ci raggiungi...» Gente normale che diceva cose normali. Immaginava anche la silente operosità di Mario Rocchetta, preso dai suoi lucidi pensieri di fuga e dalla maniacale cura di ogni particolare infilato a uno a uno nel suo piano come le perle di una collana. Gli pareva di sentire in sottofondo l'ansia faconda della moglie, le sue frasi interrotte a metà da un cenno di lui. Lei era sempre insopportabilmente sentimentale, ma dopotutto poteva trattarsi di un addio.

Riprese a passeggiare nell'appartamento. In camera c'era una finestra rimasta con la serranda a metà, forse per dar luce a una pianta di ciclamino. Spense la torcia e nella penombra scorse alcune fotografie sul comò. Una lo incuriosì, ritraeva Mario Rocchetta con la canna da pesca e un retino. Sullo sfondo, probabilmente, il Po.

Le vicende di gente scomparsa lo incuriosivano sempre. Forse perché anche lui avrebbe voluto frequentare quella sorta di solitaria clandestinità. Una vita da scarafaggi, nell'ombra, come certi suoi colleghi dei Servizi.

Tornò in salotto e riaccese la torcia. La moquette era strappata di fronte a una piccola libreria occupata per metà da un'enciclopedia scolastica. La scostò volume per volume cercando quello con la lettera R. Gli era venuto il dubbio se Reading fosse a nord o a est di Londra, ci doveva andare per un'altra vicenda assai intricata. Estrasse il volume ma non trovò Reading. Riponendolo notò che qualcosa spuntava tra la parete e il ripiano: un'agenda tascabile con la copertina di velluto. Il trambusto della perquisizione doveva averla fatta cadere in quel punto seminascosto alla vista.

CONTINUA

Stampato presso ELCOGRAF S.p.A.
Stabilimento di Cles (TN)

Prova d'acquisto
978-88-6836-112